TUDO SOBRE NÓS

E se você, garota, descobrisse que o amor da sua vida é uma... garota?

TUDO SOBRE NÓS
CRIS SOARES

valentina

Rio de Janeiro, 2023
1ª Edição

Copyright © 2022 by Cris Soares

CAPA
Silvana Mattievich

ILUSTRAÇÃO DE CAPA
Valdir Marte

DIAGRAMAÇÃO
FQuatro Editoração

Impresso no Brasil
Printed in Brazil
2023

DADOS INTERNACIONAIS DE CATALOGAÇÃO NA PUBLICAÇÃO (CIP)
(CÂMARA BRASILEIRA DO LIVRO, SP, BRASIL)
GABRIELA FARAY FERREIRA LOPES - BIBLIOTECÁRIA - CRB-7/6643

S653t

Soares, Cris
    Tudo sobre nós / Cris Soares. - 1. ed. - Rio de Janeiro: Valentina, 2023.
    312 p.; 23 cm.

    ISBN 978-65-88490-61-7

    1. Romance brasileiro. I. Título.

23-83535

CDD: 869.3
CDU: 82-93(81)

Todos os livros da Editora Valentina estão em conformidade com
o novo Acordo Ortográfico da Língua Portuguesa.

Todos os direitos desta edição reservados à

EDITORA VALENTINA
Rua Santa Clara 50/1107 – Copacabana
Rio de Janeiro – 22041-012
Tel/Fax: (21) 3208-8777
www.editoravalentina.com.br

Aos amores correspondidos... porém não vividos.

Prólogo

3 de setembro de 2003

Estou animada. Hoje é o primeiro dia do curso que a escola ofereceu, mas não faço ideia do que se trata, eu só me inscrevi por precisar muito ocupar minha cabeça... ou vou enlouquecer. É estranho uma garota de apenas 17 anos precisar de algo para ocupar a cabeça?

Certo. Deixa eu explicar melhor. Sou a Vicky. Ana Victoria Leal Figueiredo, um nome longo e uma vida ainda curta para um coração partido. Então, eis o motivo da minha necessidade: preciso arrumar o que fazer e parar de pensar no Rodrigo.

Rodrigo e eu nos conhecemos quando eu tinha 14 e ele 17. Assim que botei os olhos nele... já me derreti inteira. Ele é aquele tipo de garoto que faz as meninas surtarem com o coração acelerado, as pernas bambas e as mãos suadas.

A primeira vez que nos vimos, eu estava sentada na calçada de casa conversando com a minha amiga Marcinha. Estávamos discutindo sobre quem era o mais gato dos Backstreet Boys. Claro que o Kevin era o mais bonito, apesar de ser o integrante com menos técnica vocal. Porém, o que estava em questão era a beleza e não quem cantava melhor. Este, na minha opinião, era o A.J., que por acaso era o "patinho feio" do grupo, vamos dizer assim.

Bom, o caso é que a Marcinha não concordava comigo e defendia o Nick como o mais gato. Fala sério! Todas as meninas morrem por ele e eu não sei o que de tão incrível ele tem. Ele é tipo... uma cópia feita na forma em que se fabrica pessoas esteticamente perfeitas. Existe algo mais sem graça do que isso? Loiro, olhos azuis, pele lisinha como a de um bebê, nariz afilado... Não. Kevin é o mais bonito e ponto!

Certo, mas eu estava falando do Rodrigo. Vamos voltar para ele, então.

Eu estava no meio de um argumento bem convincente para mostrar que eu estava certa sobre a questão, quando ele passou por nós. Vinha com um grupo de amigos e ria tão alto que de imediato chamou minha atenção. E que risada contagiante!

Ergui a cabeça em direção ao som daquela risada e, assim que o fiz, nossos olhos se encontraram. Meu coração disparou no mesmo instante. Ele inclinou a cabeça para mim em cumprimento, agora já não mais gargalhando, apenas sorrindo. Um sorriso lindo e brilhante, com uma covinha funda somente em uma das bochechas. Nos encaramos até que ele passasse completamente, olhando para trás a cada dois ou três passos, até sumir rua acima. Bom, depois disso acho que fica fácil imaginar o que vem por aí.

Foi com ele que eu dei meu primeiro beijo. Ele me fazia sentir especial. Todas as meninas do bairro o queriam, e ele escolheu a mim. Era bom demais para durar tanto.

Passamos dez meses juntos. Dez meses incríveis, diga-se de passagem. Completei 15 anos nesse meio-tempo, e ele, 18. Tínhamos uma boa diferença de idade e tem todo aquele lance dos hormônios masculinos... só que eu não estava pronta. Ele respeitava minha decisão, mas eu não era o suficiente. As coisas foram mudando. Beijos e abraços foram perdendo a graça para um "homem adulto" e, por fim... o fim.

Dois anos desde que terminamos e ainda penso nele. Eu não deveria ter tido tanto medo de dar aquele passo adiante na nossa relação. Mas agora é tarde. Ele está namorando com uma garota mais velha, a tal da Aline. Sempre que os vejo juntos é como um soco na boca do estômago, e eu os vejo quase todos os dias, já que ainda moramos no mesmo bairro, e ela era uma das minhas amigas. É difícil não pensar em algo que vive passando pela sua frente. Por mais que eu tente ocupar meu tempo, nada parece o bastante para esquecê-lo, então, esse curso é mais do que bem-vindo.

Estou cursando o segundo ano do ensino médio, minhas aulas são no período da manhã e o curso será de segunda a sexta, a partir das 14h, com cada aula durando cerca de três horas. Isso me levará a passar o dia praticamente inteiro focada em coisas para manter a minha mente longe das imagens do casal Rodrigo e Aline contrastando com as lembranças incríveis e doloridas de quando estávamos juntos.

Ouço o sinal que anuncia o fim da última aula de hoje e recolho minhas coisas com ansiedade, indo direto para o vestiário tomar um banho antes de almoçar na cantina.

Como minhas aulas terminam perto do meio-dia, não faz sentido eu ir em casa para voltar logo em seguida, então, agradeço aos céus por estudar numa escola com uma infraestrutura boa o suficiente para me proporcionar tal comodidade.

Tudo sobre Nós 9

Já pronta para a primeira aula do curso, sento-me sozinha na cantina, enquanto como um cachorro-quente. Esse é meu segundo ano nessa escola e eu não fiz muitos amigos. Acho que fiquei meio traumatizada por causa da Aline. Minha única amiga, ou melhor, colega de classe, é a Paulinha, e ela não é do tipo que gosta de estudar.

"Pra que procurar mais dever de casa? Você já não acha que temos o suficiente com todos os simulados do Enem e tudo o mais?", foi o que ela disse quando sugeri que nos inscrevêssemos no curso que começo logo mais.

Termino de comer e olho para o relógio: 13h30. Levanto da cadeira e levo a latinha de Coca-Cola para jogar na lixeira, enquanto caminho em direção à sala onde o curso será ministrado. Assim que chego em frente, vejo um grupo de meninas e meninos em meio a uma conversa animada. Parece que eles já se conheciam, ou são do tipo muito sociáveis, o que não é o meu caso, eu acho.

Mantenho certa distância, pois nunca sei como chegar em um lugar onde todas as pessoas já se conhecem e conversam entre si. É estranho. Eu nunca sei o que falar... o que eu deveria dizer?

Alguns minutos se passam e um homem alto e calvo, beirando os 50 anos, se aproxima da sala, cumprimenta o grupo sorrindo e, em seguida, abre a porta convidando o pessoal a entrar. Deve ser o nosso professor.

Só depois que todos estão dentro da sala, acomodados em suas carteiras, é que eu entro. Pois é. Não sou a mais esperta das pessoas, afinal. Se eu não gosto de chamar a atenção, essa não foi uma boa decisão.

Atravesso a porta e todos se viram para me olhar. Uma minoria me é familiar. Apesar de estudarmos na mesma escola e no mesmo período, nunca falei com nenhum deles.

— Com licença... — começo com a voz baixa — posso entrar? — peço, e o professor se vira na minha direção.

— Claro, sente-se — ele responde com um sorriso caloroso e receptivo.

Visualizo uma carteira vazia na fila que fica encostada na parede lateral, do lado oposto da porta, caminho até lá sem fazer contato visual com ninguém e me acomodo.

O professor organiza alguns papéis em sua mesa, logo depois se volta para o quadro-negro e começa a escrever seu nome. Olho com atenção para a lousa, curiosa para saber como se chama, e então alguém na porta atrai minha atenção.

É uma garota. A pele é negra assim como os cabelos, e ela tem traços marcantes. Seus olhos escuros e sobrancelhas grossas e bem desenhadas parecem desafiar o mundo a encará-la, como se ela soubesse que ninguém jamais teria coragem de fazê-lo, e, por incrível que pareça, ninguém olha mesmo. É como se usasse uma daquelas plaquinhas de "não perturbe" pendurada no pescoço. Acontece que EU não consigo parar de encará-la.

A garota demora alguns segundos parada à porta, passando os olhos pela sala como se procurasse não apenas uma carteira vazia, mas o lugar ideal para se sentar, e é nesse momento que os olhos dela esbarram nos meus, e sinto medo de morder meu coração, pois tenho quase certeza de que ele acabou de pular para dentro da minha boca. Eu quero desviar o olhar, mas não consigo. Continuo encarando, e ela parece ter visto isso como um desafio, porque também não desvia o olhar do meu. Estamos no meio da batalha, eu quase cedendo, porque de repente sinto vontade de sorrir e tenho medo de que essa garota tão intimidadora pense que estou rindo dela, mas daí sou salva pelo professor.

— Boa tarde, jovem! — o professor cumprimenta a garota que continua parada à porta e a analisa por cima dos óculos de grau. Eu nunca entendi o porquê de as pessoas que usam óculos olharem por cima deles, uma vez que as lentes, em teoria, servem para que a pessoa veja melhor. — Posso ajudar? — ele pergunta sem ter certeza se ela pertence àquela turma.

— Boa tarde — sua voz é firme, grave e confiante —, estou nesta turma. Desculpe o atraso, posso entrar?

— Claro! — ele responde indicando as carteiras com a mão. — Nós já vamos começar. — Ela assente, adentrando a sala, e eu me obrigo a continuar olhando para frente, evitando voltar a fazer contato visual com ela.

Percebo, com minha visão periférica, que ela vem em minha direção e fico nervosa. Sinto meus pés suarem dentro dos meus tênis. Ela passa por mim e senta algumas carteiras atrás. Sei disso porque as duas que estão logo atrás de mim já estavam ocupadas. Ouço o barulho da carteira sendo puxada e só então sou capaz de visualizar o nome que o professor escreveu na lousa: Marcos.

— Boa tarde, jovens! — exclama o professor com a voz animada.

— Boa tarde... — respondemos, a maioria com uma voz arrastada de tédio.

— Bom, como podem ver, eu sou Marcos, e serei o orientador deste curso — começa, escorado em sua mesa, sempre mantendo contato visual com cada um de nós, sempre olhando por cima das lentes. — O intuito deste curso é desenvolver habilidades; encontrar algo em que vocês sejam bons e descobrir como esse talento pode ser usado no mercado de trabalho.

Ele então começa a explicar o cronograma com tudo o que vamos fazer durante os quase três meses de duração do curso, que se encerrará junto com o ano letivo, lá em dezembro. Porém, apesar de eu estar de frente para ele, de conseguir visualizar sua boca *abrindo e fechando, suas mãos gesticularem dando ênfase a tudo que explica, não estou ouvindo absolutamente nada do que ele diz.*

Ajeito-me, desconfortável na cadeira. Sinto minhas orelhas esquentarem e tenho certeza de que ela encara as minhas costas. Fico tentada a me virar para confirmar se estou certa, mas me contenho.

Noto que o professor também me encara, como se esperasse algo, e fico constrangida por não saber o que fazer.

— Desculpa... oi? — falo, e as gargalhadas ecoam na sala como orquestradas por um maestro. Afinadas.

— Gostaria que todos vocês se apresentassem, para que nós pudéssemos nos conhecer, a mim e uns aos outros, então, podemos começar por você? — pergunta novamente com um sorriso encorajador. Por que eu? Por que sempre eu? Respiro fundo.

— Ãh... tudo bem... — começo, insegura, e ele me interrompe.

— Poderia ficar de pé, por favor? Assim você não precisará se apresentar de novo para os colegas.

— Certo... — Sinto minhas bochechas esquentarem, mas me levanto e dou um passo à frente, logo em seguida me virando, me colocando meio de lado entre os meus colegas de turma e o professor, e ele sorri. — Meu nome é Victoria, mas todos me chamam de Vicky. Tenho 17 anos e sou do segundo ano — articulo bem cada palavra e em tom firme, apesar da timidez.

— Você poderia dizer algo de que goste? Alguma coisa que goste de fazer para se divertir, por exemplo.

— Gosto de música... e de dançar — respondo sorrindo, pois não há como não sorrir quando penso em música e dança.

— Obrigada, Vicky! Pode se sentar.

Assim que me acomodo, cada um vai se apresentando. Carla, Rafael, Larissa, Pedro, Ana, Felipe, Maciel... e tudo que eu queria era que chegasse logo a vez dela. Qual será o nome dela? O que ela gosta de fazer para se divertir? Me pego imaginando do que uma garota como ela poderia gostar, quando escuto uma voz. Só ouvi as poucas palavras que ela disse ao chegar, mas tenho certeza de que é ela.

Ela não saiu do lugar onde estava sentada, como todos nós. Não ficou de frente para todos, mas a sala inteira se virou para observá-la responder, inclusive eu.

— Sou a Mariana, eu tenho 15 anos, sou do primeiro ano e, assim como a nossa colega — ela me indica com a mão fazendo com que eu ganhe a atenção da turma

inteira, então tiro o cabelo de trás da orelha e o trago para frente, tentando cobrir um pouco meu rosto —, também adoro música.

Imediatamente abro um sorriso em reconhecimento ao que ela diz, me sentindo estranhamente bem por termos algo em comum. Porém, milésimos de segundos antes que meus lábios alcancem cem por cento da plenitude...

— Apesar de odiar dançar — completa, seus olhos penetrantes dentro dos meus. — Música foi feita para ser curtida, ouvida e sentida, e não saltitada.

Em sua voz não há sorriso, sua expressão corporal não indica nenhuma abertura, nem mesmo uma brecha. Tudo nela grita não se aproxime, mas, inexplicavelmente, eu sinto uma vontade incontrolável de chegar mais perto.

9 anos depois...

Vicky

Vicky (Disponível)
vih_leal@hotmail.com

Saindo de mais um romance furado.

Mari (Disponível)
mar_e_ana@hotmail.com

Vivendo feito louca, explorando algum lugar que ninguém jamais ouviu falar.

Eu não acredito que estou fazendo isso mais uma vez.

Revezo meu olhar entre a linha onde preciso assinar, os advogados e o meu marido. Quero dizer, ex-marido... Ah, porcaria! Marido! Até que eu assine essa droga de papel, ele continua sendo.

Sinto-me mal; o que me deixa mais frustrada é que eu não estou de coração partido por ele ter me trocado pela estagiária peituda que me encara ansiosamente com olhos brilhantes, imaginando como será sua lua de mel com o meu... sei lá o quê. Estou chateada por ter errado, mais uma vez. Eu poderia jurar que era ele. Quase acreditei que estava apaixonada de verdade.

Bom, Mari me avisou desde o início que eu estava idealizando de novo, quando conheci o Eduardo. Ela sempre acerta. Ela é tão inacreditavelmente diferente de mim. Porém, às vezes, eu poderia jurar que somos a mesma pessoa, afinal ela conhece as partes de mim que nem eu mesma conheci ainda.

Sinto a saudade apertar quando vejo seu sorriso passeando na minha cabeça, entre as muitas particularidades que dividimos, Mari e eu. Um sorriso que ela guarda apenas para mim. Ela não sorri para mais ninguém daquela maneira, mordiscando o lábio inferior discretamente, assim que seus lábios começam a se entreabrir.

Meu coração acelera e dói. É quase sempre essa a reação quando penso na Mari. Queria tanto que ela estivesse aqui...

— Victoria? — ouço a voz insegura do meu quase ex-marido. Ele parece estar com dor de barriga. — Você não vai assinar?

Encaro-o. Eduardo é um homem bonito, com todo o charme de um executivo bem-sucedido aos 35 anos. Cabelo loiro, estiloso, meio espetado, meio bagunçado, com uma barba igualmente loira, cheia e bem-feita. Olhos verdes, músculos tonificados e definidos, tudo isso o deixa com um ar de *homem com H maiúsculo*. Pena que tudo não passe de ar.

— Ah, qual é, Vicky… Você não quer prolongar ainda mais essa situação, não é? — pergunta Patrícia, do alto do seu 1,76 m, desenhando círculos imaginários com a unha enorme e vermelha nas costas da mão esquerda do meu marido, pois ainda usa nossa aliança de casamento, e noto os músculos de seus braços tensionarem com o toque dela.

Caraca, que espécie de homem traz a amante estagiária para a sessão do divórcio? Ele acha que me fazer de chifruda não é humilhação o bastante? Precisa exibir a Barbie girl para que todos vejam? Eu pensei mesmo que estava apaixonada por "isso"?

Fico olhando para as mãos deles e para a aliança que deveria ser um símbolo de "amor e fidelidade" e me sinto enojada. As pessoas deveriam dar mais importância para o que a palavra *amor* significa, antes de saírem por aí fazendo pedidos de casamento cinematográficos com juras de fidelidade e amor eterno.

— Sra. Victoria? — meu advogado me chama, me trazendo de volta à Terra, então eu assino o maldito (na verdade bendito) papel, que para mim nada mais é do que o segundo atestado de que tenho dedo podre para homem.

— Porra, Vih — Mari fala quase gargalhando. — Você só tem 26 anos e acaba de assinar o segundo divórcio! Caralho, qual seu objetivo de vida? Bater o recorde da Gretchen?

Olho para Mari na tela do meu notebook enquanto ela fala palavrões e faz piadas irônicas, e, apesar de que eu deveria estar triste, até meio moribunda por ter levado mais um pé na bunda, o que sinto é alívio. Agora, encarando minha *melhor pessoa da vida*, arriscaria dizer que estou quase em paz, porque paz mesmo, só quando ela está mais próxima, tipo, uma proximidade que não precise de uma conexão com a internet para que eu possa vê-la e ouvi-la. E isso já faz muitos anos que não sinto. Muitos.

— Ei, dois divórcios não é um número assim *tããão* alarmante para alguém de 26 anos! Não tenho culpa se sou uma pessoa… intensa — tento me justificar, pois, sim, essa é uma estatística preocupante. — E você, que ainda tem a mesma boca suja da adolescência?

— Hahahaha. — Mari ri alto, jogando a cabeça para trás. Noto que ela está numa rede e há pouca luminosidade. — Garota, quem te disse que caralho é um palavrão? Por que é errado falar porra, foda-se, puta que pariu, merda, filho de uma puta…? Vih, são apenas palavras.

— É que você só fala pra chocar as pessoas — acuso.

— A culpa é minha das pessoas serem frágeis a ponto de se chocarem com uns míseros e inocentes impropérios? — rebate.

— Enfim, você não pode me julgar por tentar formar uma família. Quero casa com jardim grande, jantar em família, crianças correndo pela casa enlouquecendo meu juízo… — Respiro fundo, sentindo o pesar por isso não ter sido possível, mais uma vez. — Não tem como eu ter tudo isso sem um marido, não é? E você, senhorita boca-suja, deveria aquietar o traseiro. De preferência com algum cara bacana de *Fortal City*. Quem sabe assim você volta de vez pra cá — pressiono-a e sou agraciada com sua típica cara de tédio. — Aliás, onde você está mesmo?

— Primeiro: para de condicionar sua felicidade a um macho alfa. Você é talentosa demais para querer usar tanta criatividade e inteligência apenas com cardápios nutritivos, decoração e economia doméstica. Você merece alçar voos mais altos, caralho! Em que pé tá aquela *questão* sobre faculdade? Já decidiu o que vai fazer? Você me prometeu que pensaria em algo! — Mari me cobra em tom autoritário.

— Ei! Não tente me colocar na berlinda, não, tá? Era você quem estava nas cordas desse ringue, trate de me dar algumas respostas. Por exemplo, onde você está e como vai a *questão* — imito ela falando a palavra — "vida amorosa da Mariana"? Afinal, acho que a última vez em que você me falou de um cara foi um tal de Raul, que você conheceu num hostel, em alguma cidade pitoresca do Piauí, se não estou enganada, e isso tem o quê? Uns dez, onze meses? — questiono, ajeitando o notebook entre as pernas, sentada na cama do meu quarto.

— Caralho, tu é foda. Garota, você não vai me enrolar quanto à *questão* da faculdade, okay? — fala, apontando um dedo para a câmera do notebook em minha direção e eu cruzo os braços, revirando os olhos. Mas ela não desiste. Fica esperando minhas respostas. Eu parto para o ataque então.

— Mariana, não me enrola!

— Afff... Tô trabalhando pra cacete, como sempre, tá? É isso o que estou fazendo e que sempre faço. Não tenho tempo para o lance romântico da vida, romantismo pra mim é capturar imagens únicas com as lentes da minha câmera por esse Brasil afora e fazer com que o mundo enxergue a beleza do nosso país, que é muito mais do que as curvas da bunda de uma mulher-fruta — diz com uma pontinha de irritação na voz, tão típica dela. Mari parece que vive irritada com alguma coisa, sempre como se tivesse raiva do mundo. Não é preciso muito para acender seu pavio, e ele rapidinho é consumido pela chama.

— Ei, está tudo bem? — pergunto, atenta aos sinais de quando tenta esconder algo de mim. Ela sempre esconde.

— Está sim, Vih paranoica — afirma com um sorriso. — Só tô exausta, mas pelo menos dentro da Chapada Diamantina, na Bahia. Que lugar incrível, Vih! — comenta com um sorriso. — Um dia te trago aqui.

— Quem sabe aí será o local da minha futura lua de mel, hein? — brinco.

— Caralho, vai te aquietar, mulher! Tu acabou de se divorciar! Deveria estar pensando em farras e porres, e não na próxima lua de mel, garota!

— Foi apenas um pensamento, oxe — digo dando de ombros como se não fosse nada de mais, mas vou anotar esse destino no meu bloco de notas para não esquecer. Quem sabe?

— Ei, apaixonada compulsiva, tenho que ir — Mari avisa, se ajeitando na rede. — Quero pegar o nascer do sol, daqui algumas horas, num lugar de difícil acesso. Preciso tentar dormir um pouco.

— Tudo bem, mas toma cuidado! — peço. — Não vai se estrepar só por causa de uma fotografia.

— Não é *só* uma fotografia, Vih, é o meu trabalho — ela me censura, meio contrariada.

— Desculpa, senhora fotógrafa renomada e premiada! Só me preocupo com as partes do seu corpo e prezo por elas inteiras e não despedaçadas por você ter caído de algum desfiladeiro por causa de um clique.

— *Hummm...* então você preza as partes do meu corpo, Ana Victoria Leal? — Mari fala no seu tom grave, e sou capaz de sentir sua respiração no meu ouvido como se ela estivesse aqui, ao meu lado na cama. Meu corpo inteiro se arrepia. Fico sem graça.

— Ah, vai tomar banho, Mari! Você me entendeu — falo me movendo desajeitadamente na cama, tentando fazer com que meu corpo não dê sinais físicos e claros de que...

— Garota, assim sem graça, você é muito fofa! — brinca ela gargalhando alto, e logo depois escuto-a se desculpar pelo barulho, provavelmente por ter acordado algum desconhecido com quem divide o quarto. — Indo nessa, Vih. Até mais.

— Até, Mari. Vê se não some! Sinto sua falta... Amo você.

— Vou tentar, mas nem sempre tenho conexão com a internet. Vê se não se casa nas próximas semanas... hahaha. Também te amo.

Então a chamada de vídeo se encerra e me permito cair com a cabeça no travesseiro, o notebook ainda no meu colo. Fecho os olhos bem apertados e tudo que eu mais queria, neste exato momento, era voltar a ter 17 anos.

10 de dezembro de 2003

Abro os olhos, e a única luz que há em todo o quarto vem da veneziana.

Estou deitada na minha cama com Mari à minha frente. Pegamos no sono logo após acabar o especial de Natal da Britney Spears, que descobrimos ser uma paixão em comum. É, Mariana "Cara Amarrada" Fontenele foi pega pelas performances da Diva Pop, mas, também, quem não se renderia? E, a propósito, Mari gosta sim de dança. Mesmo que apenas de assistir coreografias elaboradas sem "saltitar" junto. Ela me confessou, depois que nos tornamos amigas, que disse aquilo apenas para me provocar, porque estava contrariada com o lance de termos que nos apresentar um por um, queria descontar em alguém. E eu parecia a vítima perfeita.

Apesar de eu já estar acordada, Mari ainda dorme. Sinto sua respiração entrando nas minhas narinas e se misturando com a minha. Meu coração parece que vai sair correndo de dentro de mim. Não ouso mover um único músculo. Meu corpo inteiro está tenso e nem mesmo sei o porquê. Meu Deus, é só a Mari!

Sinto o nariz dela roçar no meu, quando ela se move brevemente durante o sono e nossos lábios quase se tocam. Minha Nossa Senhora... quase encostou! Encostar seria o mesmo que beijar?

Baixo os olhos para os lábios carnudos da Mari e, de repente, estou imaginando quão macios eles devem ser e qual gosto teriam, já que ela nunca usa batom.

Caraca! Por que eu estou pensando isso? Questiono-me com os olhos apertados, me virando lentamente para me posicionar de barriga para cima, apenas por ter medo das coisas que sinto vontade de fazer ao olhar para aquela boca.

— Ei, já tá acordada? — Mari pergunta, ficando na mesma posição que eu.

— Sim — respondo sussurrando, sem saber o motivo.

— Meio escuro, né? — comenta.

— É, tá... vou acender a luz... não acendi porque não queria te acordar — explico sem graça.

— Não! — Mari segura minha mão, mantendo-me no mesmo lugar, ao seu lado. — Deixa, gosto de como as luzes entram pela janela. Olha. — Mari ergue nossos braços sob a luz, entrelaçando nossos dedos. — É um contraste lindo, não acha? — Mari desentrelaça nossos dedos e acaricia meu braço com as pontas dos dedos e meu corpo inteiro reage ao seu toque de uma maneira que jamais senti e que nunca, nem mesmo que vivesse um milhão de anos, poderia explicar. — Sua pele é ainda mais clara em contraste com a minha, Vih. Gosto disso, dos tons juntos. — A cada palavra, meu coração bate ainda mais forte e eu realmente não sei como parar isso. Não que seja uma sensação ruim, é só... diferente e apavorante, apesar de eu ansiar por mais. — Você dormiu, garota? — pergunta, baixando nossos braços e descansando nossas mãos junto ao peito. O coração parece bater tão desesperado quanto o meu.

— Não — digo baixinho, em seguida pigarreando, mais uma vez, sem fazer ideia de por que estou sussurrando. — Ãh... Acho melhor acender a luz, não faço a mínima ideia de que horas são... Ãh... pode ser que esteja tarde... você precisa voltar pra casa, não é? — pondero nervosa, e Mari solta minha mão, parecendo contrariada.

Na verdade, não é tarde, tenho certeza, mas preciso fugir dessas sensações que se espalham por cada centímetro do meu corpo que, de repente, parece querer algo que não deveria querer.

Mari

Mari (Disponível)
mar _e_ana@hotmail.com

As lentes da minha câmera embaçam; meus olhos, não.

  **Vicky** (Disponível)
vih_leal@hotmail.com

O seu passado também vive só para bagunçar o seu presente?

Eu amo o pôr do sol. O mesmo sol se põe todos os dias, o mesmo aqui e em qualquer outro lugar do planeta, e, ainda assim, ele consegue nos deslumbrar com infinitas variações de cores e tons no céu, dependendo do lugar, ângulo, e, principalmente, dos olhos que o observam. Quero capturar cada movimento com as lentes da minha câmera.

  O dia está quase no fim, e eu me encontro no alto de uma serra, tentando clicar até o último vestígio da luz do sol antes que ele se vá completamente. O horizonte se torna cada vez mais escuro, com algumas pinceladas de laranja.

  Inclino o rosto em direção ao céu, agradecendo por mais um dia produtivo, ainda segurando a câmera sob meu peito, respirando fundo, mantendo os olhos fechados, e o rosto da Vicky enche todo o espaço da minha cabeça como em uma exposição. Vicky sorrindo; Vicky fazendo bico; Vicky séria; Vicky sem graça (minha favorita); Vicky entediada... *Ana Victoria Leal Figueiredo... Como você consegue preencher cada molécula do meu corpo?*

  — Não acha que já deu por hoje, morena? — Sinto braços circularem minha cintura e, por uma fração de segundo, eu percebo meu corpo rejeitar aquele toque. Dez meses que estamos juntos e meu corpo parece que jamais conseguirá reconhecer o dele, jamais deixará de sentir essa estranheza, como se meu corpo não fosse o lugar onde seus braços e mãos devessem estar. — Quero chegar cedo e aproveitar que hoje foi o último dia dos nossos companheiros de quarto no hostel. Estou com um ótimo pressentimento de que não deu tempo de colocarem outros hóspedes no lugar deles e de que teremos uma noite a sós — Raul cochicha sugestivamente ao meu ouvido e estremeço de ansiedade, entretanto, não é aquela ansiedade do tipo boa, é mais do tipo que torce para ele estar errado quanto ao pressentimento.

— Será? — Viro-me, olhando para ele, com o sorriso que ensaiei a vida quase toda. — Vem, branquelo, vamos embora que estou louca por um banho — chamo-o, me desenroscando dele, fingindo que não percebi sua intenção de me beijar.

— Ah, morena… Sinto que hoje teremos uma noite incrível! — exclama todo animado.

— Mal posso esperar… — falo com um riso na voz que não combina com a tensão nos meus músculos, enquanto recolhemos nossas coisas e começamos a caminhar de volta para o hostel.

Ao chegarmos, somos avisados assim que passamos pela recepção de que temos novos *amigos* para dividir o quarto, e sinto o alívio escorrer pelo meu corpo como água fria depois de um dia inteiro de sol, ao mesmo tempo que vejo a expressão animada do meu… ãh… do Raul, murchar.

— Parece que teremos uma noite incrível… só que de sono, branquelo! — brinco de bom humor.

— Você é uma mulher muito cruel, sabia? — diz ele me olhando com ternura, e me sinto culpada. — Mesmo assim eu adoro você, o que que eu posso fazer? — Ele dá de ombros e beija a lateral da minha cabeça ao passar por mim, caminhando em direção ao banheiro.

— Ei! Seja um cavalheiro e me deixe ir tomar banho primeiro, como dama que sou! Por acaso você não lembra da regra universal? Primeiro as damas!

— Você não é uma dama, morena. Sabemos disso, e esse é meu castigo pessoal por sua crueldade — avisa fechando a porta do único banheiro do hostel e eu sorrio. Dessa vez, de verdade.

Entro no quarto e vejo mochilas ocupando três das seis camas do cômodo. Caminho em direção ao meu colchão, coloco minha mochila num canto e me jogo na cama, permitindo que a maciez aconchegue meus músculos doloridos depois de um dia pesado de trilhas, cachoeiras, subidas e descidas.

Passo as mãos pelos meus cabelos, massageando o couro cabeludo, tentando acarinhar pensamentos controversos e acalmar os sentimentos que vez por outra se rebelam tentando dominar minha racionalidade.

Caralho, o que é que eu tô fazendo? Por que eu me sujeito a isso? Por que continuo nessa farsa? Sinto vontade de chorar. *Porra! Sabia que você pode chorar, Mariana? Você não é a merda de uma máquina!*

Sinto as lágrimas se formando e minha barriga retrair-se com o choro preso que não vou libertar. Respiro fundo.

Bom, sou humana, mas não sou fraca, lembro-me, tentando enfiar essa sensação ruim em qualquer canto esquecido dentro de mim.

Caralho... estou morrendo de saudades dela, penso enquanto tenho um vislumbre do desenho tatuado no meu antebraço esquerdo.

Faz duas semanas desde a última vez que nos falamos. Olho para o notebook e pondero se devo ou não ligar para ela. Verifico a hora e vejo que ainda não são sete de uma sexta à noite. Será que ela já está em casa?

Pego o notebook, me preparando para ir até a rede que fica numa varanda pequena no nosso quarto, com uma vista incrível para um jardim a céu aberto.

— Você não vai tomar banho, cascona? — brinca Raul, entrando no quarto e me *obrigando* a parar. Então, paro na metade do caminho.

— Vou, sim. É... achei que você fosse demorar mais no chuveiro e ia aproveitar para falar com a Vicky — explico colocando o notebook em cima da cama e separando as coisas de que vou precisar para o banho.

— Você e ela conversam pra caramba. Se conhecem há muito tempo? — pergunta com interesse.

— Que exagero! Faz duas semanas que eu não falo com ela. E, sim, nos conhecemos desde a adolescência.

— Hum, entendi. Espero conhecer sua amiga um dia. Parece uma pessoa legal, eu acho. Apesar de que não sei muito sobre ela, já que você sempre se esconde quando estão conversando... — Raul me olha de forma estranha, como se me avaliasse. Sinto-me desconfortável, invadida, mas decido ficar calada e revirar os olhos como resposta. — Para ela manter contato com você por tantos anos assim, deve ser um amor de pessoa. — Implica tentando aliviar o peso que sua encarada causou.

— Ah, cala a boca, mané! — Dou um tapa em sua barriga com as costas da mão quando passo por ele, tentando amenizar o clima, mas ele me segura pelo pulso, me puxando para perto.

Nossos olhos se encontram e ficamos calados por alguns segundos, o ar pesado voltando a nos envolver.

— É estranho sentir sua falta quando você sempre esteve aqui, bem do meu lado — fala em tom sério. — Na verdade, acho que o que é estranho é ver você bem juntinho de mim aqui, e não conseguir sentir que está sequer no mesmo plano que eu — continua, envolvendo meu rosto com as mãos e olhando no fundo dos meus olhos, querendo ver além deles.

— Ei! — Ergo-me na ponta dos pés e dou-lhe um selinho. — Eu estou aqui, sim, okay? Só estou mais cansada do que o habitual nesses últimos dias de trabalho — justifico-me.

— Parece que esse cansaço vem de uma vida inteira, Mariana — diz ele, beijando minha testa. — Vai lá tomar seu banho — pede, já se afastando, ficando de costas para mim e de frente para sua cama. Meu peito se enche de culpa e pesar.

Fico ali parada, tentando abrir a boca e acabar logo com isso, no entanto, a única coisa que consigo fazer é fugir; dessa vez para o banheiro.

Raul é um cara bacana, cochicho para mim mesma enquanto a água fria cai sobre a minha cabeça. *Eu gosto dele. Gosto da companhia dele. Ele é descomplicado. Não há cobranças, pelo menos não explícitas, sobre "a gente". Ele respeita meu espaço, e a verdade é que minhas viagens se tornaram bem mais divertidas depois que eu o conheci, tirando o lance do "romance".*

Isso pode dar certo, Mariana, asseguro-me. *Houve momentos em que os beijos e as carícias não foram de todo mal, não é? É normal que eu tenha precisado da ajuda do álcool pra relaxar, certo? Ou da presença dela na minha cabeça.* Merda. Interrompo meus pensamentos quando sinto meu corpo desejar alguém que não deveria, e desligo o chuveiro.

Quando retorno ao quarto, ainda com os pensamentos em guerra, entro em parafuso ao ver Raul com o meu notebook aberto de frente para si. *Mas que porra é essa?*

— Ei, oi, amor! — *Amor?! Que caralhada é essa de amor? Que tom é esse? Que diabos ele está fazendo?*

— Mas que po...

— Surpresa! — exclama Raul, virando a tela do notebook na minha direção. Dou de cara com a Vicky me olhando com um sorriso que de longe reconheço que não é sincero. *Porra!!!* — Você não vai dizer oi pra Vih? — ele pergunta sorrindo, como se aquilo tudo fosse algo normal, ele pegar meu notebook e fazer chamada de vídeo com uma amiga minha a quem sequer foi apresentado. E pior, chamando a Vicky de um jeito que *só eu* posso chamar!

Sinto-me novamente invadida e fico com raiva, muita raiva, mas não vou matá-lo agora, afinal minha preocupação é com a mágoa que com certeza ela pode estar de mim, pois é óbvio que Raul contou sobre nós. A Vicky deve estar se sentindo enganada.

Caminho em direção à minha cama, onde Raul está sentado, e puxo o notebook de suas mãos, ódio faiscando através dos meus olhos, até que eles encontram os olhos desapontados da Vicky, camuflados por seu sorriso brilhante, apesar de amarelo.

— Ei, garota, e aí? — falo tentando soar com descontração.

— Oi, Mari — cumprimenta, baixando a vista ligeiramente. *Merda, vou matar esse idiota!*

— Como vão as coisas por aí? — pergunto, incomodada com a proximidade do Raul.

— Tudo bem. Tenho algumas coisas pra te contar que você jamais poderia imaginar — diz ela com uma animação que pareceu genuína, e espero que não tenha a ver com algum cara, de novo. — Mas me conta aí você, ãh… E esse bonitão aí do seu lado? — Vicky pergunta, tirando o cabelo de trás da orelha, evitando olhar diretamente para nós.

— Ah, pois é. Esse é o meu… um ami… o Raul.

— Ah, amor, eu e sua amiga já somos quase íntimos! Não é mesmo, Vih? — Sinto algo ruim nas entranhas sempre que ouço Raul me chamar assim. Não sei aonde ele quer chegar, não sei o motivo de ele estar fazendo isso e espero que eu consiga entender suas razões, porque eu realmente tenho carinho por ele e odiaria constatar tão tarde que ele é só mais um babaca no mundo.

— Quase isso — Vicky concorda.

— Então, acho que vou deixar as garotas tricotando, como diria minha avó — avisa virando-se para mim. — Tô indo encontrar os caras pra tomar

umas, mas não se preocupe amor, só tenho olhos pra você — ele me tranquiliza e me beija, de forma indiscreta, pegando-me desprevenida. — Até mais,
Vih, foi um prazer — despede-se e sai.

— E aí, ga...

— Por que não me contou que estava namorando? — Vicky me interrompe assim que o Raul bate a porta.

— Simplesmente porque eu não estou. Um lance sem importância, irre-
levante para que fosse preciso te contar. E, de mais a mais, eu não preciso ficar
te contando cada passo da minha vida! — respondo irritada, direcionando
parte da minha raiva a ela, mesmo que ela não tenha nada com isso.

— Nossa! Duas semanas sem falar comigo e ainda quer que eu engula
suas rabugices? Obrigada por isso, Mariana Fontenele — diz em tom bravo.
— Essa é sua maneira de se esquivar do fato de ser uma mentirosa?

— Como assim, mentirosa?! Não te contei porque esse caralho de relacionamento não tem importância pra mim! — quase grito, e a vontade de
chorar me sufoca.

Eu não quero gritar nem brigar com ela. Quero pedir desculpas por ter
mentido, quero explicar por que não contei, mas só consigo brigar.

— Sério que ele não tem importância? Acaso você dorme há dez meses
com um cara a quem não dá a menor importância? — Ela sorri, incrédula.
— Okay, eu não sabia que você tinha mudado tanto. Porém, como sempre,
não vou julgar. A vida é sua. Só acho que você deveria deixar claro para esse
tal de Raul qual a importância dele na sua vida, porque ele claramente não
faz ideia — aconselha Vicky de forma ferina. E ela tem razão, em parte.
Respiro fundo tentando me acalmar.

— Olha, não é que ele não tenha nenhuma importância, tá? É só que...
sei lá. Não é o tipo da coisa que vai acabar num altar, entende? Não é nada
sério. Estou tentando viver como todo mundo normal, só isso.

— Você gosta dele? — pergunta em um tom melancólico.

— Claro que gosto — respondo automaticamente.

— Então, por que não leva a sério? — Sua voz é baixa, quase como se
tivesse medo de perguntar. — Ele aparenta ser um cara legal e parece ser "seu
número" pelo que ele me contou dele. Filho de um fazendeiro multimilionário fugindo da vida monótona da administração de um império por querer

viver intensamente. Vocês fariam um bom estrago juntos pelo mundo —
ela tenta soar animada, mas sinto uma pontinha de tristeza em seus olhos.
Ou seriam ciúmes?

— Não sou do tipo que sonha com romances românticos, Vih, e você
sabe. Você me conhece.

— Sei? Conheço? Porque *a minha* Mariana jamais estaria morando com
um cara há dez meses e sendo chamada de *amor* por ele… Isso não me parece
coisa de quem não gosta de romantismo — pressiona.

— Nós não moramos juntos e ele não tem esse hábito, não sei que merda
deu nele hoje — tento justificar.

— Não interessa… Quer saber, Mari? Se eu fosse você, investiria.

— Tá falando sério? — questiono e, por algum motivo, sinto-me decepcionada com o incentivo dela.

— Claro! — exclama com um sorriso que não sou capaz de ter certeza
se foi sincero. — Talvez, se você se entregar para o amor, a vida encare isso
como um grande acontecimento e decida desenrolar uma reação em cadeia
que leve todos à sua volta a encontrarem o amor também. Talvez o destino
queira que a gente o encontre. Juntas.

Assim que Vicky conclui suas ideias infundadas, repito sua última frase
mentalmente: *Talvez o destino queira que a gente o encontre. Juntas.*

Um silêncio estranho nos envolve e, neste momento, mais do que nunca,
eu queria que estivéssemos face a face, porque de repente sinto uma vontade
enorme de falar coisas que sei que não devo, mas que cada dia mais parecem
certas, embora estejam erradas.

— Espero que você não tenha razão sobre isso, Vih. Não vou casar com
nenhum cara. Nunca. Nasci para ser dona de mim mesma, sem ninguém pra
se meter nas minhas escolhas, então, se é o que quer, a recíproca é verdadeira.
Eu também torço para que seu cara perfeito apareça independentemente de
mim — digo.

— Talvez ele já tenha aparecido — informa, incerta.

— Se você tá falando de mim… eu já te disse que não tem nada sério
rolando com o…

— Eu reencontrei o Rodrigo ontem — ela me interrompe.

— Rodrigo? Que Rodrigo? Aquele seu primeiro namorado? Como
assim? Ele não tinha ido morar fora há séculos? — Não acredito que ela vai

entrar nesse jogo de novo. *Puta merda, Vih! Você acabou de se divorciar!*, grito mentalmente, sentindo meu peito apertar.

— Simmm! — confirma animada, esquecendo a raiva de poucos instantes atrás. *Como ela consegue?* — Ele voltou há poucos dias e nos encontramos por acaso, no shopping. Mari, parecia coisa de novela! Nossa... ele está tão lindo! Foi como se eu fosse adolescente de novo e todo aquele meu primeiro amor voltasse a renascer...

— Caralho, garota! Você assinou os papéis do divórcio tem duas semanas! Pelo amor de Deus. Não acredito nisso. Não acredito que você vai fazer isso de novo! Coisa de novela? Victoria, acorda! Para de achar que a tua vida vai ser como um filme ou como os *chick-lit* que você adora... Cresce, garota!

Meu coração bate tão rápido e, não sei como, apertado também. Dói. Sempre dói quando ela aparece com mais uma paixonite. Eu costumo agir de maneira mais contida, geralmente com sarcasmo; como um véu encobrindo o que sinto de verdade, mas agora não tá dando.

— Por que você está me tratando assim? — questiona confusa e claramente magoada, e me sinto um lixo. Fico calada. Os olhos se enchendo com as lágrimas que engoli mais cedo. — Mari, você está bem? Aconteceu alguma coisa? Pelo amor de Deus, me fala! Você tá sempre se escondendo, caramba!

— É caralho, Vicky! CA-RA-LHO! Entendeu? Para de falar coisas como "caraca", "caramba"... é caralho, porra!

Vejo os olhos da Vicky se encherem d'água e vejo rolar uma gota, depois outra, mais outra, e seu rosto começa a assumir um tom de vermelho. E eu só quero me socar por ser uma escrota covarde dos infernos.

— Me desculpa... — Fecho os olhos e conto minhas respirações. Um. Dois. Três... — Acho melhor a gente se falar depois — sugiro e encerro a chamada antes mesmo de ela concordar.

Coloco o notebook em cima da cama, deitando-me de lado, e acaricio o desenho tatuado no meu antebraço. Leio a segunda parte de uma frase, desejando poder segurar a mão dela agora e ter seu braço colado ao meu para que eu possa ler a frase inteira.

Choro. Soluço. Fecho os olhos. Caio no sono.

12 de junho de 2004

Sabe aquele lugar que só te traz paz? Aquele lugar onde você se sente segura e acolhida? Pois é, esse é exatamente o lugar onde eu estou e é para cá que venho sempre que posso: o quarto da Vicky.

Eu não sei o que faz este lugar ser tão incrível, mas desconfio que seja porque aqui é como se fosse o mundo dela.

— Caraca! Mais um 12 de junho que passo com o coração vazio — resmunga Vicky.

Estamos deitadas, Vicky de barriga pra cima encarando o teto, entediada com sua solidão de amor masculino; eu, de bruços, com o rosto virado em sua direção, admirando a curva do perfil de seu rosto e contemplando meu próprio tédio por não conseguir entender por que ela sente tanta necessidade de se apaixonar por um garoto.

— Caralho, Vih, é só mais uma data idiota — digo, e ela se vira de lado para me encarar.

— Você já se apaixonou alguma vez na vida, Mari? — pergunta levantando uma sobrancelha e entortando um pouco a boca para a direita, inclinando o rosto ligeiramente, numa expressão de dúvida e desafio.

— Tenho coisas mais úteis com que ocupar meu coração, e maneiras melhores de aproveitar a vida. Além do mais, não tenho o menor saco pra essas coisas de coraçõezinhos e lenga-lengas melosos e grudentos… iga! — exclamo colocando uma mão na boca e a outra contra a barriga. — Acho que fiquei enjoada só de pensar, Vih — brinco, tentando não me sentir ainda mais esquisita do que já me sinto.

Não sou como a maioria das adolescentes da minha idade, isso é claro para mim e para quem quer que me olhe, nem precisa conviver comigo para notar; por exemplo: meu fichário é azul-marinho e discreto, enquanto as demais meninas da escola têm fichários cor-de-rosa com flores, personagens encantados, corações e lacinhos. Elas adoram um salto e eu não abro mão dos meus tênis. Sainhas e vestidinhos? Jamais! Prefiro uma legging preta, bem confortável, obrigada. Eu amo praticar esportes, elas morrem de medo de quebrar a unha. E, claro, elas vivem suspirando pelos garotos, sonhando com beijos e não sei que lá; eu nunca sequer fantasiei com um garoto na vida.

— Ah, é? — Vicky começa em tom brincalhão. — E com o que uma garota de quase 16 anos, enjoada e mal-humorada, ocupa seu coração, hein? Como aproveitar a adolescência sem viver amores juvenis? Dizem que essa é a nossa melhor fase, Mari!

— exclama ela com euforia, mas eu continuo calada. — Ah, você precisa se apaixonar! Não se pode passar pela adolescência sem descobrir a sensação de ter o coração roubado — afirma ela com um tom teatral, colocando as mãos junto ao peito.

— Nem! O coração é meu! Roubado é o caralho. Eu não vou deixar. Jamais!

— Aposto que um dia alguém irá! — reitera, como uma vidente prevendo meu futuro, e a encaro para rir dessa tolice, mas fico completamente hipnotizada quando meus olhos encontram os dela. O olhar da Vicky nunca esteve tão intenso quanto está agora. O sol entra pela veneziana e os olhos dela, que estão contra a claridade, ficam com um tom de castanho quase tão claro quanto mel de laranjeira. Perco o fôlego.

— Vai sonhando, "Mãe de nada" — faço piada, embora eu mesma não consiga sorrir, tampouco fazer meu cérebro enviar o comando para a minha boca.

— Quando você menos esperar, quando acreditar que tudo continua sob controle, de um minuto para o outro, você perderá o fôlego. — PUTA QUE PARIU!, grito mentalmente e, de repente, sinto minhas pernas formigarem de uma maneira estranha, como se eu tivesse com muito medo e não fosse capaz de correr do perigo, enquanto ela continua. — Suas pernas ficarão alheias à sua ordem de pararem de tremer, ou até mesmo de se moverem. — Os olhos dela não soltam os meus e eu quero muito saber que porra é essa, porque meu coração bate tão forte e acelerado que tenho a impressão de que ele não quer mais ficar dentro do peito. — E seu coração vai disparar de uma forma tão absurda que vai até te assustar. — O que ela está fazendo? Isso... isso é... o que é isso? — E aí, minha amiga linda e rabugenta, você enfim vai se dar conta de que é tarde demais — conclui finalmente, batendo o dedo indicador no meu nariz. E só então volto a respirar, engolindo em seco e ouvindo minha própria voz gritar dentro da minha cabeça: Será que estou me apaixonando pela Vicky?

— E... o que mais uma pessoa sente quando está apaixonada? — pergunto, pois quero, de verdade, saber, mas estou insegura. Um misto de desconfiança e curiosidade me sacode por dentro.

— Alguém já fez você se sentir dessa maneira, Mari? — pergunta Vicky com olhos penetrantes, e o quarto ganha uma atmosfera que até então eu não conhecia.

— C-claro... que não! — gaguejo sem graça e tiro meus olhos de seu alcance.

— Mari? — chama em tom baixo.

— Quê? — Volto a encará-la.

Silêncio. Ela parece querer me perguntar algo, mas não tem coragem suficiente.

— Tem certeza de que não está apaixonada por nenhum cara? — pergunta.

— Eu não sei, Vih... Acho que não.

Tudo sobre Nós 35

— Hum — ela respira fundo. — Sabe, quando a gente está apaixonada, a gente pensa na pessoa o dia inteiro. — Ela me fita. — Contamos os segundos para encontrar a pessoa, o mundo se torna mais agradável, o coração fica numa mistura de tormenta e calmaria... Entende?

— É tipo assim que você se sente quando pensa no Rodrigo? — pergunto, e algo dentro de mim dói, como em todas as vezes que ela me conta sobre a falta que ele faz. Visto-me com mais uma carapaça, desejando que essa seja ainda mais dura, querendo que um dia essa dor não me atinja mais. — Entendo, sim. Você é bem transparente quanto a como se sente, então, se tudo isso que me contou até agora é o que uma pessoa sente quando tem o coração roubado e se apaixona pelo ladrão, nenhum garoto jamais roubou o meu.

— É, sim... — diz ela em um tom de desânimo. — É exatamente como ainda me sinto em relação ao Rodrigo.

— Será que nunca mais você vai se apaixonar por outra pessoa, Vih?

— Às vezes... acho que não — responde e respira fundo.

— E se acaso não acontecer? Se nunca mais você se apaixonar? — pergunto e, de alguma forma, sinto meu peito esquentar com uma chama quase inexistente de esperança, e nem sei de quê.

— Bom, então espero que você continue firme na sua dedicação de não se apaixonar, daí poderemos ser duas desapaixonadas desbravando o mundo! — exclama com um riso na voz em tom de brincadeira, no entanto, aqui, na cama dela, estou torcendo para que realmente nunca mais se apaixone na vida.

Vicky

Mari (Disponível)
mar_e_ana@hotmail.com

Ao menos, meu trabalho me traz paz. Mais uma missão cumprida.

Vicky (Disponível)
vih_leal@hotmail.com

Dizem que "águas passadas não movem moinho". E amores passados? Fazem "felizes para sempre"?

Não preguei o olho a noite toda, e quando ouço o despertador do meu celular pela manhã, ainda estou tentando entender como o meu dia acabou tão mal.

Eu estava contente, mesmo fazendo apenas duas semanas que havia assinado meu segundo divórcio. Reencontrei meu amor de adolescência e me vi em uma dessas comédias românticas, com direito a encontrão e suco de melancia derramado na camisa branca dele. Entretanto, fui da comédia romântica ao thriller psicológico no momento em que vi o tal do Raul na tela do meu notebook.

Até agora, não sei o que mais me aterrorizou sobre aquele encontro virtual bizarro: se foi imaginar a Mari apaixonada por aquele cara, ou se foi a certeza de que ela não está bem. Eu sei que está sofrendo, por mais que ela se esconda nos palavrões, na cara amarrada e no sarcasmo. Saber que a minha Mari está infeliz acaba comigo.

Gostaria de estar com raiva dela agora. Queria sentir ódio ao lembrar dos gritos e da forma como me tratou, mas entendo, claro, que aquilo foi apenas ela perdendo o controle por não saber lidar com algo que eu gostaria muito de saber o quê.

Remexo-me na cama. Preciso levantar para trabalhar, mas simplesmente não consigo. Meu corpo parece pesar um milhão de toneladas.

— Vicky! — Ouço minha colega de apartamento gritando atrás da porta do meu quarto. — Você não vai trabalhar hoje? Não está atrasada?

— Sim, estou! Já levantei! — minto.

— Mentira! — Ela continua berrando do lado de fora e não entendo o porquê de simplesmente não entrar na porcaria do quarto. Talvez queira apenas me irritar.

— Como você poderia saber? Eu não minto! Jamais...

— Você é uma péssima mentirosa, isso sim! — afirma. — A voz está saindo meio abafada, então no mínimo você está com metade da boca no travesseiro. Aposto que tá deitada de lado — profetiza com ar de triunfo.

— Espertinha! — exclamo, já de pé.

— Essa é a minha garota! — diz, finalmente abrindo a porta do quarto. — Tem café pronto caso queira tomar antes de sair. Tem pão também, mas a manteiga acabou. Estou saindo praquele inferno que chamam de emergência. Bom dia! — Ela sorri e fecha a porta, e eu caminho em direção ao meu banheiro.

Desde que saí da casa dos meus pais pela primeira vez, quando casei, aos 18 anos, não voltei mais. Não por falta de incentivo da parte deles, é só que eu não quero andar para trás. Saí de casa para construir minha própria família e é exatamente isso o que vou fazer.

Fabrícia e eu nos conhecemos logo após meu primeiro divórcio, quando comecei a procurar um lugar para morar. Eu respondi a um anúncio em que ela procurava alguém para dividir apartamento e nosso santo bateu logo de cara, então, graças a Deus, tenho sempre um quarto garantido no apê dela e é para cá que eu sempre volto.

Trabalho como vendedora em uma loja de sapatos, em um dos maiores shoppings de Fortaleza. Não é o melhor dos empregos, mas a comissão é bem generosa, e eu sempre gostei de ter meu próprio dinheiro, nunca fiz questão de nada dos meus ex-maridos após a separação.

Já fiz alguns sacrifícios em prol do meu sonho de ter uma típica família tradicional brasileira, no entanto, existem coisas por cima das quais eu jamais passaria. Minha independência financeira é uma delas. E essa foi uma das causas que levaram ao meu primeiro divórcio.

Já no trabalho, entre uma cliente e outra, passo o dia verificando meu celular. Aos sábados o fluxo costuma ser intenso, e hoje não está sendo diferente.

— Você está bem, Vicky? — pergunta minha gerente, logo após me ver verificando o celular pela milésima vez.

Tudo sobre Nós 41

— Tô sim, Georgea, só estou esperando uma mensagem da minha mãe — minto, pela segunda vez no dia. *Preocupante?*

— Ela não está bem? — pergunta em tom preocupado.

— Está ótima. Não é nada, de verdade — respondo sorrindo. — Posso tirar meu horário de almoço agora? — peço.

— Claro! Se precisar de algo, me avise, okay? — diz com sinceridade.

— Obrigada — agradeço.

Quando chego à praça de alimentação do shopping, sento numa mesa qualquer e apenas fico lá com meus devaneios, sem conseguir parar de pensar na Mari.

Fico repassando mentalmente a coisa toda sobre a noite de ontem, absorvendo cada detalhe nas expressões faciais dela, cada trejeito, cada vez que ela olhou para o lado ou para baixo, e como seus olhos pareciam perdidos e pesarosos enquanto ela gritava comigo. Eu não vi raiva neles, apenas dor.

O que será que está acontecendo com você, Mariana?, penso e respiro fundo, desejando, mais do que nunca, reconquistar aquela sintonia afiada de nove anos atrás.

A verdade é que fomos nos afastando ao longo dos anos. Cada uma teve um caminho novo a trilhar, que acabou por nos levar em direções opostas, e, além do mais, é impossível não ver as barreiras que ambas criamos para nos proteger uma da outra, apesar de eu não imaginar o porquê disso tudo.

— Posso me sentar? — Ouço uma voz masculina vinda do meu lado esquerdo e me viro, sem ter certeza de quem poderia ser. Dou de cara com o Rodrigo.

Nossa… ele está muito lindo! Eu sei que a Mari tem razão quanto ao lance de eu precisar tomar um fôlego entre uma enrascada e outra, mas como conseguir dar o tal do tempo ao meu coração quando aparece uma coisa dessas, bem na minha frente, praticamente implorando para ser o pai dos meus filhos?

— Então, posso ou não posso?

Rodrigo continua parado ao meu lado com a mão nas costas da cadeira, fazendo menção de puxá-la para se sentar comigo, e sorri com aquela covinha funda em apenas uma de suas bochechas. *Ah, minha Nossa Senhora dos corações desamparados… ele é tão fofo!*

— Alô-ô, Victoria? — insiste, esperando minha aprovação e claramente se divertindo com a possível cara de bocó que eu devo estar fazendo.

— Claro! — respondo com um sorriso sem graça. — Me desculpe... É que eu estou meio distraída hoje. Alguns estresses no trabalho... Coisas pra resolver e esse tempo sempre tão corrido... ãh... sabe como é, não é mesmo, Rodrigo? — tento me explicar, mas não consigo dizer coisa com coisa, então desisto e finalmente me calo.

— Acho que tem coisas que não mudam com o tempo, não é mesmo, Victoria? — questiona me imitando, ainda sorrindo e se sentando ao meu lado. Experimento um sentimento de conforto familiar me abraçar ao ouvir o Rodrigo me chamar pelo nome. Ele nunca gostou muito de apelidos.

— Se você se refere ao fato de que ainda continuo avoada e atrapalhada, sim. Há coisas que *nunca* mudam — respondo com um sorriso e nossos olhos se encontram.

— Me refiro ao quanto você fica linda quando fica sem graça — ele afirma com um tom de voz displicente, mas seus olhos o entregam: ele está me azarando.

— Sua gentileza parece que também não mudou com o tempo — digo, sustentando o olhar dele. — No entanto, espero que tenha aprendido a manter os hormônios sob controle — alfineto. Claro que eu não perderia esta chance de jogar a Aline na cara linda e fofa dele.

— Graças a Deus eu amadureci — afirma em tom sério. — Mas então, quase não conversamos ontem, e você me deve uma camisa nova. Tive que comprar uma para não parecer um personagem de "Walking Dead" logo no meu primeiro dia de trabalho.

— Me desculpa! — peço, gargalhando com a piada. — Como você mesmo já constatou, tem coisas que não mudam — digo, dando de ombros.

— Tudo bem, deu tudo certo no fim. Causei uma ótima primeira impressão como chefe do departamento de TI do shopping.

— Nossa... que legal! Você trabalha aqui, agora?

— Sim, mas que tal a gente conversar mais sobre isso amanhã... hum... Você aceitaria jantar comigo?

— Vou... vou pensar no seu caso — aviso, olhando hipnotizada para lábios apetitosos. — Me passa seu telefone? Quem sabe eu talvez... sei lá... te mande um oi, pra gente combinar algo. — Com bastante esforço e toda atrapalhada, volto meu olhar para os olhos dele, entregando meu celular para que ele possa anotar o número. Rodrigo sorri.

— Parece que certas coisas mudam, sim, hein?

— Certas… parece que sim. Vamos ver se você vai ter a sorte de descobrir quais — brinco, pegando meu celular e colocando-o no bolso de trás da minha calça jeans.

— Oba, a sorte anda rondando os meus caminhos.

— Eu preciso ir. Já estou passando do meu horário de almoço — aviso ao me levantar, e ele também se levanta para se despedir.

— Tudo bem, então. — Rodrigo estende a mão para mim e me puxa levemente em sua direção, dando-me dois beijinhos, um em cada bochecha, quase no cantinho da minha boca. — Até mais, Victoria.

— Tchau, Rodrigo — despeço-me e saio andando sem olhar nem mesmo de relance para ele.

É, Rodrigo, com o tempo certas coisas mudam, sim, digo para mim mesma. Eu, por exemplo, aprendi alguns jogos interessantes, e, confesso, realmente gosto muito dos jogos de flertar.

***

Estou na paz do meu quarto, com o silêncio e duas questões a serem resolvidas como minhas companhias. Fabrícia ainda não voltou do plantão eu preciso tomar uma decisão: mando uma mensagem para a Mari e arrisco o humor dela, ou espero ela falar comigo? E/ou mando logo uma mensagem para o Rodrigo agora ou o faço esperar mais um pouquinho? Aposto que ele achou que eu iria mandar um "oi" logo após nos perdermos de vista.

Passo alguns segundos olhando para o meu celular, tentando me decidir sobre o que fazer, então, resolvo que não vou falar com nenhum dos dois, por ora.

Puxo meu notebook, deito de bruços e começo a navegar na internet quando uma foto da Mari chama minha atenção. É um artigo sobre ela.

O Centro de Arte e Cultura de Fortaleza finalmente recebe a exposição da fotógrafa Mariana Fontenele. Apesar do enorme sucesso da nossa conterrânea, esta será a primeira vez que Fortaleza receberá a exposição que conta com mais de 80 fotografias. As imagens — de tirar o fôlego — trazem toda a sensibilidade das lentes e do olhar talentoso da jovem e promissora fotógrafa que conseguiu capturar o pôr do sol de vários municípios cearenses de maneira singular.

Mariana fará a inauguração da mostra no dia 19/10 (sexta-feira) e a exposição ficará aberta ao público até o dia 27/10 (sábado).

Dezessete dias. Mariana estará aqui em pouco mais de duas semanas e sequer me contou.

Menos de um mês para acabar com essa saudade que já dura quase seis anos.

Meu coração dispara. Sinto minhas mãos suarem, minhas pernas bambearem e borboletas no estômago. Mari está voltando, e apesar da felicidade que transborda, de repente, sinto um medo tão grande... que me cobre quase completamente. *Por que será que ela escondeu isso de mim?*

2 de outubro de 2004

— *Tem certeza de que vai mesmo fazer isso?* — *Mari me pergunta pela zilhonésima vez desde que marquei a data do meu casamento, para março do ano que vem.*

Estamos na Ponte dos Ingleses. Na verdade, além dela. Sentadas nas ruínas da antiga ponte de concreto que fora substituída por uma de madeira, apreciando o pôr do sol. Em teoria, deveríamos estar comemorando o aniversário dela, porém, a única coisa que fizemos até agora foi discutir.

— *Tem certeza de que vai se mudar sozinha para São Paulo?* — *rebato sua pergunta com outra, em tom sarcástico, lembrando-lhe que ela irá embora logo após meu casamento para estudar fotografia, e ela me encara.*

— *A questão é essa? Você sabe muito bem que isso é totalmente diferente, Vih!* — *exclama, soprando o ar em frustração.*

Tudo sobre Nós ~~~~~ 45

— Por quê? Porque você vai estudar e eu casar? Temos sonhos diferentes, mas ainda assim são sonhos, Mari. Você deveria respeitar os meus e me apoiar, assim como eu apoio essa loucura que você está prestes a fazer! — argumento, olhando para o lado, porque olhar para ela agora dói. Dói muito.

Eu sei que ela estará indo embora enquanto eu estarei caminhando, na verdade correndo, para amarrar minha vida à de outra pessoa, e nossos destinos jamais serão os mesmos. Estamos exatamente naquela linha tênue entre a adolescência e a vida adulta e, além de todo o pavor do desconhecido que essa nova etapa traz, sinto um pânico ainda maior devido à certeza de que ela não vai mais estar ao meu lado.

Olho para além do horizonte à nossa frente, ainda evitando olhar pra ela, que parece ter perdido a voz.

O sol está cada vez mais próximo do mar à nossa volta, e o céu parece uma mistura de azul, laranja e rosa. O pôr do sol mais lindo que eu já vi, sendo desperdiçado.

Sinto as mãos da Mari junto à minha e um leve puxão assim que nossos dedos se entrelaçam. Eu me aproximo mais e apoio minha cabeça em seu ombro, ainda em silêncio. Só temos o barulho das ondas se chocando nas pedras abaixo de nós com força, estremecendo quase que imperceptivelmente a estrutura condenada que teima em se manter de pé.

Inspiro fundo a cada rajada de vento que bagunça os cabelos da Mari e traz seu cheiro para mim.

— Eu só não quero que a gente acabe, Vih — Mari fala quase sussurrando, e juro que sou capaz de ouvir seu coração martelando o peito. — Você sabe que está acabando com a gente, não sabe? Você está destruindo tudo — afirma com a voz trêmula.

— Ei — chamo, virando-me em sua direção e puxando seu rosto para que eu possa olhar bem dentro dos olhos dela —, não importa o caminho que cada uma de nós precise seguir, não importa para quão longe seus sonhos te levem, quem coloque a aliança que estará no meu dedo esquerdo, ou quanto tempo passe sem que estejamos respirando o mesmo ar, a gente nunca, jamais, irá acabar. Isso é uma promessa, Mari! Você está me ouvindo? — pergunto ainda segurando seu queixo para impedir que ela desvie os olhos dos meus. Silêncio.

O sol agora é só um risco amarelo e laranja na linha do mar. O céu começa a escurecer e algumas poucas e tímidas estrelas já querem brilhar.

Estamos tão próximas, aqui, nesse pedaço de concreto arruinado, nosso lugar de fuga e paz; sinto meu coração esbravejar coisas tão altas e com tanta força que não consigo compreendê-las. O que está havendo?

Mari se aproxima ainda mais, o ar de sua boca entreaberta impedindo que a brisa fria toque meu rosto e, instintivamente, fecho os olhos ansiando por algo desconhecido que não é certo querer, então, seus lábios alcançam meu ouvido, causando arrepios em meu corpo quando ouço palavras sussurradas.

— Eu sei que as coisas vão mudar. Sei que há coisas que não conseguiremos evitar. As coisas já começaram a mudar, você não vê? — questiona ela com um riso sem graça, sem se afastar de mim. Sinto seu peito pressionado ao meu, como se estivéssemos em um meio abraço, então ela continua. — Ninguém deveria fazer promessas sobre as quais não teria controle para poder cumprir. Você também não deveria fazer — diz ela com pesar, afastando seu corpo do meu e voltando a me olhar. — Mas uma coisa posso garantir a você: eu te amo, Victoria. Muito — diz, pausadamente. Suspiro. Respiração profunda. — Amo ainda mais a gente, e isso, posso prometer que jamais irá mudar — afirma ela, e vejo lágrimas rolando enquanto as minhas também inundam meu rosto. É a primeira vez que a vejo chorar e algo se rompe dentro de mim. — Sempre seremos Vicky e Mari, no meu coração, mesmo quando chegar o dia em que, para o mundo, deixaremos de ser...

A noite escura finalmente nos encontra. A lua brilha alta no céu e as estrelas, antes tímidas, iluminam o firmamento como luzes de Natal, e não sei o que eu quero ou o que sinto ou o que está acontecendo. Na verdade, sei sim: Eu só quero que isso não acabe nunca. Só quero poder eternizar esse momento, pois quanto mais os minutos se passam e a hora de irmos para casa se aproxima, mais certeza eu tenho de que hoje é o começo da despedida do "nós".

— Promete? — peço aflita. Querendo e precisando me agarrar a qualquer esperança de que nada vai mudar entre nós. — Promete que sempre vai me amar; promete que somos e seremos Vicky e Mari para sempre? — Ergo minha mão direita em punho, mantendo o dedo mindinho em forma de gancho.

— Ao infinito e além, Vih! — ela exclama, encaixando seu dedo mindinho ao meu. — Eu prometo.

Mari

Mari (Disponível)
mar_e_ana@hotmail.com

Não estou preparada pra isso; ainda não; um dia, um dia...

Vicky (Disponível)
vih_leal@hotmail.com

Você já sentiu medo de algo que quer mais do que tudo na vida?

Encaro incrédula o contrato assinado. O Raul não tinha o direito de fazer isso, apesar de ter o poder para tal. Ele sempre me consultou antes de fechar qualquer exposição, porém, dessa vez, achou-se no direito de tomar a decisão sozinho, e, se eu controlei a vontade de matá-lo por dois dias inteiros, agora não estou com a menor vontade de manter minha ira contida. Ele foi longe demais.

— Mas que porra é essa, agora, Raul? — falo alto e com a voz um pouco mais grave do que de costume, assim que ele entra no nosso quarto, recém-saído do banho, e agradeço por estarmos sozinhos. — Desde quando você toma decisões sem me consultar, a respeito da minha carreira? Enlouqueceu de vez? Seu espírito invasivo não se satisfez com a manézice de dois dias atrás? — Quase esfrego o contrato na cara dele, e de tanta raiva que sinto — agora que finalmente dou voz a ela —, tenho vontade de socar a fuça do babaca.

— Nossa, morena, pega leve... Eu quis te fazer uma surpresa! Ia te contar hoje, no jantar que estava organizando para comemorar o fim de mais um trabalho — defende-se em um tom doce e assustado, e eu não consigo dizer se ele fala a verdade ou é sonso.

— Surpresa?! Por que diabos você inventou essa merda? Não passou pela droga da sua cabeça que eu poderia não estar interessada? Caralho, Raul! É a minha vida, a minha carreira! Eu tomo as decisões, droga! Não faça que eu me arrependa de ter aceitado que você me assessorasse... Na verdade, já estou arrependida. Merda. Porra. Caralho!!!

Eu quero muito bater nele. Ando de um lado para o outro e sinto vontade de gritar! De chutar tudo à minha volta, de colocar todo esse maldito lugar abaixo com ele ainda dentro.

Há dois dias eu vinha me limitando a falar o básico com Raul. A única razão pela qual fiz isso foi evitar os questionamentos que seriam levantados com a briga, entretanto, agora estou completamente fora de controle, depois de dois dias de ira sendo fermentada dentro de mim.

— Qual o problema, afinal? Não estou entendendo o motivo de tanta raiva, morena. Poxa, por acaso eu achei que seria uma surpresa agradável o fato de você estar voltando pra casa, depois de tanto tempo. Você ama sua cidade, sempre me falou do quanto Fortaleza é incrível… Eu achei que seria uma oportunidade de conhecer mais sobre você; de onde você veio; suas raízes; conhecer sua família.

— O quê? — Paro de procurar algo que eu possa quebrar e o encaro. — Do que você tá falando? — pergunto com uma careta. — O que você quer, Raul? Conhecer minhas raízes? Você… — *Não… isso não pode estar acontecendo…* — Tá pensando que você é quem?

— Morena, vamos fazer um ano juntos… Eu amo você e quero mais do que ser seu companheiro de viagem-ajudante-assessor! Caralho! Eu sou seu namorado também! Acho que estamos prontos para darmos mais um passo, deixar as coisas mais… oficiais, digamos assim.

— Oficiais? — questiono e rio sem humor algum. — Você não quis me fazer uma surpresa, Raul — afirmo chegando tão perto e olhando tão dentro dos seus olhos, que nossos narizes se tocam. — Você planejou uma armadilha.

— Armadilha?! Como assim, armadilha? Isso não é verdade — diz ele com uma voz fraca. — Achei mesmo que você iria ficar feliz em estar com os seus, com a Vih…

— O nome dela é Victoria, Raul — advirto. Detesto que a forma como só eu a chamo saia da boca dele.

— Desculpa, não sabia que esse era um tratamento exclusivo seu — ele fala com rancor. — Há algo mais que eu deva saber que cabe exclusivamente a vocês duas? — pergunta em tom sarcástico. Meu sangue gela.

Raul está curioso demais sobre meu relacionamento com a Vicky, e não estou pronta pra responder sobre isso; nem para ele, nem para ninguém; e muito menos para mim mesma.

— Olha só, Raul — começo com uma respiração profunda para tentar aplacar parte da raiva que estou sentindo dele —, quando começamos, quando nos conhecemos, eu achei que tivesse deixado bem claro que minha vida é *minha* vida. Apenas *eu* tenho autoridade e autonomia para decidir o que quer que seja sobre ela — falo com firmeza e ele permanece calado, atento. — Em dois dias você se mostrou uma pessoa que não reconheci. Eu gosto de você, sua companhia tem, sim, tornado meu trabalho mais divertido, mas eu não vou admitir esse tipo de invasão. Nunca mais tome decisões por mim. Nunca mais mexa nas minhas coisas ou tente conhecer meus amigos, família ou quem quer que esteja atrelado a mim, pelas minhas costas! E eu estou pouco me fodendo para as suas boas intenções. Não teste meus limites, Raul. As linhas são finíssimas. Você me entendeu?

Quando termino de falar, Raul me encara intensamente, seu queixo erguido, seus ombros retos, calado. Passados alguns segundos, vejo seu rosto murchar, e seus olhos fitarem os próprios pés.

— Me desculpa, Mari — pede, rendido, com as mãos nos quadris ainda olhando para baixo. Sua postura é de arrependimento, mas ainda estou com aquele olhar e aquela transformação facial de agora há pouco bem fresca na memória. *O que você quer, Raul?* — Eu realmente sinto muito, só queria te fazer uma surpresa legal, queria te fazer feliz, mas você não deixa, não é? — questiona voltando seus olhos para os meus. Tristes. Não sei quais são as intenções reais dele comigo, mas é certo que ele gosta mesmo de mim, e eu não sei mais o que pensar.

— Você não pode, Raul — afirmo categoricamente.

— Não posso o quê? Te fazer feliz? Por que não me deixa pelo menos tentar? — suplica. — Me deixa entrar, Mariana. Abre a porta pra mim!

— Você não entende. Ninguém tem esse poder. De fazer outra pessoa feliz, quero dizer. Isso é algo individual. Vai de cada um fazer-se feliz, e eu não preciso de você pra isso, sinto muito.

— Você é muito fria e cruel, às vezes. Sabe disso, não é?

— Na maioria das vezes, *a verdade* é que é, Raul. Acontece que existem as verdades que queremos ouvir e as que não, de jeito nenhum. Não sou fria ou cruel, só não minto. Não sem necessidade.

— Você vai terminar comigo? — pergunta em tom preocupado e eu o fito, pensativa.

Silêncio.

Apesar dos pesares, ele mantém minha vida em velocidade de cruzeiro, e eu não sei se estou pronta para perder essa falsa segurança.

É, eu sei. Não sou tão destemida quanto tento parecer. Não estou preparada para enfrentar ainda mais perguntas sobre a minha vida amorosa.

Minha vida atrai muitos curiosos por causa da minha profissão e do reconhecimento público que meu trabalho já teve. Tem gente demais analisando meu "jeitão". Um namorado encerra o assunto, em parte, mas tenho um limite e estou nesse exato momento analisando se o Raul já o ultrapassou, ou se seria melhor estendê-lo um pouco mais em prol da minha falsa paz.

Passam-se alguns longos minutos sem que ninguém fale mais nada. Ele mantém-se calado à espera da minha resposta como se eu fosse sentenciá-lo à morte ou à vida eterna.

— Ei, pessoal! — Ouço a voz do Gregory, um dos hóspedes que divide o quarto com a gente. — O que ter para a noite de boa? — ele pergunta com seu melhor português. Respiro fundo, abrindo o sorriso que tanto odeio.

— Bom, não sei pra você, Greg — falo me virando para ele, estendendo a mão na direção do Raul que suspira aliviado. — Mas esse bonitão aqui e eu temos um jantar romântico para ir.

— Homem da sorte, hein, Raul? — brinca Gregory.

— Sim, de muita — Raul concorda.

— Vou tomar um banho e me arrumar, então — aviso pegando minha mochila, me virando em direção à porta, e as lágrimas despencam antes mesmo de eu fechá-la atrás de mim.

✣✣✣✣✣✣✣✣

Estou bêbada. Caralho, é sério! Estou bebaça. Raul está em cima de mim agora. Não sei bem o que estamos fazendo, mas acho que estamos fazendo amor. É assim que as pessoas chamam, né? "Fazer amor"? Bom, talvez seja isso para todo o resto do mundo, mas para mim jamais foi ou será. Isso que estamos fazendo é… Nada! É vazio. É um buraco sem nada no fundo, nem mesmo chão. E é assim que me sinto, ou melhor, não sinto. O álcool me entorpece, me adormece. Isso é bom. O álcool é meu amigo leal para essas horas difíceis.

Sinto que Raul está quase lá e o alívio me inunda. *Está quase acabando.*

Raul estremece em cima de mim, uma última estocada mais viril e, enfim, a libertação, dele e minha.

— Eu amo você, morena — Raul fala, aliviando o peso de seu corpo sobre o meu ao se deitar ao meu lado e me puxar para o seu peito. *Isso deveria me confortar? Por que esse vazio não diminui? Vih...*

— Preciso tomar uma chuveirada — falo num tom arrastado, sentindo minha língua dormente, assim como todo o resto do meu corpo.

— Quer ajuda? — ele pergunta quando me sento na cama.

— Não, estou bem. — A ajuda dele significa "fazer mais amor" no banho, e já tive "amor" o suficiente por um mês, eu acho.

— Tudo bem, então — ele concorda, dando um beijo nas minhas costas ao se deitar de novo, apreciando a lombeira depois do gozo.

Enrolo-me no lençol e pego uma roupa qualquer. Visto-me e saio para o banheiro, mas antes, vejo que a tela do meu telefone acendeu. Vou conferir. Ligação perdida da Vicky. *Será que estou bêbada demais pra falar com ela? Devo falar com ela agora? Foda-se!* Junto o celular com o resto das coisas que preciso para o banho e saio.

Tuuuuu. — Shhh... está chamando — digo para mim mesma sussurrando. Tuuuuu. — Chamando mais uma vez. — Tuuuuuu. — Será que ela já dormiu? Que horas são?

— Mari? Aconteceu alguma coisa? — Ouço a voz aflita da Vicky do outro lado da linha e sinto meu coração, antes vazio, se encher por completo com algo imensamente bom e prazeroso, que eu jamais saberia dizer o que é. *Ou será que eu sei?*

— Oiii, Vih! — cumprimento-a sorrindo. — Eu amo você, sabia? Sou uma escrota filha da puta e grossa, eu sei, tá? Mas eu te amo — confesso.

— Você tá bêbada?! — pergunta ela com um riso que tenta evitar. Conheço essa garota bem demais pra saber quando ela quer me dar bronca, o que não combinaria com risadas.

— Não. Estou apenas alegrinha — respondo rindo.

— Eu queria muito brigar com você, mas não vai adiantar fazer isso agora. — *Touché!* — Mas... você sabe que horas são? Cadê o tal do Raul?

— Não, eu não sei que horas são. Bom, eu estou no banheiro agora... E, é... Ah, o Raul! Bem, tá no quarto. — *Espero que dormindo*, penso alto.

— Vocês brigaram? Cê tá bem? — pergunta ela em tom aflito.

— *Ele* está ótimo, posso apostar — digo cutucando o rejunte dos azulejos da parede, ao lado do vaso sanitário em que estou sentada.

— O que está acontecendo, Mari? Você... não me conta mais nada, me deixa no escuro sobre os seus sentimentos e o que se passa na sua vida... Eu... eu me preocupo com você! Isso não é justo comigo! Você... nem me contou que estava voltando, droga! — esbraveja.

— Achei que você havia dito que não adiantaria brigar comigo agora. Mas tá brigando, Vih. Disse que não ia brigar, mas está brigando! — resmungo ainda sentindo o álcool dançando nas minhas veias, e sinto vontade de rir.

— Porra, eu sei que não adianta, mas você me tira do sério! Eu te amo, mas você me tira *muuuito* do sério.

— Vih?

— Oi, Mari.

— Você falou um palavrão! Hahahahahaha! — gargalho alto, e ela também ri, me transportando de imediato para o passado, me levando para um lugar melhor. Respiro fundo sentindo a saudade aquecer meu peito.

— *Porra* não pode ser considerado um palavrão, isso não é justo! — diz ela ainda com o riso na voz. Eu amo essa risada.

— Pra alguém que ainda fala caraca aos 26 anos ao invés de caralho é, sim.

— Ah, isso não é culpa minha! Peguei esse troço da Naiara e nunca mais consegui largar. Lembra dela? Ela fez o curso com a gente.

— Lembro, sim — falo com uma voz debochada. — Menina mais insuportável. Parecia um carrapato grudada em você. Caralho, ela era muito intrometida!

— Você ainda tem raiva dela? — Vicky pergunta voltando a rir alto.

— Raiva? Nunca tive. Não tenho culpa de ela ser insuportável!

— Você morria de ciúmes dela! Confessa!

— Jamais!

— Saudades daquela época, Mari. Saudades da gente — Vicky fala de repente e meu coração aperta e dói. Se ela soubesse o quanto eu também sinto e de que maneira...

— Eu também sinto falta da gente... Sinto tanta saudade de você... — confesso. — De tantas maneiras diferentes que você nem poderia imaginar ou entender.

Sinto também o álcool evaporando do meu sangue e começo a tomar consciência de que estou jogando um jogo bem perigoso agora, e vem um medo.

— Então me explica — ela pede com a voz mais baixa. Seu tom fica diferente, de um jeito que não sei explicar, mas que faz meu coração bater ainda mais rápido. — De que jeito você sente minha falta, Mari?

— Tenho que desligar, Vih. O banheiro aqui é compartilhado e preciso tomar banho — fujo, mais uma vez. — Depois a gente se fala — despeço-me e desligo antes que ela tenha a chance de prolongar essa conversa.

Será que vou ficar fugindo dela sempre?

Vicky

Mari (Disponível)
mar_e_ana@hotmail.com

Off para o que quer que seja.

Vicky (Disponível)
vih_leal@hotmail.com

Tem gente que vive para se esconder.

Estou encarando meu celular tentando entender a bagunça que é Mariana Fontenele. Sempre tive fascínio por enfim compreendê-la desde que a conheci; descobrir todos os pensamentos, intenções, sentimentos... mas, apesar da profunda admiração e amizade, da inegável conexão que sempre tivemos, e de Mariana ser capaz de penetrar cada célula que forma Victoria Figueiredo, meu acesso a ela é restrito e estritamente monitorado. Ela nunca me permite ir além do seu controle e quase nunca deixa a guarda baixa. *Isso é muito injusto!*

Desde que nos conhecemos, ela sempre me passou a impressão de viver em uma linha tênue entre silenciar e gritar. Por inúmeras vezes presenciei intensas brigas internas, dela com ela mesma. É como se Mariana mantivesse uma bomba dentro de si, e fosse preciso um esforço descomunal para evitar a explosão, e essa fosse também a única coisa que ela não conseguisse esconder de mim: a bomba relógio interna, que nem mesmo ela controla o correr do pavio. Acho que ela quase explodiu há pouco, e, até agora, não sei quem ela quer tanto proteger ou do que sente tanto medo. Poderia ser uma explosão de coisas boas, não?

Jogo-me na cama com o celular ainda na mão e encaro o teto. *O que você quer, Mariana? Me enlouquecer? É, capaz de ser isso*, concluo meus pensamentos, e ela, por mais uma noite, é a última coisa na minha cabeça antes de eu dormir.

— LEVANTA DESSA CAMA! — grita Fabrícia atrás da minha porta. Ela está sempre gritando atrás da minha porta.

— Me deixa, amiga! — resmungo. — Hoje é meu único dia de folga no mês inteiro, quero ficar na cama o dia todo!

— Ai, que preguiça de você, Vicky! — reclama. — Hoje é domingo, está um sol incrível, e coincidentemente também estou de folga. Quero ir à praia! Vamoooooos!!!

Talvez essa não seja uma má ideia.

— Tá bommm… Vou me arrumar… — Rendo-me. — Mas *eu* escolho a praia e já adianto que não quero nenhuma daqui!

— Tudo bem, Chatonilda! Só não escolha uma muito longe ou vamos gastar o dia no carro! — pede, ainda parada atrás da minha porta.

— Cumbuco? — pergunto, já de pé.

— Fechado! Agora vai se arrumar! — exclama ela com um gritinho, dando algumas batidinhas na porta como se fosse um tambor.

Quando chegamos, a praia já estava cheia, como era de se esperar para um domingo. Eu sempre gostei de vir a essa praia, principalmente porque a vista é linda, tanto a proporcionada pela natureza, quanto a por homens tesudos de pele bronzeada, braços torneados, molhados e cobertos de sal, que adoram o mar daqui para praticar windsurf e kitesurf, tipo esse para quem estou olhando, hipnotizada, agora.

— Amiga, vou te contar… eu amo essa vista! — falo encarando o gato enquanto ele passa parafina em sua prancha. Ele é alto e exibe um abdome impecável com todos os gominhos que apenas infinitas abdominais seriam capazes de esculpir.

— Tu parece mais uma devoradora *di homi* às vezes — afirma Fabrícia, forçando o sotaque com a sobrancelha saltando para fora da armação dos óculos de sol. — Você sabe disso, não é?

Estamos deitadas na areia, cada uma em sua canga, lado a lado, e ela ergue a parte superior do corpo, sustentando o próprio peso com os cotovelos para me fitar enquanto espera minha resposta.

— Oxe, eu gosto de apreciar homens bonitos, quem não? — Olho para Fabrícia com um sorriso divertido esperando que ela ria, mas está séria. — Eu só olho, Fabrícia! Não é como se eu quisesse comer todos eles! — digo na defensiva.

— Eu acho que é mais do que isso — retruca, categoricamente.

Tudo sobre Nós 61

— Hein? — pergunto sem entender aonde ela quer chegar ou por que essa bobagem de repente. Será que está tentando me analisar?

— Você nunca relaxa, Vicky! Parece estar sempre "caçando". — Ela usa os dedos e faz aspas imaginárias, balançando a cabeça em descrença. — É como se você esperasse encontrar seu futuro marido em qualquer um desses caras, e a qualquer momento.

— Isso não é verdade! — afirmo com veemência. — Qual o problema de eu dar uma secada nuns caras gostosos?

— Você não dá só uma secada, Vicky! Aposto que você olha para um cara e já imagina como ele ficaria com o terno do casamento, se as manias irritantes dele seriam suportáveis ou não quando já estivessem morando juntos, se ele quer ter muitos filhos...

— Ahhh, táááá! Sei! — falo meio irritada. — Eu não faço isso — digo, mas não com tanta confiança quanto gostaria.

Droga, ela tem razão. Eu estava mesmo pensando se nossos três filhos seriam loiros ou morenos.

— Por que você age dessa forma? — pergunta se sentando com as pernas cruzadas em uma daquelas posições de yoga, então, sento-me também, imitando-a.

— Eu não sei, mas você não acha que isso faz algum sentido? — questiono, esperançosa. — Tipo, qualquer um desses caras poderia sim ser o amor da minha vida... não acha?

— Você não procura o amor da sua vida. Você procura um marido; um cara pra te enfurnar numa casa cheia de filhos, almoçando macarronada juntos todo domingo como nos comerciais de Coca-Cola.

— Isso não é verdade! — repito a frase como um daqueles brinquedos antigos do Gugu, "rec repete", mas não posso evitar a dúvida se ela teria razão ao afirmar isso.

— Amiga, se eu estivesse no seu lugar estaria furando meus olhos para evitar olhar pra qualquer macho com potencial para futuro marido depois de ter passado por dois divórcios antes de chegar aos 30 e não "amolando-os" para deixá-los ainda mais afiados — tagarela.

— É o tal do tempo que eu deveria dar pra mim mesma entre um relacionamento e outro, não é? O tal do luto do fim do amor?

— Sim. Todo mundo passa por um luto quando o amor acaba, e o problema é exatamente esse.

— Eu não me permitir viver esse luto e já ir "à caça" do próximo cara para quem eu poderia entregar meu coração?

— Não, Vicky.

— Então, qual o problema? — pergunto *bugada* e ela respira fundo.

— Amiga, não se pode viver um luto pela morte de algo que não existe, entende? Você nunca precisou viver o luto, porque nunca teve um amor que morreu.

— Isso não é verdade — insisto, mas agora estou mais confiante de que realmente não é isso. — Eu já passei por um luto de um amor que morreu.

— Ã-ham — debocha, sem fé.

— O nome dele é Rodrigo — digo, e ela dá de ombros, como quem não acredita. — É sério! Ele foi meu amor de adolescência e... acabou de voltar para o Brasil depois de anos morando no exterior.

— Sério mesmo?

— E adivinha... — começo, animada.

— O quê? — pergunta, entediada, deitando-se de bruços para bronzear as costas.

— Ele acabou de ser contratado como chefe de TI do shopping onde eu trabalho! Você não acha que isso é o destino nos dando uma segunda chance?

— Não. Acho que isso é você procurando um marido, como sempre.

— Isso não é...

— Verdade — ela completa a frase que usei tanto nos últimos minutos, desde que ela levantou essa questão. — Eu sei. Tudo bem. Que seja — suspira. — Eu só torço para que chegue o dia em que você pare de se enganar.

— Do que você tá falando?

— Deixa pra lá, Vicky. Vamos aproveitar o sol para relaxar — sugere, virando o rosto para o outro lado.

Tudo sobre Nós ~~~~ 63

Ô coisa boa pra relaxar é praia, né não? Apesar dos planos de ligar para Mari, para questionar e brigar com ela por ter escondido sua vinda para Fortaleza, e do enorme desejo de dar início aos trabalhos com Rodrigo, o que acabou ganhando minha total atenção foi o sono.

Chegamos em casa por volta das 17:30h e logo após um banho frio e bater um pratão, a única coisa que consegui fazer foi dormir... até ser despertada por um bafo quente com cheiro de vodca, bem próximo ao meu ouvido.

— Tá dormindo? — Ouço a voz bêbada de Fabrícia e demoro alguns segundos até passar o susto inicial e eu reconhecê-la. Ela nunca entrou no meu quarto sem bater, principalmente no meio da noite, ainda menos jogando-se ao meu lado na minha cama.

— Aconteceu alguma coisa? — pergunto ainda sonolenta. — Você está bêbada?

— Eu estou feliz! — diz ela e gargalha. — E sem sono — completa. — Feliz por causa do álcool e sem sono por culpa sua — acusa.

— Quê? — indago, confusa e menos sonolenta.

— Vicky?

— Oi.

— Eu tenho ciúmes de você — confessa.

— Você perdeu o sono, encheu a cara de vodca e se jogou na minha cama no meio da noite por causa disso? Não poderia esperar até de manhã pra me contar a novidade? — brinco. — E a propósito, eu também sinto ciúmes das minhas amigas — assumo. *Mari que o diga.*

— Não, Vicky! — fala aborrecida, já quase em cima de mim, puxando meu ombro, me virando de barriga para cima, descansando suas mãos cruzadas no meio dos meus peitos e me fitando na penumbra do quarto. — Eu sinto ciúmes só de você!

— Eu entendi, Bri! É normal sentir ciúmes de uma boa amiga, oxe!

— Às vezes tu é tão lenta que irrita, mas é tão fofa essa tua leseira...

Estou tentando entender aonde minha amiga quer chegar, mas não saco bulhufas do que esteja acontecendo, então fico calada esperando que ela caia num sono embriagado a qualquer momento, só que ela não cai.

— Você já ficou com meninas, Vicky?

— Hein? — *Aonde essa conversa vai chegar, meu Deus? Que direção foi essa?*

— Sim ou não?

— Não! Nunca fiquei com meninas. Sou hétero, gosto de homem.

— E nunca teve curiosidade de experimentar? Nem quando era adolescente?

Meu corpo começa a gelar, ao mesmo tempo que fica mais quente, assim que minha cabeça se enche com as lembranças das muitas tardes "esquisitas-incríveis" que tive com a Mari quando éramos adolescentes.

— Vicky? Você dormiu? Responde! — insiste empurrando as mãos como se quisesse me ressuscitar.

— Nunca tive curiosidade, Fabrícia — digo com o máximo de firmeza que consigo, porque estou com medo do que o álcool possa fazer por ela.

Estamos sozinhas no quarto, deitadas em uma cama com quase nada de roupas nos separando. A pele dela alcança a minha em determinadas partes que o lençol não cobre e me sinto vulnerável e estranha.

— Topa tentar? — Sua pergunta soa como um pedido de permissão.

— Você está bêbada, amiga! Aposto que amanhã nem vai lembrar dessa insinuação e, caso lembre vai morrer de vergonha! — Rio sem graça.

— Pode ser que eu esteja meio alta, mas estou falando sério. Eu gosto *meeesmo* de você, Vicky. Por que você acha que eu nunca ocupo seu quarto? — pergunta como se a resposta fosse óbvia e esclarecesse tudo.

— Porque você é minha amiga, oxe!

— Não é só por isso.

Silêncio.

— Sabia que eu sempre faço uma aposta interna quando você inicia um novo relacionamento? — Ela ri, deitando-se ao meu lado e olha para o teto. — Não que eu deseje que você se ferre, não é isso, tá? Eu juro! — apressa-se em explicar. — É que não é isso que você é, eu sei. Eu vejo.

— Acho melhor você ir pro seu quarto, Fabrícia. Amanhã, quando o álcool não estiver confundindo seu discernimento, a gente pode conversar sobre o que você quiser — advirto em tom sério, em um convite para ela se retirar.

— Tem certeza de que não topa experimentar? — insiste. — Garanto que você vai gostar — conclui com uma voz maliciosa.

— Amanhã a gente conversa, Fabrícia. Melhor você tomar um banho frio pra melhorar da bebedeira. Isso já perdeu a graça faz tempo.

— Tá. Entendi — acata, levantando da cama e caminhando em direção à porta. — Se fosse a Mari seria diferente — afirma ela de frente para a porta e logo após ouço o baque na madeira, tão forte que não me espantaria se ela tivesse quebrado o batente.

Que insanidade foi essa, agora? Por que ela disse aquilo sobre a Mari? Será que eu... Não. Nada mudaria se fosse a Mari aqui nessa cama. Tenho certeza... Tenho?

8 de novembro de 2004

Meu celular está tocando na minha mão, enquanto estou olhando para a tela com um sorriso abobado. Essas ligações sempre me arrancam esse sorriso e eu nunca soube explicar o porquê. Talvez por se tratar de algo tão bobo, tão nosso. Uma invenção boba e nossa, que criamos pouco depois que nos conhecemos, Mari e eu, e que jamais abandonamos mesmo que hoje em dia não tenhamos mais necessidade disso.

Estou na sala da minha casa, com meu noivo Marcelo ao meu lado, que me encara meio confuso.

— Você não vai atender? — pergunta ele.

— Não precisa. É a Mari. Ela espera três toques e desliga — explico, e vejo-o fazer uma careta desconfiada ao espiar a tela do meu telefone.

— Te amo? — inquire ele, num tom que deixa minhas armas em alerta para me defender. — Esse é o nome no contato dela? Por quê? Isso é um apelido?

— Meu contato também é salvo com te amo. A gente salvou assim para quando uma ligar para outra, aparecer "Te Amo" na tela, como se a gente mandasse uma mensagem para a outra, ou um lembrete. É só isso — justifico, e logo depois retorno a ligação, levando o celular ao ouvido para esperar o terceiro toque e encerrar a chamada. Marcelo me encara incrédulo. Não sei por quê. O que tem de mais nisso?

— Você tem certeza de que essa menina não é sapatão? Tem certeza de que ela não está a fim de você?

— Oxe, por causa disso? Tá louco? Eu também faço o mesmo. Isso é algo nosso. Só nosso. Somos melhores amigas e você sabe disso, sabe que somos como irmãs, praticamente. E você precisa falar assim?

— Assim como? Se ela gosta de boceta, o que acredito que sim, ela é sapatão, não?! E eu não ando mandando "lembretes" de te amo nem pra minha irmã. Além do mais, eu não confio nela.

— Marcelo, acho melhor você parar — aconselho. De alguma forma que não sei explicar, ouvi-lo se referir à Mari dessa maneira me deixa profundamente irritada. Sinto vontade de bater nele. No fundo, acabo me questionando se quero mesmo me casar com ele.

— Parar por quê? Essa menina vive no seu pé, amor! Isso sem falar no... jeitão dela. Ela nunca me enganou! Ela quer é te pegar. Você pode ser ingênua, mas eu não sou. Estou de olhos bem abertos com essa caminhoneira, e você também deveria — adverte.

— Você sabe que está sendo babaca, não sabe? — pergunto, mas ele sabe que na verdade não estou perguntando e sim afirmando. Ele não pode julgar a sexualidade de uma pessoa pela maneira como ela se veste ou se porta. Isso é ridículo.

Marcelo me encara, faz menção de falar algumas vezes, mas permanece calado. Sei que ele quer insistir, quer comprar briga, mas ele já sacou que não vai se sair bem caso encare essa peleja.

— Só toma cuidado, tudo bem? — pede.

— Não tenho por que tomar cuidado com a Mari. Ela nunca faria nada que me desrespeitasse. Pode ter certeza de que aonde quer que ela vá comigo, é com meu total consentimento — falo encarando-o com firmeza.

— Vicky... — ele começa, mas nossa conversa é interrompida pelo som de alguém batendo palmas à minha porta. Sorrio.

— Acho bom tratar ela bem. Ela acabou de chegar — aviso.

— O quê? Como sabe que é ela?

— Só a Mari bate palmas para me chamar, ao invés de tocar a campainha. E esse jeito de bater palmas é só dela — explico, sem precisar disfarçar a animação. Faz um tempo que não nos vemos e estou morrendo de saudades. Confesso que temos nos visto cada vez menos desde que conheci o Marcelo. — Vou abrir a porta. Comporte-se.

— Vicky — ele me chama assim que paro com a mão no trinco e olho para ele. — Só temos meus dias de folga para namorar. Despacha essa menina logo, okay? Estou com saudade de você — pede. Reviro os olhos logo que pego na maçaneta. Meu coração está ansioso e feliz.

Mari encontra-se parada à minha porta, com sua mochila preta de sempre pendurada no ombro. Ela usa o uniforme do time de vôlei em que joga, e eu me perco de mim mesma ao passear meus olhos por seu corpo torneado.

O short de Lycra que ela veste é colado às pernas musculosas, fruto de todos os esportes que tanto ama praticar. Os cabelos estão presos em um rabo de cavalo alto, com várias trancinhas caindo até o meio das costas. A camiseta, apesar de um pouco folgada, tem um decote em V que marca bem o contorno dos seios e meus olhos caem por vontade própria.

— Boa noite, garota. Tudo bem? Vai me convidar para entrar ou vamos ficar paradas aqui na porta? A propósito, meus olhos são mais pra cima — diz ela em tom baixo, quase sussurrando para que apenas eu ouça.

Droga. Volto meus olhos para os dela, e tenho um vislumbre de um sorriso traquino no caminho.

— Culpada. Porém, não me julgue — assumo usando o mesmo tom, com os olhos trancados nos dela. — Esse decote tem mais culpa do que eu. O jogo de hoje era contra meninos? Esse uniforme é uma espécie de carta na manga para desconcentrar o time adversário? — brinco, semicerrando os olhos.

— Cala a boca, garota! — ordena ela, me puxando para um abraço. Respiro fundo sentindo o cheiro do seu cabelo. Envolvo seu corpo com meus braços retribuindo o abraço, matando um pouco a falta que senti dela.

— Vem, entra — convido-a, puxando-a pela mão ao me desvencilhar do abraço, nossos dedos se entrelaçando automaticamente, atraídos feito ímãs, encaixando-se confortavelmente. Seguros.

— Boa noite, Marcelo — Mari cumprimenta meu noivo sem se esforçar para sorrir.

— Boa noite, Mariana — responde ele, também sem esforço algum em ser simpático. O clima fica meio estranho, mas ignoro, afinal nem tenho tempo tampouco estado de espírito para sentir a estranheza daquele encontro, e vou logo subindo as escadas em direção ao meu quarto com Mari ainda de mãos dadas comigo, me seguindo.

— Amor, volto já! — aviso.

— Até mais, Célinho — Mari se despede, e eu dou um apertão em sua mão.

— Que foi? — pergunta ela, assim que chegamos ao andar de cima, com um sorriso malicioso rasgado em seus lábios carnudos.

— Não finja inocência, Mari! — censuro-a. — Por que você gosta de provocar o garoto?

— Eu só estava me despedindo dele. Sou uma adolescente muito gentil, sabia? Apesar de marrenta — diz ela, com um riso escorregando entre as palavras.

— Ã-ham. Cê sabe que ele morre de ciúmes de você, e tu não facilita, né não? — acuso.

— Só quero que ele aceite o fato de que eu faço parte da sua vida. Ele vai ter que lidar com isso. O moleque acabou de entrar no ônibus e já quer sentar na janela?

Nã-na-ni-na-não. Eu cheguei primeiro, a preferência é minha — avisa, me parando de frente para a porta do meu quarto, segurando as minhas mãos. Engulo em seco. Fico nervosa. Desnorteada com a profundidade com que seus olhos me devoram. — *Estava com saudades. Se eu não venho te ver, não nos vemos mais.*

— *Isso não é verdade!* — nego, abrindo a porta do meu quarto e puxando-a para dentro. — *Só estou com o tempo um pouco mais corrido com o último ano da escola.*

— *E com o Célinho* — completa revirando os olhos. — *Daqui a pouco, quando as aulas acabarem, seu tempo será todo dele já que você vai casar ao invés de ir para a faculdade.*

— *Ei, para com essa bobagem* — peço. — *Não vamos falar sobre isso agora, a gente sempre acaba brigando* — completo sentando-me na cama. Mari faz o mesmo. — *Eu estou aqui com você, não estou?* — lembro-lhe. — *E ele, onde está?*

— *Sozinho lá embaixo!* — responde ela gargalhando.

— *E você se acha por isso, né? Se diverte.*

— *Eu? Imagina!* — ironiza ela.

— *Você é terrível, garota!* — afirmo e rimos juntas jogando nossas cabeças para trás, descansando sobre a cama, e viramos uma de frente para a outra.

— *Melhor mesmo ele se acostumar* — pondero —, *porque eu sempre vou escolher você. Eu jamais abriria mão da paz que sinto quando estou contigo, Mari.*

Meu coração bate forte e meus pés formigam. O silêncio deita-se conosco, nos aconchegando.

Mari se aproxima um pouco mais de mim, ainda sem que nenhuma de nós quebre o silêncio. Nossos narizes se tocam e ela move a cabeça, roçando o dela no meu, transpassando nossa respiração uma pela outra, e beijo a pontinha de seu nariz.

— *Eu amo você, Vih* — declara sussurrando, o ar de sua boca é quente e seu cheiro delicioso me faz querer saboreá-lo. Isso me deixa supertensa.

Meu Deus, por que sinto isso? Mari é minha amiga! Meu noivo está lá embaixo, esperando por mim, caramba!

— *Eu também amo você, Mari, mas acho melhor a gente descer* — digo me afastando. Fugindo. Me escondendo ou me sabotando?

— *Melhor* — concorda ela, me olhando frustrada. E eu finjo que não notei. Finjo que também não me sinto tão frustrada. Os desejos mascarados, os sentimentos reprimidos e toda a coisa sem sentido que cerca Mari e eu.

Mari é minha amiga. Minha melhor amiga. E eu vou me casar com o cara que está lá embaixo e tudo ficará bem.

Mari

Mari (Disponível)
mar_e_ana@hotmail.com

Quando você não enfrenta os medos por vontade própria, a vida se encarrega de esfregá-los na sua cara, e não é com carinho.

  Vicky (Disponível)
vih_leal@hotmail.com

Decidi tirar um tempo pra mim antes que a vida use sua "delicadeza" para me obrigar.

Passei as duas últimas semanas em uma viagem de carro por quase todos os estados da região Nordeste, parando em várias praias, ficando dois dias aqui, um dia acolá; até chegar em Fortaleza, apenas para manter a ilusão de que eu estava atrasando minha chegada; porém, logo após deixar o Raul num hotel, aqui estou.

— Virgem Santíssima, menina! Você é louca, quase me mata de preocupação, sabia? — começa minha mãe, com um suspiro de alívio, me abraçando. — O que te deu para cometer essa loucura, Mariana? Vir de Salvador para cá de carro? E ainda levar duas semanas para chegar aqui? E quem é esse que viajou com você?! Qual é mesmo o nome dele? — minha mãe nem respira entre uma pergunta e outra. Tampouco me solta de seu abraço. — Artur?

— É Raul, mãe — respondo tentando me livrar do abraço sufocante. — Ele é um cara legal, já já todos vocês vão conhecer. Agora, será que a senhora pode me soltar? *Tô afinzona* de dar um *xêro* no meu coroa — peço em tom divertido.

— Ele pode esperar mais um pouco! Eu estou com mais saudades, tenho mais direitos! — adverte, dando-me uma última apertada antes de enfim me liberar. Sorrio contente por respirar o ar da casa onde cresci.

— Ela não supera o lance da gente ter se visto há três meses, moleca — conta meu pai, dando uma piscadela e me puxando para um abraço caloroso. — E aí? Como foi? O Troller T4 2010 aguentou bem a viagem?

— Sim, pai! Saiu tudo melhor do que o planejado! Valeu pela indicação, coroa — agradeço com um sorriso largo as inúmeras conversas ao telefone antes de eu fechar a compra do meu carro, em Salvador.

— Eu sabia que ela não tinha feito essa loucura sem apoio, Sérgio! Você sempre dando corda para as sandices da Mari! Não toma jeito, não é? — censura minha mãe, que é sempre a última a saber e, às vezes, apoiar as aventuras nas quais meu pai e eu adoramos embarcar.

Nós sempre fomos tipo cúmplices, cumplicidade que causava tanto ciúme como cabelos brancos na minha mãe, e esse meu amor por esportes, pé na areia, ar puro, mar, adrenalina... veio tudo dele. Ele que me viciou em tudo isso, e sou grata.

— Certo, coroas, dados os abraços e feita a conferência de que estou inteira e com todos os meus órgãos vitais em perfeito estado, como podem ver — falo, soltando-me dos braços do meu velho, e faço um pequeno giro com os braços abertos para ampliar o campo de visão deles em relação a mim —, estou indo para o meu quarto, tomar um banho e desfazer as malas. Ainda tenho um quarto, certo?

— Foram muitos anos sem vir aqui, Mari — diz minha mãe em tom conspiratório, olhando para o meu pai, que sorri.

— Realmente... Tempo demais para manter um quarto vazio, sem dar uma utilidade pra ele — completa meu pai indo para perto dela e passando o braço por seus ombros. Eu os encaro apertando os olhos.

— Mas ele não estava *vazio*... E as minhas coisas? — pergunto com um sorriso metade inseguro, metade uma tentativa de soar divertido.

— Doamos tudo para caridade — responde minha mãe, e arregalo os olhos.

— Mãe!!!

— Ah, Joana... — começa papai, com uma gargalhada alta, seguida de uma ainda mais alta da mamãe. — Pobrezinha... Você é cruel!

— Ela merecia alguns segundos de aflição, Sérgio! Depois de tudo pelo que eu passei ao longo dessas duas semanas? Isso não foi nada! — exclama sorrindo.

— O quê? — pergunto, ainda nervosa, sem saber se eles realmente deram minhas coisas ou não.

— Tá tudo do jeitinho que você deixou, filha — tranquiliza meu pai. — Vai lá descansar.

— Vocês são pais cruéis. Sabem disso, não é? — acuso, seguindo o caminho tão familiar que leva até meu quarto.

— Você mereceu! — responde minha mãe, enquanto subo as escadas para o andar de cima, prendendo o riso.

— Não estou mais ouvindo a senhora, desculpe — grito, já no último degrau da escada que leva ao corredor onde ficam os quartos.

— É, eles realmente mantiveram tudo do jeitinho que era — digo a mim mesma. Parece até que nunca saí daqui e, de repente, é como se os anos não tivessem passado e eu ainda tivesse 15.

Acendo as luzes embutidas ao redor do teto e respiro fundo ao sentir o efeito que elas causam ao visual do ambiente.

As paredes do meu quarto são pintadas em um tom de azul-marinho salpicadas com pequenos pontos de tinta fluorescente que, com as luzes negras embutidas acesas, causam a sensação de estar suspensa no meio do universo. Contrapondo, no canto esquerdo ao fundo, há uma lua brilhante envolta em algumas sombras feito nuvens. Eu adorava admirá-la antes de dormir e acordar com os raios de sol entrando pela janela, que eu nunca fechava nem colocava cortinas.

Ponho minha mochila em cima da cama e me sento, apreciando cada detalhe de onde passei boa parte da minha vida. Deito-me e encaro o "céu estrelado" respirando fundo e tentando acalmar o reboliço que sacode dentro de mim. Estou em casa. Tenho uma exposição importante amanhã, minha primeira mostra na minha terra natal e, a única coisa que me deixa nervosa e com medo nesse momento é o fato de que não terei como fugir dela.

Victoria… de você não conseguirei me esconder, mas ainda posso tentar quanto aos meus sentimentos, penso, e uma batida na porta me traz de volta à Terra.

— Filha? — meu pai chama. — Trouxe o resto das suas coisas, posso entrar?

— Claro, pai, a porta está aberta.

Ele entra, coloca minhas malas e parafernálias no chão, e fica parado olhando tudo em volta como se não viesse aqui há um tempão.

— É bom demais te ter em casa, moleca — diz ele com as mãos nos bolsos da bermuda.

— É bom demais estar em casa, papito — devolvo e ele sorri.

— Vou deixar você descansar e, quanto ao Artur, melhor ele ser um homem decente, ou chuto o traseiro dele de volta para de onde quer que ele tenha saído — ameaça com humor.

— É Raul, velho! Agora, sai daqui! — ordeno.

— Nossa, respirar o ar desse quarto trouxe mais do que lembranças, hein?

— Do que você tá falando, pai?

— Mal chegou e já está agindo como uma *aborrescente*, me enxotando do seu quarto! — brinca.

— Ah, sai fora, coroa! — brinco também, jogando um travesseiro na barriga dele.

— Okay, já estou indo — avisa me olhando com ternura. — Amo você, filhota.

— Pai...

— Oi, querida.

O desejo de me abrir vem com força. Deveria parecer tão fácil exibir as verdades sobre quem eu sou e o que quero para alguém que me ama tanto... contudo, eu me sinto sufocar apenas com a ideia, e volto a me encolher toda dentro de mim mesma.

— Também te amo, pai — declaro com um sorriso caloroso e com o estômago se comprimindo, prendendo o choro e as verdades que mais uma vez vou manter trancadas dentro de mim. E então, depois de um meneio de cabeça e um sorriso, meu pai sai fechando a porta atrás de si e eu perco a chance de enfim apresentar sua filha *de verdade* a ele.

✿✿✿✿✿✿✿

— Mariana, você não vai descer para o jantar com essa roupa!

Minha mãe está parada de braços cruzados na minha frente, impedindo que eu passe pela porta.

— Mãe, qual é? — Olho para ela impaciente. — Qual o problema com a minha roupa? — pergunto dando uma conferida em mim mesma, abrindo os braços e girando para que ela olhe direito. Um giro nada gracioso, longe de ser feminino, e me sinto ridícula ao fazer isso, mas esse é meu último recurso para tentar convencê-la de que estou, sim, vestida adequadamente para a ocasião.

— Filha! — exclama ela.

— Mãe?! — repito seu tom com o acréscimo de uma pitadinha de deboche. — Eu estou em casa, caralho!

— Olha essa boca suja, mocinha! Ou vou ter que lavar com alvejante! — ameaça de cara feia e me sinto como se eu tivesse sete anos de idade. *Meu Deus, foi por coisas assim que saí de casa*, penso.

— O que que está havendo? — pergunta meu pai tentando passar pela barreira de braços que minha mãe faz de frente à porta.

— Sua filha sendo malcriada como sempre, Sérgio! É isso que está acontecendo! — responde ela.

— Não, pai. Na verdade, o problema é minha mãe me tratando como se eu fosse uma idiota! — explico sentando na cama e soltando uma baforada de frustração.

— Olha isso, querido! — pede minha mãe apontando para mim, que encaro os dois, entediada.

— Qual o problema, amor? — Sorrio ao notar que ele ainda a trata assim, depois de tantos anos. Sinto-me feliz por isso. — Ela parece ótima pra mim. Você tá linda, moleca!

— Sérgio, não a encoraje! — adverte ela.

— Oxe, Joana… Ela está mesmo linda! O que quer que eu diga? Que eu minta? — questiona ele com uma cara bem-humorada. — Okay! Nossa, Mariana… Você está um horror! Acho que trocaram você na maternidade porque tanta feiura não pode ter vindo de nós! — Diverte-se e gargalhamos alto. Menos minha mãe, claro.

— Sérgio! — exclama ela, irritada.

— Querida… Relaxa! Nossa filha está em casa e tem todo o direito de usar o que a deixa à vontade. E ela está ótima, mesmo assim.

— Mas preparei um jantar formal para receber o Artur! Eu até tirei nosso jogo de jantar para ocasiões especiais! Aquele que quase nunca usamos. O mínimo que ela poderia fazer era vestir-se à altura de todo o trabalho que eu tive! — esbraveja.

— Tenho certeza de que Artur vai adorar a forma como ela está vestida, amor. Eles já estão juntos há um certo tempo, e Deus sabe que estou tentando não pensar sobre isso, mas, com toda certeza, ele já a viu com trajes… ãh… enfim. Ele a conhece bem. Não vai se incomodar por ela recebê-lo de short, chinelo, regata e cabelo preso. Agora, vamos descer que o Artur deve estar chegando daqui a pouco — pede meu pai.

— Muito bem, seu Sérgio! — elogio fingindo animação. — Pai, eu te amo. Obrigada por compreender que só quero estar confortável na minha própria casa — agradeço indo até ele e dando-lhe um beijo apertado na bochecha. — E, mãe, eu também te amo! Obrigada pelo jantar que tenho certeza de que está incrivelmente saboroso e impecável. Sinto muito por eu não ser uma *Barbie* — desculpo-me com um beijo em sua testa e abraço os dois ao mesmo tempo, um braço para cada, e nos aconchegamos uns nos outros. Respiro fundo. — E, a propósito, o nome dele é Raul — aviso me afastando um pouco, dando tapinhas nos ombros deles dois.

— Eu sei! Foi o que dissemos… Não foi querido?

— Foi sim, Joana. Raul. O nome dele é Raul. Sabemos bem disso. Tudo certo — confirma meu pai e, então, como se tivesse sido ensaiado, a campainha toca. — Vamos lá, amor. Vamos conhecer o rei Artur!

— Pai! Eu já…

— Eu sei… — interrompe meu pai dando risadas. — Estou brincando com você, moleca. Vem, vamos abrir a porta para o vassalo Raul!

Minha mãe mantém um sorriso contente, acredito que satisfeito, enquanto fazemos o caminho até a porta. Meu pai continua na nuvem de *tanto faz* dele. Não que ele não se importe comigo, só "não liga" para a minha vida amorosa, quer apenas que eu seja feliz; confia nas minhas escolhas, sempre me deixou livre para fazê-las. Acho que por isso tenho tanto medo de desapontá-lo. Ele jamais esperaria que eu tomasse um caminho errado.

Raul é o primeiro cara que trago para apresentar aos meus pais. Antes dele, eu sequer tive um namorado. Não foi com quem dei meu primeiro beijo, porque, enfim, adolescentes algumas vezes são idiotas que acabam fazendo coisas apenas porque acham que já estão aptos a fazer; foi com esse pensamento, e por querer muito me descobrir uma pessoa "normal", que fiquei com alguns caras na faculdade e perdi a virgindade. Eu sei, não me orgulho disso, mas não sou do tipo que se arrepende do que fez, se o mal causado for apenas a mim mesma.

— É melhor que ele seja um cara bacana — meu pai fala em tom de aviso. — Odiaria chutar o traseiro dele porta afora — brinca, fazendo-me sorrir, enquanto minha mãe o encara, sem conseguir evitar sorrir também.

— Comporte-se, Sérgio! — pede ela. — Ele pode ser seu futuro genro, e talvez tenhamos que conviver com ele pelo resto de nossas vidas. Seja bonzinho. — Então meu pai abre a porta.

— Boa noite a todos! — Raul cumprimenta com um sorriso simpático e um arrepio sinistro sobe pelas minhas costas. Meu coração aperta. Meu estômago embrulha e me sinto enjoada com a voz da minha mãe entoando como um eco infinito: *pelo resto de nossas vidas.*

— Boa noite, rapaz! Entre — convida meu pai com um sorriso amigável.

— Trouxe flores para a senhora, dona Joana. Espero que goste de amarelo — diz ele entregando um ramalhete de rosas amarelas, o sorriso jamais abandonando sua expressão.

— Uau! São para mim? — pergunta minha mãe surpresa e encantada. — Achei que fossem para a Mari!

— Mari não é muito do tipo que curte flores, não é, amor? — pergunta e olha para mim em um pedido de confirmação, solto meu sorriso tão bem ensaiado, o embrulho no estômago aumentando ao ouvi-lo me chamar de novo assim. *Por que diabos ele faz isso?*

— Verdade — concorda meu pai me observando. — Mari não é do tipo que curte esse troço de flores. Estou até bem surpreso que ela não tenha vomitado depois que você a chamou de amor — brinca ele com um sorriso seco. *Droga. Acho que ele notou meu desconforto.*

— Sérgio! — repreende minha mãe. — Espero que não se incomode, Ar… Raul. Meu marido adora bancar o piadista de vez em quando. Bem-vindo à família Fontenele: um pai engraçadinho, uma filha marrenta e uma mãe incrível — vangloria-se com uma piscadinha. — Vamos, sentem-se — pede apontando para o sofá da sala de estar. — Vou colocar minhas rosas num jarro com água e logo em seguida sirvo o jantar! — Caminha animada casa adentro, deixando o clima de desconforto entre Raul, meu pai e eu.

— Olha só… Já vi de quem a Mari puxou o gosto por esportes — Raul começa, observando algumas medalhas em um quadro na parede da sala. — Essa também é uma paixão minha — revela tentando atrair a atenção do meu pai.

— Sim, eu sempre a incentivei a praticar esportes, mas o interesse foi naturalmente dela, desde pequena — explica meu pai, pegando um porta-retratos com uma foto nossa andando de skate no calçadão da Beira Mar, quando eu tinha por volta dos 12 anos.

Fico observando os dois interagindo. Meu pai continua com a guarda alta, porém Raul não desiste de ganhar a simpatia dele.

— O senhor está *inteirão*, hein, seu Sérgio. Aposto que a prática de esportes ajudou nisso. Com certeza ainda atrai o olhar da mulherada — brinca.

— Não sou do tipo que repara nisso, Raul. Tenho uma esposa linda demais para perder meu tempo com essas massagens de ego, saca? — diz meu pai com um sorriso forçado. — E tenho certeza de que você entende do que estou falando, já que namora minha filha e provavelmente se sente da mesma forma, estou certo?

— C-cla-ro — gagueja. — Com toda certeza. Mariana é uma mulher incrível e eu sou completamente louco por ela. Só tenho olhos...

— Certo. Já chega. Ou talvez eu de fato vomite — "brinco" revirando os olhos, falando pela primeira vez desde que o Raul chegou.

— Ainda bem que você abriu a boca, moleca! Eu já estava achando que não tinha ninguém aí. — Meu pai ri dando cascudinhos na minha cabeça.

— Não enche, pai! Eu só estava deixando vocês à vontade para se conhecerem! — digo e sorrio também. Raul me lança um olhar apaixonado.

Raul é um cara bonito. Usando uma calça jeans reta, *slim fit*, uma polo com aquele famoso jacaré bordado no peito, e seu cabelo loiro bagunçado-arrumado, ele atrairia a atenção de qualquer mulher.

Raul nos observa com olhos calorosos. Seu sorriso é contagiante, o ar à sua volta exala camaradagem. Ele é aquele tipo de pessoa que em poucos minutos se faz parecer da família, embora algumas vezes eu o ache meio "forçado".

— Vamos lá, crianças? — chama minha mãe. — O jantar está à mesa! — anuncia batendo as mãos, empolgada.

— Vamos lá, então — digo enquanto caminhamos para a sala de jantar, tão animada quanto se estivesse indo para a forca, mas meu sorriso ensaiado diz exatamente o contrário e ninguém consegue notar, a não ser, talvez, meu pai, que não tira os olhos de mim, assim como o vinco entre suas sobrancelhas não se dissipa. Ele parece preocupado, e eu estou com medo.

Vicky

Mari (Disponível)
mar_e_ana@hotmail.com

Em casa.

  Vicky (Disponível)
vih_leal@hotmail.com

Finalmente voltamos a respirar o mesmo ar.

Você acredita que duas semanas é tempo suficiente para causar uma reviravolta louca na vida de alguém? Bom, um único dia já seria suficiente, eu sei, mas digamos que eu tenha precisado de um pouco mais de tempo, desde que enfim percebi que era hora de dar boas-vindas à mudança.

Há duas semanas eu morava com uma das minhas melhores amigas. Minha vida estava entrando nos eixos novamente após o divórcio (mais um), e eu até acreditava que o destino já estava conspirando para que eu encontrasse um novo recomeço me presenteando com uma segunda chance ao colocar o Rodrigo de volta na minha vida. Pois bem, ledo engano. Eu sequer tenho a porcaria dos eixos para que a minha vida possa adentrá-los. Eu nem sei o que é um eixo, onde vive, do que é feito, como procurar, que fim levou... Eu não sei mais nada de nada.

Vejo-me dentro da minha nova casa. Estou parada no meio da sala/quarto/cozinha e há caixas espalhadas por todo o lugar. Tudo tão cheio. Tudo tão pequeno. Tudo tão grande e tão vazio.

Cresci sonhando com o dia em que eu teria minha família de comercial de margarina. Passei uma vida inteira tentando acertar o ponto da receita de felicidade tão pregada e gritada pelo mundo. Este sempre foi meu objetivo: marido, filhos, jardim grande, mesa farta... Porém, vinte e seis anos depois buscando esse único objetivo, me vejo completamente no escuro, sem saber mais de nada, sem nenhuma certeza, sem convicção alguma sobre o que diabos eu quero e preciso para "chegar lá", finalmente.

Quando Fabrícia jogou aquelas palavras contra mim, a forma como ela soou ao falar da Mari, pareceu tão natural; pareceu tão fácil vislumbrar uma imagem da Mari ali, ao meu lado naquela cama, no lugar que Fabrícia tentava ocupar...

Depois que Fabrícia plantou essas imagens na minha cabeça, me senti como se todos os meus pensamentos, sentimentos e lembranças fossem jogados dentro de um liquidificador e o resultado disso fosse uma massa homogênea e consistente de Mariana.

Uma única frase, uma única acusação, foi o suficiente para abalar todas as certezas de uma vida inteira. Sinto-me como um arremedo do mundo, quando eu deveria ser apenas eu mesma. E o problema é exatamente esse: não faço a menor ideia de quem eu sou. Perdi tanto tempo querendo fazer parte do padrão que esqueci completamente de descobrir quem eu sou de verdade. Logo eu, que sempre falei da *sem gracisse* de padrões, passei a vida toda tentando me encaixar em um.

Estou mais bagunçada do que a minha nova casa, penso, dando um giro e analisando todas as caixas espalhadas e empilhadas ao meu redor, quando algo sobressai em meio a toda essa confusão tumultuada.

Dou alguns passos e paro em frente à caixa quadrada e pequena com a etiqueta "Diários da Mari" colada na tampa. Respiro fundo.

Em dezembro de 2003, Mari me entregou seu diário. Ela me contou sobre sua tradição de queimar seus diários ao fim de cada ano. Porém aquele, por algum motivo que ela não sabia explicar, não encontrou seu fim, por ela simplesmente não conseguir atear fogo nele. No entanto, também não queria ficar com ele, então, ela me deu, não antes de me fazer jurar jamais lê-lo. E eu jamais li. Depois disso, Mari parou de queimar seus diários e passou a enviá-los a mim.

Durante todos esses anos tive acesso a um tesouro. Poderia, com um abrir de páginas, desvendar todos os segredos e mistérios que tanto anseio, mas eu jamais quebraria minha promessa, pois sei o quanto Mari precisou confiar em mim para fazer isso e, também, porque eu sempre quis que ela se abrisse comigo por vontade própria. Arrancar suas verdades mais íntimas dessa forma seria como roubá-las, não seria?

Abro a caixa. Olho para oito anos de uma vida, ali tão expostos e vulneráveis. Eu poderia finalmente adentrar o mundo que Mari sempre fez tanto esforço para me manter do lado de fora. Enfio a mão na caixa e puxo um de lá. São todos iguais: trezentas e sessenta e cinco páginas encadernadas com capa dura azul-marinho e o ano escrito na parte de baixo. 2005. O ano em que casei pela primeira vez.

Minha respiração trava e tenho a impressão de que existem um milhão de olhares acusatórios me condenando por eu apenas segurar o diário e ter a intenção de lê-lo. Puxo a capa para a esquerda abrindo-o e leio a primeira linha:

1º DE JANEIRO DE 2005. *Vih se casa daqui a dois meses e eu ainda não sei o que fazer com o que...*

— Vicky!!! — Ouço uma voz abafada soando detrás da minha porta, acompanhada de uma batida que nem de longe seria julgada de sutil, e jogo o diário de volta na caixa com o susto, fechando a tampa com pressa, e me afastando dela.

— O que que eu tava fazendo, caralho? — digo baixinho para mim mesma e tapo minha boca, espantada também pelo palavrão que escapa. Meu coração batendo forte, meus olhos arregalados e minha respiração acelerada. A adrenalina enche minhas veias como um ladrão que quase foi pego.

— ANA VICTOOORIA! ABRE ESSA PORTA! — Ouço a voz que agora reconheço me chamando, aos berros mais uma vez. — Aposto que ela está dormindo, César!

— Calma, Rosa, ela vai acordar, caso seja isso mesmo. Ela também pode estar no banhe...

— E aí, família? Já vieram conferir se não toquei fogo no apê no meu primeiro dia morando sozinha? — pergunto, impedindo meu pai de concluir o que ia dizer, e os abraço, grata pela interrupção.

— Nossa... Que recepção calorosa, filha! — exclama minha mãe me apertando um pouco mais, antes de me soltar, logo em seguida acariciando meu ombro e fitando dentro dos meus olhos. — Isso é só saudade ou aconteceu algo, Vicky? Está tudo bem? Hein, filha, fala!

Sinto vontade de chorar. Ficamos os três parados à porta. Papai calado, me encarando com olhar preocupado. Acho que devo estar com minha famosa cara de culpa.

— Victoria, minha fi...

— Vamos entrar? — corto minha mãe dando-lhe um sorriso amarelo. Às vezes me odeio por ser tão transparente quanto aos meus sentimentos.

Dou um passo para trás estendendo a mão para dentro do meu novo lar e recebo o olhar desconfiado da minha mãe.

— Bom, pai, mãe, essa é minha nova casa! — falo, parando bem no meio do lugar que consigo pagar com o que ganho. — Aqui é meu quarto — digo apontando para a cama que fica do lado esquerdo, com um janelão acima da cabeceira. — É, eu sei, preciso de um blackout ou não vou conseguir dormir sequer até as seis. Certo, ali é a cozinha — indico o lado direito, onde podemos ver uma geladeira e um fogão, praticamente colados um no outro — e logo mais na frente é a área de serviço — aponto para o espaço alguns centímetros depois da geladeira, onde fica uma pia de tamanho razoável. — Aquela porta no fim da sala é o banheiro...

— Que sala, filha? — minha mãe pergunta incrédula.

— Oxe, mãe... Essa sala! Ali onde tem o painel com a TV — explico.

— Esse que fica bem em cima da sua cama? — questiona.

— Exatamente!

— Filha... — minha mãe começa em tom preocupado.

— Mãe... — devolvo em tom de "Qual o problema?"

— Por que você não volta para casa, hein? Seu quarto está lá, do mesmo jeitinho...

— Ah. Não, mãe! Já conversamos sobre isso. Não vamos recomeçar esse assunto, por favor!

— César... — diz, buscando apoio em sua tentativa de me convencer a voltar para casa, e meu pai olha para ela balançando levemente a cabeça em sinal de rendição, deixando minha mãe ainda mais frustrada, porém rendida, ao menos temporariamente. Lanço um olhar de gratidão ao meu pai.

Meus pais são casados há vinte anos. Casaram-se quando eu tinha seis, porque minha mãe engravidou logo no início do namoro e, apesar da época, negou-se a casar "apenas" por conta da gravidez. Ela queria ter certeza de que o casamento seria para a vida toda, que meu pai era mesmo o homem certo. Foi um escândalo. No entanto, minha mãe sempre manteve todos à sua volta na palma da mão, exceto eu. Nunca entendi como ela faz isso e acredito que ela encare o fato de seus "poderes" não se aplicarem a mim como uma espécie de castigo divino, ou praga de minha avó, que nunca teve uma relação tão boa com ela quanto meu avô.

Meu pai sempre foi apaixonado por ela. Os dois são apaixonados um pelo outro até hoje. Apesar de ser um homem de poucas palavras, ele é a única pessoa que minha mãe não tenta controlar. Tudo entre eles é decidido junto, de maneira igualitária, e eu sempre quis um relacionamento assim pra mim, mas nunca tive essa sorte.

— Então, que tal uma ajuda para desempacotar essas caixas? — convido na esperança de que a compulsão por organização virginiana da minha mãe vença qualquer interrogatório que ela planeje fazer sobre o que houve entre mim e Fabrícia, e por que ela me pegou com cara de quem tinha acabado de ser pega cometendo um crime.

— Meu Deus, Vicky! E você terá espaço para todas essas coisas quando tirá-las das caixas? — pergunta e, ao dar uma olhada mais atenta, também não posso deixar de duvidar se haverá mesmo.

— Vai dar certo, mãe. Vem, vamos começar! — chamo batendo palmas como se fôssemos para um parque de diversões, quando na verdade, vamos praticamente brincar de Tetris, para encaixar todas as minhas coisas no pequeno espaço livre de que disponho.

— Vamos lá, então, mocinha. Mas acredito que algumas coisas terão que permanecer nas caixas — pondera ela. — Onde está seu guarda-roupa?

— Então, mãe… Pois é. Acho que você tem razão.

***

Era mais de meia-noite quando finalmente meus pais foram embora. Pedimos comida chinesa e eles se foram logo após o yakisoba.

Meu guarda-roupa não caberia no espaço ao lado da minha cama sem que cobrisse completamente a visão da TV, então, consegui uma arara, dessas de loja de roupas, com o proprietário do imóvel, para colocar ao menos as peças que precisam ser passadas.

O lugar já foi um estúdio fotográfico, e o antigo inquilino deixou algumas araras para trás quando faliu: sorte a minha.

Apesar de não ser tão espaçoso quanto eu gostaria (e necessitaria), estou feliz com o meu novo lar. A janela lembra a do meu antigo quarto, que automaticamente me lembra Mari e os muitos momentos de paz que trocamos uma com a outra.

Mari... Por algumas horas até consegui tirá-la do foco do meu juízo, ou da falta dele, no caso, já que não conseguia parar de imaginar coisas que um cérebro ajuizado jamais imaginaria.

Faltam algumas horas para amanhecer o dia. Algumas horas mais para que eu a encontre, depois de tantos anos, e sinto medo, devido aos tantos questionamentos e sentimentos que vêm se manifestando tão intensamente desde aquela minha última noite no apartamento da Fabrícia.

Olho para a caixa com os diários da Mari e meus dedos coçam para abri-la.

— Você não pode fazer isso, Victoria! — censuro-me. — PORRA, CARALHO, MERDA... AAAHHH! — grito, jogando a caixa debaixo da cama como se ela estivesse em chamas, tirando-a do meu campo de visão, do perigo que eu mesma represento à minha promessa. — Não vou trair você, Mari.

Desabo na cama, puxando o lençol para me cobrir, virando de lado, desejando que ela estivesse às minhas costas numa conchinha aconchegante, me tranquilizando, dizendo que tudo bem eu ter cometido aquele pequeno deslize mais cedo.

Amanhã, penso, *vou encontrá-la. Amanhã terei minhas respostas para tudo. Vou fazer Mariana Fontenele falar. Preciso que ela me ajude a entender.*

Mari

Mari (Disponível)
mar_e_ana@hotmail.com

Existe uma distância enorme entre o que a gente quer e o que precisa ser feito, e a coragem está bem no meio. Ou a falta dela.

 Vicky (Disponível)
vih_leal@hotmail.com

Tem gente que veio à Terra com a missão de me endoidar. Q?

Apesar de eu saber que o dia já amanheceu, e de ter ouvido o toque de mensagem recebida no meu celular, duas vezes, continuo adiando o momento de abrir os olhos.

Estou quase me cagando de medo do dia de hoje. Sim, não sou uma pessoa corajosa. Pelo menos não quando estamos falando de Victoria e essa loucura de sentimentos confusos e incoerentes que ela me causa.

Não se deixem enganar por toda a marra que vivo impondo ao mundo, isso é só mais uma prova do quanto sou covarde. Eu me escondo por trás dessa máscara. Assim é mais difícil que eu seja questionada quanto ao que afirmo, entende? O problema é que essa tática jamais funcionou com a Vicky. Ela nunca recua. Nunca desiste. Nunca se afasta. Sorte a minha ela ser um pouco avoada ou já teria notado o quanto sou vulnerável em se tratando dela.

Procuro o celular pela cama com os olhos ainda fechados. Levo-o ao alcance da minha vista e abro os olhos apenas para confirmar o que já sei: mensagens *dela*. Já estava surpresa por ainda não ter falado comigo. Nosso único contato foi a troca de recados no status do MSN, algo que mantemos desde sempre. Abro as mensagens.

 Vih – 19/10/2012 07:40: Então, chegou bem? Eu deveria achar que não, já que sequer me mandou uma mensagem, né? Bom, você não disse nem mesmo que viria. Acho que tanto faz. Porém, obrigada pelo "Em casa" do status de ontem. Enfim, precisamos conversar. Prometo tentar deixar minha ira de lado, tente ligar o botão "falar" quando nos encontrarmos, ou eu mesma vou descobrir onde ele fica, e juro que eu te obrigo a abrir a boca. Precisamos CONVERSAR, Mari. Isso significa que você também precisa usar a boca e não apenas os ouvidos.

Vih – 19/10/2012 07:41: Ah, bom dia. Ainda amo você, ok? Ainda.

Caralho... como eu vou me livrar dessa? Como me conter se ela me pressionar a falar se estou morrendo de medo do que eu possa fazer apenas ao colocar os olhos nela?!, penso, aflita. Meu corpo inteiro está tremendo com a ansiedade.

Eu costumo me esconder facilmente do resto do mundo. Porém, tem sido um custo enorme me manter trancafiada dentro de mim mesma para ela, embora eu sempre tenha tido a distância e uma tela de computador como auxílio, mascarando a maior parte do efeito que ela causa no meu corpo e no meu coração sempre que conversamos.

Ouço o alerta do celular mais uma vez e cerro os olhos. Bato as mãos em punhos contra a cama, mas a vontade que sinto é de bater em mim mesma.

Que porra de medo é esse? É só a Vih! Você já a viu milhares de vezes e tudo sempre deu muito certo. Calma. Respira.

Vih – 19/10/2012 07:47: Caraca... eu sei que você tá acordada! Você vai mesmo me ignorar? Eu sei onde você mora. Não se esqueça. Te vejo na exposição. Te amo. Sim, ainda, mas não me teste! Preciso te contar uma coisa... Não foge de mim.

Puxo várias respirações profundas sem entender o motivo de o meu corpo tremer tanto. Na verdade, entendo. Estou com medo do que ela tem para me contar. Sempre foi mais fácil acompanhar a vida amorosa dela de longe, mas agora que vou encontrá-la, não sei se aguento vê-la se derreter por mais um cara que vai acabar indo embora da vida dela como todos os outros.

Parece que as coisas só pioraram a cada dia que passou. Eu quase tive esperanças de que a distância e o passar dos anos tornariam as coisas mais fáceis. Não dizem que tudo é uma questão de deixar o tempo passar? Quanto tempo mais eu devo esperar até que meu coração desista dela? Quanto tempo até ele entender que não deve desejá-la dessa maneira?

Depois de tantos anos, depois de todas as constatações a que cheguei, e que sempre fingi não existirem, não sei se estou pronta para isso.

— Merda. Aposto que é sobre o tal do Rodrigo — resmungo para mim mesma enquanto digito uma mensagem para ela.

 Mari – 19/10/2012 07:56: Deixa eu tentar adivinhar a novidade: Vai casar de novo? Rodrigo? Espero que me chame para madrinha dessa vez ;) Desculpe não ter falado contigo antes. Muito cansaço. Muitos dias viajando de carro... Jantar com a família... essas coisas, Vih. E também amo você. E acho bom não criar expectativas. Meu botão "falar" continua emperrado, mas o "ouvir" tá funcionando bem pra caralho :D

É tão fácil sorrir em uma mensagem de texto, não é? Você digita: dois pontos e um D maiúsculo e pronto. Pena que não vou poder fazer isso quando ela chegar na minha exposição com o tal do Rodrigo. Me dá uma azia só de imaginar a cena.

Na adolescência era mais fácil. Sempre consegui me convencer de que eu estava apenas enlouquecendo, que meus sentimentos de "adola" estavam me pregando uma peça... Mas sei que agora não vai ser nada fácil encará-la e me fazer acreditar que não a quero, da forma que eu deveria querer o Raul.

Você consegue, Mari, ouço minha própria voz na minha cabeça como se eu fosse outra pessoa. *Você fez isso por anos. Você viu a Vih se relacionar com um babaca atrás do outro e sobreviveu. Você consegue passar por mais essa.*

— Filha, já acordou? — minha mãe chama batendo à porta do meu quarto.

— Já, mãe. Tô indo pro banho — respondo com uma voz desanimada.

— Que voz é essa? — questiona, já abrindo a porta. — Minha nossa, menina, você não dormiu? — espanta-se ao olhar para minhas prováveis olheiras de uma noite em claro.

— Insônia, mãe. Acho que é nervosismo por causa da exposição — minto.

— Vou colocar uns sachês de chá de camomila na geladeira para botar nos seus olhos. Você está com uma cara péssima! Bem que podíamos ir ao salão, o que acha? — convida ela, animada.

— Nem fodend...

— Olha essa boca suja! Me respeita, Mariana! — censura-me.

— Nem sonhando, mãe. Aceito os sachês e dê-se por satisfeita. Agora, pode me dar licença? — peço, já de pé.

— Tá bom. Estraga prazeres! Nem para me fazer companhia? — insiste em tom pesaroso, cada palavra transbordando chantagem emocional barata típica das mães. — Tanto tempo que não fazemos isso juntas!

— É verdade, mãe. Desde quando eu entendi o que a frase "Não gosto" significa! — Rio alto.

— Afff! Você sempre foi terrível! — afirma, agora em tom saudoso. — Odiava todos os vestidos que eu comprava pra você e sempre preferiu ir ao shopping com seu pai.

— Como eu iria jogar vôlei, andar de skate, de bicicleta... com aqueles vestidos rodados de florezinhas? — justifico-me.

— E seu pai adorava isso. Traidores — brinca, apesar de que não pude deixar de notar uma pontada de tristeza lá no fundo de sua garganta.

Eu sei que minha mãe sempre quis que eu fosse a bonequinha que ela foi a vida inteira. Acho que ela é a mulher mais estereotipicamente femi-nina que conheci na vida e ela tem tanto orgulho disso... Sempre me senti esquisita por não ser como ela, porém, nunca consegui nem mesmo arre-medá-la. Nunca fui dada às "delicadezas femininas", apesar de que sempre me senti mulher.

— Sinto muito por não ter sido a filha que desejava que eu fosse, mãe — desculpo-me desapontada. Bem no fundo, eu gostaria de ser mais "normal". Quem iria escolher o caminho mais difícil de propósito?

— Ei, filha... Está tudo bem! — tranquiliza-me, quando nota meu desa-lento. — Você sempre teve opinião própria, sempre soube como se impor.

Isso não é algo para se desculpar. Eu que sempre tive ciúmes da sua relação com seu pai. Algumas vezes me sentia uma forasteira, vamos dizer assim, sabe? Você sempre teve mais afinidades com ele do que comigo — explica, suspirando, e sei que, de certa forma, essa falta de "reconhecimento" entre a gente a deixa tristonha. — Eu que preciso me desculpar, Mari.

— Desculpar? — pergunto confusa. — Pelo quê?

— Ainda ontem estava tentando impor a maneira que você deveria se vestir… — lembra com um sorriso meio sem graça. — Acho que isso é um mal materno. A gente acredita piamente que sabe o que é melhor para nossos filhos, mas muitas vezes esquece que vocês não são uma versão mais jovem de nós mesmos, não são nossa segunda chance na vida. Eu sinto muito, filha — lamenta me puxando para um abraço, ficando nas pontas dos pés para beijar minha têmpora.

Um silêncio confortável nos envolve. É como se finalmente nos reconhecêssemos. Meu coração me avisa que talvez eu não encontre um momento melhor para me abrir com ela, mas assim que faço menção de abrir boca, minha mãe volta a falar.

— Ao menos posso me orgulhar por você ter herdado meu bom gosto para os homens — vangloria-se, afastando-se de mim e lançando uma piscadinha. — O Raul é o que chamo de pedaço de mau caminho, e está caidinho por você! Ele me parece tão gentil. De caráter! Estou felicíssima por você finalmente ter se encontrado, ter se permitido. Já posso sonhar com alguns netinhos?

— Mãe… Ainda é muito cedo para isso — afirmo com aquela certeza indo embora, abandonando meu coração.

— Você já não é uma mocinha, sabia? Daqui a pouco faz 30 anos. Todo mudo sabe que o melhor momento para começar a planejar os filhos é entre os 25 e os 30 anos. Você já está com 24. E vocês também precisam ter um tempo a sós para curtir o casamento e…

— Mãe! — falo em tom alto e firme, e ela me encara com os olhos arregalados.

— O quê?

— Quem disse que eu quero casar? Quem disse que ter filhos está nos meus planos?

— Ora, filha... esse é o curso natural da vida. Toda mulher quer isso. Por que você não iria?

— Mãe... — Respiro fundo. Ela jamais entenderia. — Acho melhor eu ir tomar um banho. Desço daqui a pouco para tomar café — aviso sem força alguma para ao menos começar a questionar o que ela acaba de afirmar.

— Eu só quero que você seja feliz, Mari. Esse é o desejo mais profundo do meu coração — diz ela, notando as barreiras que já reagrupei entre a gente. Que sempre existiram e que, pelo visto, sempre existirão.

— Nem sempre a felicidade que você me deseja é a que me fará feliz, mãe — digo e suspiro, cansada. — Olha, eu admiro muito a vida que você leva com meu pai. Eu vejo e sinto o quanto vocês são felizes, mas esse não é o "tipo de felicidade" que me faria feliz. Não é porque te faz feliz que me fará. Não sou uma versão mais nova de você, lembra? Nem toda mulher quer marido e filhos — falo com firmeza, talvez pedindo que ela me questione, que me pressione e me encoraje. Talvez eu queira falar, afinal.

Nossos olhos estão imergindo uns nos outros. O silêncio volta a nos envolver, porém agora ele não é mais leve e confortável.

— Vou deixar você tomar seu banho, filha — diz ela com um sorriso forçado. — Hoje é um dia importante. Você precisa se preparar. Te vejo lá embaixo para o café — despede-se apressadamente e sei que ela está fugindo. Somos bem parecidas, no fim das contas.

1º de janeiro de 2005

Vih se casa daqui a dois meses e ainda não sei o que fazer com o que sinto. Eu nem sou capaz de dizer que porra de sentimento é esse. Eu só gostaria de poder impedir essa merda. Queria ter o direito de pedir que ela volte atrás. Queria que não doesse quando o imagino com as mãos nela.

Hoje fomos ao nosso lugar. O lugar que mais amamos no mundo, depois do quarto dela: as ruínas da Ponte dos Ingleses.

Decidimos ir para o nosso cantinho especial para nos prepararmos para o novo ano que se inicia. Um ano de mudanças, boas-vindas e despedidas.

Partirei logo após o casamento dela. Queria não precisar presenciar essa caralhada que ela vai fazer. Parece que iniciei esse novo ano querendo poder coisas demais, eu sei.

Bem, ao menos ela teve a decência de não me convidar para madrinha. Juro que enfiaria o convite goela abaixo dela. Mentira. Com toda certeza seria em minha goela abaixo. Sempre precisei engolir muitas coisas desde que nos conhecemos, mas nem posso culpá-la por isso. Ela não faz ideia da forma que me faz sentir.

Enfim, apesar do meu coração filho da puta e burro, fiquei tão feliz por sermos apenas ela e eu hoje. Tem sido cada vez mais difícil sermos nós, desde que ela conheceu o Marcelo. Ela quase nunca tem tempo pra mim porque quase nunca desgruda dele.

Sempre sinto algo ruim quando penso nos dois juntos, mas essa coisa ruim é insignificante quando me lembro da sensação dos dedos dela entrelaçados aos meus, enquanto assistíamos à lua que estava lindamente cheia e ofuscava o brilho de milhares de estrelas, hoje.

Victoria me enche de paz enquanto eu transbordo em caos. Sinto-me no Paraíso quando estamos juntas e, ainda assim, inserida no Inferno. Ela me causa uma sensação de dor deliciosa. Viciante. Quanto mais eu tenho dela, mais eu quero e mais sei que não poderei ter. Eu não sei o que é isso, você pode chamar do que quiser. Eu só sei que ela é uma das pessoas com quem mais me importo no mundo e, acredite, eu sangraria feliz se tivesse a certeza de que esse idiota a fará feliz. O que me deixa furiosa e quebrada é sentir, dentro de mim, e não me pergunte como eu sei disso, que ele não conseguirá.

Vicky

Digito uma mensagem para Mari, assim que tenho um tempo livre no trabalho.

Vicky – 19/10/2012 13:16: Não vou te dar spoilers. Mais tarde conversamos. Vou sair mais cedo do trabalho para ter tempo com folga e não me atrasar para o seu evento. Até mais tarde.
P.S.: Talvez eu leve alguém comigo. Acho que vocês vão se dar bem.

Aperto enviar e respiro fundo. Espero mesmo que eu consiga convencer minha amiga Fabrícia a ir.

Combinei com a minha chefe de sair mais cedo hoje. Saio às 14h e vou direto para o apartamento da Fabrícia.

Minha saída de lá foi esquisita. Apesar de ter me pedido desculpas, e pelo enorme carinho que mantenho por ela, concordamos que ambas precisávamos de um tempo, depois das confissões e acusações embriagadas que ela me fez.

Foi meio insano saber que uma das minhas melhores amigas mantinha um interesse a mais por mim. Imagina quão mais louco foi quando ela sugeriu que eu também mantinha sentimentos escondidos, só que em relação à Mari?! E como eu nunca percebi que a Fabrícia era lésbica? Ela é tão feminina...

Nossa, não que isso seja indício de nada... Caramba, agora me senti como o Marcelo, meu ex. Deus me livre!

Guardo o celular de volta no bolso da calça e começo a contar os minutos para sair. 13h22. Longos trinta e oito minutos pela frente ainda.

***

Passo direto pela portaria do prédio que foi meu lar entre um casamento fracassado e outro, sem precisar me identificar, apesar de ter que tocar a campainha, já que devolvi minha cópia da chave.

— Oi, Vicky — Fabrícia cumprimenta quando abre a porta. — Entra — convida-me.

— E aí, *miga*? Tudo bem? Feliz que está de folga hoje. Preciso de você — despejo de uma vez, entrando e jogando-me no sofá da sala com a cabeça para trás e as mãos cruzadas sobre os olhos. Nervosa.

— Ei, o que houve? — pergunta ela em tom interessado e preocupado. — Fiquei surpresa quando me ligou pedindo para vir conversar.

— Como a gente sabe que é lésbica? Como você soube? Será que alguém pode descobrir que é lésbica depois de adulta? Uma mulher pode ser lésbica e se sentir atraída por homens? Uma lésbica consegue ter prazer com homens, sendo que gosta de mulheres? Existe hétero que se apaixonou uma única vez na vida por alguém do mesmo sexo? Eu estou confusa!!! Eu não sei o que eu sou, não sei quem sou, não sei a que classe pertenço, eu só...

— Eiii, vai com calma! — exclama, sentando-se ao meu lado, retirando minhas mãos dos meus olhos; e a encaro, aflita. — Primeiro: respira — pede, segurando minhas mãos, de frente para mim, e respirando em sincronia comigo. — Mais calma agora?

— Não! — respondo, sacudindo a cabeça desesperadamente de um lado para o outro, com rapidez.

— Certo, então tudo bem. Escuta, vou te fazer algumas perguntas e quero que você apenas diga sim ou não, por enquanto, tá bom?

— Tá — concordo.

— Bom. Certo. Isso tem algo a ver com uma certa fotógrafa que veio para uma mostra no Dragão do Mar?

— Sim — respondo fazendo um sinal afirmativo com a cabeça, tão desesperado quanto a negativa há pouco.

— Entendo. Vocês já se encontraram?

— Ainda não.

— Você acha que pode estar interessada de outra forma além da amizade, por ela? — Fabrícia pergunta, e eu não sei qual a resposta certa. Não tem como eu responder isso com um simples "sim" ou "não". Não posso… não… sim…

— Eu não sei — digo, deixando minha cabeça cair de encontro às nossas mãos que continuam juntas. — Sinceramente.

— Vicky, tudo bem. É normal ficar confusa — afirma num tom quase maternal, tentando me acalmar. — Quero que feche os olhos, agora.

— O quê? — questiono nervosa.

— Ei, não tenha medo. Eu juro que não vou te atacar! — brinca. — Prometo — diz levantando a mão direita e colocando a esquerda no peito. Impossível não rir.

— Tudo bem — recosto-me no sofá de uma maneira confortável e fecho os olhos.

— Quero que tente fazer uma avaliação de si mesma; quero que se atenha ao que sente, na real. Livre-se dos medos, não existem barreiras, não há limites sobre o que seria certo ou errado. Apenas olhe para dentro do seu coração e me responda: Quem vive nele, Vicky? De quem é o sorriso que mantém seu coração aquecido?

Lembro-me do sorriso que é só meu. Daquele, emoldurado por lábios carnudos e daquela mordidinha no cantinho do lábio inferior antes que a boca se estique formando o sorriso mais lindo do mundo, e sem dúvida alguma, respondo:

— Mari. — Duas lágrimas abrem caminho para fora de mim.

— Quem é a pessoa que te faz querer ser alguém melhor?

— Mari — repito o nome dela e é como se eu a chamasse para perto de mim.

— Quem faz seu coração bater de um jeito especial?

Lembro-me da primeira vez que a vi. Do quanto meu coração pareceu desesperado para chegar mais perto dela e, de como isso nunca mudou, pois meu coração sempre bate feito louco, desenfreado, quando a vejo, e estou sempre querendo estar mais perto dela.

— Mari — respondo mais uma vez e as lágrimas agora parecem não ter mais fim. Tudo é Mari, ela me preenche completamente. É como se ela inteira tocasse cada parte de mim.

— Se você pudesse escolher qualquer pessoa, no mundo inteiro, para estar ao seu lado para o resto da vida, mas apenas uma única pessoa; para dividir, partilhar e construir uma vida a dois, e que você tem certeza de que seria plenamente feliz, quem você escolheria? — continua Fabrícia.

Lembro-me do sorriso dela, que é só meu, de seus olhos brilhantes sempre que nos víamos, da sensação de seus lábios na minha pele, sua voz grave, seus sussurros ao meu ouvido, sua pele macia, seus dedos entrelaçados aos meus, seu cheiro, seu abraço, seu aconchego, seu cuidado, suas ironias, seus palavrões, suas broncas, suas risadas…

— Mari! Meu Deus do céu… Mari! Mari, Mari, Mari… — Eu não consigo mais parar de chorar. Choro tanto que soluço, fungo, gemo. — Isso é loucura, Fabrícia! Isso é… Eu…

— Por que seria, Vicky? Por que amar alguém que te faz bem, te traz paz, te faz querer ser uma pessoa melhor, te faz se sentir única, por que isso seria loucura? Loucura seria não viver isso, amiga!

— Não! Você não entende?! Ela é uma mulher! Minha amiga. Minha melhor amiga!

— E daí, minha filha! Ela é sua melhor amiga e o amor da sua vida, *também*! Quer sorte maior do que essa? O que você quer mais?

— Eu não sou lésbica, porra! Amar a Mari dessa maneira faz de mim lésbica e eu não me sinto assim! Isso não sou eu, não faz sentido! Eu não quis ficar com você, por exemplo, porque você é mulher e eu gosto de homem, me atraio por homens, quero trepar com homens! — xingo e falo alto. Esbravejo lutando para me apegar ao que acreditei a vida toda, mas não importa o quanto eu grite, o quanto eu xingue, pois no fundo, eu sei. Eu sempre soube.

— Para de querer se encaixar na merda de um rótulo idiota, cacete! O quê? A gente vive em alguma distopia e não me avisaram? Existem classes em que devemos nos encaixar?

— Mas como posso estar apaixonada por uma mulher sem ser lésbica? Eu nunca me senti atraída por mulheres! — explico exasperada.

— Vicky, por que você quer tanto se encaixar em uma classe? Por que acha que precisa pertencer a alguma? — questiona.

— Como vou saber meu lugar no mundo, se não sei nem mesmo o que que eu sou, Fabrícia? — pergunto com a voz insegura, fraca, baixa.

— Você não precisa se adequar a um rótulo para encontrar seu lugar no mundo. Você é Victoria, uma pessoa como outra qualquer, que ama Mari, uma outra pessoa como outra qualquer, para o resto do mundo pelo menos, porque, para você, ela é mais do que isso, não é? Ela é muito mais do que uma simples pessoa qualquer.

Silêncio.

— Vicky, ser "classificado" por se permitir amar alguém não deveria ser plausível. Você deveria preocupar-se menos com *em que classe você se encaixa* e mais *em ser feliz*. E você está deixando passar uma oportunidade incrível — afirma.

— Eu nem sei se ela se sente da mesma forma que eu — argumento amedrontada.

— Acho melhor você tentar se apegar a uma desculpa melhor do que essa, caso queira continuar se escondendo do que quer de verdade — aconselha, me encarando com olhos duros. — Uma vez me disseram que a oportunidade é careca, e, quando ela passa por nós, se não a agarramos… depois que ela nos der as costas, não adianta tentar puxá-la pelos cabelos — tenta me convencer.

— Eu não sei o que fazer. Não posso chegar para a Mari depois de nove anos e dizer…

— Eu te amo?

— Exatamente!

— Eu não sei o que você pode ou não fazer, só você sabe até onde consegue chegar e o quão frustrada aguentaria viver, amiga. Porém eu sei o que *eu* faria, e eu jamais deixaria escapar qualquer chance de viver um amor como esse. Nem mesmo se ela não correspondesse, o que eu posso apostar minha vida que não é o caso.

— Você acha mesmo que ela olha pra mim da mesma forma que eu olho para ela? — pergunto em dúvida.

— Você nunca vai saber se não disser como se sente, e não tem arrependimento maior do que aqueles que começam com "E se...". Nunca se esqueça: é melhor se arrepender do que fez, que do que não fez.

— Vai comigo à exposição? — peço.

— Pode apostar.

— Melhor nos apressarmos, então! — sugiro com um sorriso temeroso e, de certa forma, aliviado.

É estranho olhar para o mundo agora. Um mundo onde existe a possibilidade de ter da Mari tudo aquilo que achei ser errado na adolescência. Todos os beijos que fingi não desejar. Todas as batidas que meu coração dava a mais por causa dela. Todas as sensações que seus toques causavam em mim.

Agora tudo faz sentido: o porquê de meus relacionamentos nunca terem dado certo, a razão de eu estar sempre procurando alguém e nunca ficar satisfeita com ninguém. O motivo de aquela sensação de incompletude nunca me abandonar.

Eu estava desesperada, procurando uma pessoa, qualquer pessoa, que me fizesse sentir ao menos um pouquinho do que experimentei tantos anos atrás. O que eu não conseguia ver é que eu nunca iria encontrar aquilo, porque ninguém mais é Mari. Só ela. E eu nunca havia conseguido enxergar isso, afinal sempre estive cega devido ao medo das consequências de estar apaixonada por minha melhor amiga, além do fato de ela ser uma mulher, assim como eu.

28 de fevereiro de 2005

Meu casamento é daqui a uma semana. Estou nervosa, ansiosa e feliz, eu acho. Meu futuro marido é um bom homem. Tem um emprego decente, quer construir uma família comigo e... não foi exatamente isso com que sempre sonhei?, questiono-me ao sentir os lábios da Mari no meu ombro. O que estamos fazendo? Isso não está certo... Mas por que parece estar?

Tudo sobre Nós 105

Estamos no meu quarto, deitadas na minha cama. Estou de bruços, Mari de lado sustentando parte do próprio peso com um dos braços e usando uma das mãos para desatar os laços da minha blusa frente única. Meu coração sempre bate mais rápido quando chega essa parte, a parte em que finalmente vou sentir os lábios dela na minha pele, percorrendo toda a extensão das minhas costas, da lombar até a nuca, com algumas escapadas pelo meu pescoço e orelha, de vez em quando.

Eu amo esses momentos. Amo essas tardes em que podemos ficar sozinhas no nosso mundo. Não consigo dizer quando, exatamente, começamos a descobrir maneiras diferentes de fazer carinhos uma na outra; não sou capaz de lembrar quem começou o quê; apenas sei que sentir os lábios dela percorrendo minhas costas nuas é uma sensação incrível que causa reações deliciosas a todos os nervos do meu corpo, reações que jamais foram causadas por mais ninguém, nem mesmo por meu futuro marido nos momentos mais íntimos.

— Eu te amo — Mari sussurra ao meu ouvido, descansando o peso de seu corpo sobre minhas costas, e sinto cada um dos meus pelos se arrepiarem. Aperto os lábios para conter o desejo inconveniente — e insistente — de beijá-la. Eu não deveria sentir isso.

— Eu também — sussurro de volta com a boca esmagada contra o travesseiro para que ela não me traia se virando em direção aos lábios da Mari.

Eu não sei por que sinto essas vontades, apenas sei que preciso controlá-las. Somos amigas. BFFs. Somos garotas. Uma amiga não pode beijar outra amiga, não na boca, pelo menos; isso é algo apenas para os garotos, esse tipo de beijo, quero dizer. Garotas beijam garotos, jamais garotas. Então por que esse desejo nunca vai embora?

Quando estamos a sós, é como se o mundo lá fora deixasse de existir. Como se não houvesse julgamentos de certo ou errado e nossos corpos tomassem vida própria, alheios ao que seria "passar do limite". Nosso corpo vive alheio, nossa consciência, não.

Meu corpo desejou que as mãos e os lábios dela descobrissem outras partes escondidas pelas camadas de tecido que eu usava, porém, minha consciência não me permitiu esboçar nenhuma reação para que ela fosse mais longe, e ela sempre se manteve ali, na extensão das minhas costas, vez por outra se aventurando por meu pescoço e orelha.

Sentir as mãos da Mari em mim e seus suspiros junto à minha orelha me deixa desnorteada, incapaz de discernir qualquer coisa ou fazer algum julgamento. Não sou capaz de dizer qual seria minha reação, caso ela fosse além dos limites que, sejamos *justos, sempre respeitou. No entanto, acredito que o controle sempre esteve com ela. Acho que, talvez, eu nunca teria forças para barrá-la, impedi-la, freá-la, contê-la, censurá-la...*

— Vih? — Mari chama depois de alguns minutos de silêncio, ainda deitada sobre minhas costas nuas. — Você dormiu?

— Não — respondo com o coração ainda martelando forte por tê-la assim tão perto.

— Você sabe que isso não pode mais acontecer, não é?

— O quê? — pergunto sentindo o peito apertar, apenas para enganar a mim mesma quanto a não saber ao que ela se refere. Claro que sei.

— Você sabe, não se faça de desentendida — diz em tom aborrecido, saindo de cima de mim e eu me viro para olhar para ela, segurando minha blusa sobre os seios.

— Mari, não estamos fazendo nada de mais... Por que não poderíamos continuar sendo nós? — indago.

— Se eu fosse um homem, você não acha que seria estranho e errado? Tipo, um homem que não é seu marido beijando suas costas dessa maneira?

— Se você fosse homem, seríamos perfeitos um para o outro, ou se eu fosse... — digo e vejo seus olhos brilharem em uma combinação de alegria e frustração.

— Eu não tive essa sorte. A única pessoa por quem acho que me apaixonaria é uma mulher e eu não sou homem — responde ela. — Isso não é esquisito?

— Não, você não é homem, mas é minha melhor amiga. E sim, talvez seja esquisito para quem é de fora, mas não há maldade entre a gente... Ou malícia... Somos amigas e isso é apenas carinho, não é? — falo torcendo para que ela concorde comigo; para que ela possa reforçar o que tento me convencer sempre que fazemos isso.

— É sim. Você tem razão — admite ela, voltando a se deitar ao meu lado e me aconchego junto aos seios fartos e macios dela.

— Mas isso não pode mais acontecer, Vih — avisa.

— Eu sei — concordo, porque no fundo, acho que ambas sabemos da verdade que negamos desde que nos conhecemos.

Vou me casar com o Marcelo. Vou construir uma família e aí finalmente perceber que o que sinto pela Mari não faz o menor sentido. Ao menos é isso o que eu penso para tentar acalmar meu coração.

Mari

 **Vicky** (Disponível)
vih_leal@hotmail.com

Não importa o quão rápido você corra ou o quão bom seja em se esconder, a verdade sempre te alcança. Sempre.

 Mari (Disponível)
mar _e_ana@hotmail.com

Tem verdade que não passa de ponto de vista.

Nunca me senti tão nervosa em toda a minha vida. É sério. Eu estou muito, muito nervosa. Nervosíssima! Pela primeira vez em mais de vinte anos, fico preocupada até com o que vou vestir. Nunca fui dada a certas vaidades, mas hoje quero estar *fudedoramente* bonita. Quero que *ela* me ache linda!

Há peças e mais peças de roupas espalhadas por todo o meu quarto e eu não consigo encontrar nada de que goste. Já estou bufando de frustração, porque nada parece ficar bem em mim.

Tenho umas quatro horas até o Raul aparecer, para irmos todos juntos à exposição. Quatro horas seria tempo mais do que suficiente para eu me arrumar. Caralho, me arrumo em trinta minutos! No entanto, aqui estou eu, quatro horas antes do horário em que preciso estar pronta, enlouquecendo o pouco juízo que tenho tentando encontrar a roupa perfeita. *Como se uma roupa fosse fazer com que a Vih magicamente me enxergasse de outra forma. Pra começo de conversa, eu nem deveria querer isso. O que eu faria se ela finalmente enxergasse?*

— Filha? — É a voz do meu pai me chamando, e logo depois o som de suas batidas à minha porta.

— Pode entrar, pai — peço.

— Vou dar uma pedalada antes de irmos para a exposição, pensei que talvez você quisesse me acompanhar. O que acha? Não sei se você está nervosa, mas pedalar sempre te rela... — Meu pai para de falar ao observar o quarto com mais atenção. Vejo suas sobrancelhas franzirem e seu rosto assumir uma expressão confusa. — Está tudo bem?

— Tirando o fato de que eu não tenho uma roupa vestível para logo mais, tudo certo — respondo jogando-me na cama, passando as mãos no rosto com força. — Eu deveria ter passado no shopping no caminho de Salvador até aqui — pondero em tom arrependido.

— E desde quando você se preocupa com esse tipo de coisa? — questiona cismado.

— E não é com esse tipo de coisa que a maioria das mulheres se preocupam, pai? Em estarem bem apresentáveis? É um evento importante. Minha primeira exposição em Fortaleza. Só quero ficar bonita... Por que me sinto como se estivesse sendo mensurada? Qual o problema? Não posso experimentar um dia de "mulherzinha fresca" uma vez na vida? — indago com a guarda alta e nem sei por quê. *Que diabos é isso?*

— Ei-ei-ei, moleca! — diz ele com as mãos para o alto. — O que foi isso? Será que temos uma bomba-relógio prestes a explodir aqui, hoje?

— Ah, desculpa, pai — peço. — Acho que estou com TPM.

— Hum... Então, que tal abrir o pacote que a sua mãe lhe entregou logo depois do almoço? Talvez seja o que você estava procurando.

— Qual? Aquele ali na sacola da loja de perua que ela adora? Duvido! — exclamo cética e até grosseira, revirando os olhos com desdém.

— Você deveria dar um pouco mais de crédito a sua mãe. Ela conhece você melhor do que pensa — pede ele em tom reflexivo. — Bom, eu acho que você não está no clima para pedalar com seu coroa, porém, vou te dar quinze minutos para experimentar o que ela comprou pra você, daí, com o dilema do que vestir resolvido, teremos um tempinho só para nós dois — diz com uma piscadela e sai.

Olho com apreensão para a sacola cor-de-rosa que me encara da poltrona do meu quarto, no meio de várias peças de roupas. Caminho até ela e desato a fita azul. Puxo de lá algo envolto em papel de ceda e reviro os olhos me perguntando: por que tanto suspense? Desembrulho o papel e finalmente vejo o que minha mãe escolheu para mim: um vestido.

Depois de alguns poucos minutos, estou parada de frente para o espelho avaliando-me, e não posso negar que ele até que ficou... legal, para um vestido.

O tecido é leve e se ajusta de forma confortável ao meu corpo, caindo de um jeito que não marca completamente, mas que também não me deixa com cara de "O defunto era maior, hein?". O corte é estilo envelope, com uma fita que transpassa por dentro e prende em um laço às minhas costas, marcando minha cintura e deixando um decote nada discreto para seios fartos como os meus, e essa é a parte que me deixa um pouco desconfortável. No entanto: sua barra termina uns três dedos acima dos meus joelhos, ele é preto, de mangas três-quartos e, se lembro bem, Vicky adorava olhar meus decotes em V.

É, acho que vou dar uma pedalada para relaxar.

Pedalar com meu pai não teve o efeito esperado. Não que algo entre a gente tenha mudado. Momentos como esse sempre me enchem de conforto e me deixam mais leve, acontece que não consigo parar de pensar na Vicky.

Falta pouco mais de uma hora para sairmos de casa e eu estou em uma discussão ridícula e desnecessária com a minha mãe por causa de maquiagem.

Tantas coisas zunindo dentro da minha cabeça, e eu ainda tenho que lidar com ela tentando me convencer de que preciso deixar que faça sua transformação em mim.

— Por que não me deixa maquiar você, Mariana?! — resmunga.

Puta que pariu, penso, esfregando as mãos no rosto, me esforçando para não explodir. Eu devo ter sido uma péssima pessoa na outra encarnação, e hoje estou sendo forçada a me tornar uma pessoa melhor e bem mais paciente, só pode! Porém, acho que esse aprendizado vai ficar para a próxima vida. Se há algo que evapora tão rápido quanto água no asfalto no verão de Fortaleza ao meio-dia, é a minha paciência.

Encaro-a entediada e cansada dessa insistência em me transformar em algo que eu não sou. Não é por eu querer parecer mais bonita que preciso me camuflar.

— Por que, mãe? Porque eu quero continuar me reconhecendo quando me olhar no espelho! — respondo irritada. — Trabalho atrás da câmera e não na frente dela! E, além do mais, o que será avaliado serão minhas fotografias e não minha aparência — justifico-me.

— Todo mundo vai reparar se você aparecer mal-arranjada no seu próprio evento — diz ela carrancuda, mas assim que nossos olhos se encontram, sua expressão facial demonstra arrependimento. Ela sabe que pegou pesado.

— Acho melhor a senhora sair agora. Preciso terminar de me arrumar, do meu jeito, ou as pessoas vão achar que além de mal-arranjada eu sou arrogante, por chegar tarde e deixá-las esperando por mim — falo em tom sério, convidando-a a me deixar sozinha.

— Não foi isso que eu quis dizer... — tenta desculpar-se.

— Tudo bem, mãe. Já pedi desculpas por não ser sua bonequinha. Agora, se me der licença...

— Tudo bem, filha. Te espero lá embaixo com seu pai. Raul virá para ir com a gente?

— Hum-rum — grunho.

— Certo — diz meio cabisbaixa e sai.

Respiro fundo e me sento e de frente para minha penteadeira antiga, assim que ela bate a porta.

Meu pai quase sempre está certo sobre as coisas que diz, como quando sugeriu que eu poderia gostar do que minha mãe comprou para mim. Okay, eu amei o vestido. Entretanto, ela parece não me conhecer tão bem quanto ele fez parecer; ou até pode ser que me conheça, o problema é que ela não gosta/aprova o que vê, e, apesar de eu fazer de conta que não me importo, isso dói.

Pego meu nécessaire de maquiagem, pequeno e prático, com tudo de que preciso: BB cream, gloss, pó compacto e protetor solar.

Por que eu precisaria de mais do que isso? — penso, analisando minha aparência no espelho assim que termino.

Minha pele é negra, bem sedosa, apesar de as pessoas insistirem em dizer que sou "morena". Minhas sobrancelhas são grossas, uma de minhas poucas "vaidades" — não abro mão de um bom designer. Meus cílios são cheios e longos. O contorno dos meus olhos é bem marcado por si só, parece até que nasci com eles delineados, então, não entendo o porquê de usar algo além do que já uso. Desnecessário. E eu odeio perder tempo.

Levanto-me da cadeira, passo as mãos no vestido colocando-o em seu devido lugar e solto o cabelo que estava em um coque alto, deixando-o cair naturalmente para o lado e passo as mãos moldando-o. Coloco dois pares de brincos discretos e… *voilà*, estou pronta. Aparentemente, pelo menos. Porque se há uma coisa que não estou nesse exato momento é pronta para enfrentar essa noite.

— Bom, é isso — digo em tom baixo para mim mesma, dando as costas para o espelho, caminhando apavorada em direção à porta do meu quarto.

Assim que chego ao andar de baixo, deparo-me com meus pais e Raul, que já chegou. Ele está lindo. Usa um black jeans com uma camisa de botão azul-marinho, com as mangas dobradas até o cotovelo. O cabelo está todo penteado para trás e os olhos azuis ficam ainda mais brilhantes quando ele me vê.

— Uau, morena… Você está maravilhosa! — diz Raul, com um sorriso meio embasbacado, surpreso. Eu até me ofenderia com a surpresa, mas essa é a primeira vez que ele me vê com algo diferente de jeans e camiseta, então é compreensível.

— Meu Deus, moleca! Cê tá deslumbrante! Eu não te falei para dar um pouco de crédito à sua mãe? O vestido ficou perfeito — afirma meu pai.

— Você está linda, filha — elogia minha mãe com um sorriso discreto.

— Bom, agora que todos já apreciaram a vista e fizeram suas considerações, podemos ir? — chamo, com o coração a ponto de explodir.

— Claro! Vamos? — concorda Raul, caminhando até onde estou e estende a mão para mim.

— Então, vamos — diz meu pai, abrindo a porta e mantendo-a aberta, esperando que todos saiam. — Nossa filha se transformou numa deusa, não foi, amor? — Ouço meu pai cochichando com minha mãe, assim que atravessamos a porta.

— Sim, querido. Apesar de eu não me conformar com o que ela fez com o cabelo… ela acabou com ele com esse corte esquisito praticamente raspando a lateral da cabeça, e não entendo qual a necessidade desse negócio atravessado na orelha.

— Se chama piercing, amor — explica meu pai. — Os jovens gostam. Estava pensando em colocar um no supercílio direito, o que acha? — pergunta quase gargalhando.

— Você não faria uma sandice dessas, faria? — questiona ela baixinho, assustada, enquanto caminhamos até o carro e me permito sorrir com o bom humor do papai e a caretice da mamãe.

Eles são tão diferentes e parecem lidar tão bem com isso! Será que eu conseguiria ser feliz com uma vida assim? — penso, olhando para o Raul sentado ao meu lado no banco de trás do carro sem tirar o sorriso largo. Bom, talvez eu descubra isso um dia. Concluo meus pensamentos e logo depois sinto o medo e a ansiedade inundarem minhas veias.

Mais alguns minutos. Mais uns poucos minutos para eu duelar contra meus sentimentos e sinto meu corpo tremer apavorado.

Esconder-me da Vicky na adolescência, quando eu ainda podia me apegar à "bagunça de hormônios juvenis", já era difícil, imagina agora que sou uma mulher adulta e consciente de que sempre a quis. Imagina agora que não terei como fugir.

Vicky

Vicky (Disponível)
vih_leal@hotmail.com

Encontrei-me assim que reencontrei você.

Mari (Disponível)
mar_e_ana@hotmail.com

Agora sim, nos encontramos.

Estou nervosa. Minhas mãos suam. Meu corpo inteiro treme com a ansiedade e não consigo me manter estável em cima dos saltos, como se essa fosse a minha primeira vez. Meu coração bate tão forte e acelerado que eu poderia jurar que estou tendo um ataque de pânico, mas sei que esse "ataque" não é de pânico, é de Mari. Não dela propriamente, mas de todos os sentimentos acumulados ao longo dos anos que não sei se vou conseguir controlar quando estivermos cara a cara. Tenho até medo de assustá-la.

Faltam cinco minutos para liberarem a exposição e ela ainda não chegou. Estamos paradas, Fabrícia e eu, próximo à entrada do salão de exposição, e há algumas pessoas e fotógrafos no entorno, esperando a liberação da visitação e a chegada da artista.

— Amiga, você está bem? — pergunta Fabrícia com olhos preocupados. — Parece que vai desmaiar!

— Só estou nervosa e morrendo de medo. Nada de mais — respondo com um sorriso sem graça. — Você acha que estou bonita? — questiono insegura.

— Um tesão de tão linda — responde ela ao meu ouvido, arrancando-me uma risada, dando alguns tons de descontração ao ar de ansiedade que quase me sufoca. O filtro dela ficou ainda pior depois que "saiu do armário" pra mim.

— Sai fora! — brinco, dando uma tapinha em seu braço, ainda sorrindo, e então meus olhos encontram olhos negros e marcantes, assim como pouco mais de nove anos atrás. A diferença é que agora eu já sei o nome dela.

Todas as pessoas, o burburinho, o ranger da porta gigante de madeira ao ser aberta para que finalmente possamos entrar, os flashes... somem inexplicavelmente. Não existe mais nada entre os olhos da Mari e os meus. Olhos que não se desgrudam. Igualzinho àquele primeiro dia de curso. Não se perdem ou vacilam. Nenhuma das duas pisca, nenhuma das duas sorri. A gente só contempla uma a outra. Dessa vez ela apenas aprecia, ao invés de avaliar. Estamos a uma certa distância, mas é impossível não notar o brilho naqueles olhos intensos me devorando pedacinho por pedacinho.

Como é mesmo que puxa o ar para os pulmões?

— Eita! Que mulher é essa?! Ela é ainda mais gata pessoalmente. Porém, eu ainda prefiro você. Se não der certo com ela, minha proposta segue de pé, hein? — cochicha Fabrícia se divertindo, sua voz lembrando-me de que Mari e eu não estamos sozinhas. Sorrio mais uma vez, dando outro tapa em seu braço, e noto Mari desviar os olhos para Fabrícia, franzindo as sobrancelhas.

Então, a movimentação me ressuscita. Os fotógrafos que estão fazendo a cobertura do evento a cercam. Os pais a acompanham, junto com o pedaço de mau caminho que está de braços dados com ela.

Mari se volta para Raul e sorri para ele, de lado, e não sou capaz de ver se foi um dos seus sorrisos forçados ou genuínos. *Merda*. Olhar para os dois juntos faz meus nervos arderem.

Essa é a primeira vez que eu a vejo com alguém. Meu peito agora queima, aperta, dói. E o que antes achei ser um ataque de pânico, evolui para um ataque cardíaco.

Os organizadores nos direcionam para dentro do salão, enquanto ela permanece do lado de fora com seus pais, Raul e os fotógrafos, e minha vontade é de sair correndo, agarrá-la pela mão e levá-la para longe de todos, roubando-a só para mim.

— Quem é o galã hollywoodiano que não desgruda dela e nem para de sorrir? — pergunta Fabrícia enquanto entramos, dando uma olhada nada discreta para trás em direção ao casal.

— Não te disse que tinha um namorado na jogada? — falo desanimada. — Pois é, é o tal. Ele se chama Raul, é multimilionário e lindo como um modelo de cuecas da Calvin Klein. Acho que ficou fácil fazer as contas da equação: $(Mari + Raul) - x = $ casal perfeito^2. Onde x é a incógnita Vicky, ou seja "Sossega o facho, Victoria".

— O quê?! Amiga, ele parece que está num comercial de creme dental que nunca chega ao fim! Que medo! Ele é real? Tem certeza? — exagera ela, tentando me animar, mas a verdade é que acho que não tenho a menor chance contra esse deus grego.

Mari

Eu tentei — juro que tentei — me preparar para esse momento. Eu tentei me blindar para que nenhum dos meus sentimentos pudesse escapar de dentro de mim e tentei ainda me preparar para a dor que conheço tão bem. Aquela que preciso lidar quando vejo os olhares apaixonados da Vih destinados a alguém que não eu. Porém, estou quase entrando em parafuso e os dois motivos principais são:

Primeiro: Eu soube, assim que nossos olhos se encontraram, que nenhuma tentativa ou esforço será capaz de conter esse rio de sentimentos que ameaça sangrar para fora de mim. *Isso vai dar ruim.*

Segundo: Meu coração não conseguiu bater aliviado quando vi que o "alguém" não se trata de um cara, afinal, essa garota ao lado dela foi capaz de arrancar mais de um sorriso sem graça da Vih, e eu percebi a maneira como ela a pegou pela cintura ao cochichar no seu ouvido. O ciúme faísca em minhas veias. *Caralho, isso vai dar muito ruim. Vai dar merda. Certeza.*

Sigo para um espaço reservado, em um ângulo estratégico, de onde farei a abertura oficial da exposição. Raul não desgruda o braço do meu, começo a me sentir sufocada, mas respiro um pouco aliviada assim que ele é convidado a se juntar aos demais, para que eu possa abrir a mostra.

O salão está confortavelmente cheio. Alguns conhecidos misturados à grande maioria que veio apenas para apreciar meu trabalho e eu me sinto contente ao notar que existe um bom número de pessoas em Fortaleza que curtem eventos como esse. Viva a arte!

— Boa noite, meus queridos de Fortaleza! — começa o organizador do evento.

Passo os olhos pelo salão, parando assim que batem nos da Vih e ela faz um cumprimento com a cabeça e sorri. Meu coração dispara e eu me desespero ainda mais com o quanto estou fodida.

Ela está em pé, no canto esquerdo, com a "amiga" ao seu lado. *Merda, ela é bonita. Será que a Vih acha ela atraente? Caralho... O que eu estou pensando? Por que "minha" Vih acharia uma mulher atraente?*

Vicky olha para mim e seu sorriso fica mais largo. Sorrio de volta. Então, ela faz alguns acenos discretos com a cabeça para a direita, como se quisesse me alertar sobre algo, mas não sou capaz de entender.

— Mariana? — chama o organizador com um sorriso envergonhado, entregando o microfone para mim. E só então percebo o que Vih tentava me transmitir.

Ah, meu Deus... que mico!

— Boa noite, pessoas! — começo. — Perdão pela cara abobada e a falta de jeito, mas é por eu ainda estar meio embasbacada com o tanto de gente bonita aqui presente — desculpo-me, encarando Vicky fixamente. — Bom, para quem não me conhece, sou Mariana Fontenele, tenho 24 anos e sou natural de Fortaleza. Sempre fui apaixonada por fotografia e, aos 17, decidi que fotografar é o que eu quero fazer pelo resto da vida. Formei-me na Faculdade de Belas-Artes de São Paulo, e essa é a exposição "Meu Ceará, Meu Sol". Tive a felicidade de capturar o mesmo sol se pondo na sua forma mais linda em diversos *points* do nosso estado, mostrando que somos muito além de mais uma cidade litorânea. Enfim, vou parar de falar, até porque não sou tão boa com palavras, então, sejam bem-vindos a conhecer o meu, ou melhor, o nosso Ceará da forma como o vejo.

Vicky

O som de aplausos acalorados preenche todo o ambiente e eu transbordo em admiração e orgulho pela mulher e pela profissional que Mari se tornou.

Público e fotógrafos a cercam e, apesar de estarmos no mesmo ambiente depois de tantos anos a quilômetros de distância, sinto como se ficasse cada vez mais difícil chegar perto dela.

Mari é atenciosa com todos, porém, seus olhos estão sempre em mim, seguindo-me enquanto passeio entre uma fotografia e outra. Eu quero tanto tocá-la que minha pele formiga, e o desespero por não saber como chegar até ela aumenta cada vez mais pela quantidade de gente que a cerca;

principalmente por Raul — que não desgruda, parado ao seu lado como um cão de guarda.

— Cuida! — exclama Fabrícia ao meu lado, puxando-me pela mão em direção à muvuca ao redor da Mari.

— Ei, espera… Não… Eu… — Resisto discretamente às suas investidas, tentando me libertar de seu aperto.

— Vicky, você sabe que essas pessoas não vão evaporar, não é? Vai ficar assistindo de longe, é? — indaga ela, parando de caminhar e virando-se para mim. A cara carrancuda e as mãos na cintura.

— Tem muita gente em volta! Não é melhor esperar diminuir um pouco o aglomerado em torno dela? — Olho para ela apavorada.

— Menina, relaxa! Você não vai se declarar pra ela nem nada. Ainda não… A não ser que já queira… Tá pensando em algo? Eu te ajudo! — diz com um semblante travesso. E eu espero que esteja brincando.

— Você tá louca? — questiono arregalando os olhos.

— Ah, certo. Tudo bem. Tô brincando. Porém, ou você vem comigo até ela agora mesmo, ou eu vou sozinha. E não estou prometendo que vou me comportar — avisa, olhando para Mari com ar diabólico.

— Pode ir tirando esses olhos maliciosos e famintos da minha Mari, okay? — advirto dando-lhe o milésimo tapa em seu braço.

— Ai! Vou ficar toda roxa! — diz esfregando o braço. — E agora é *minha Mari*, é? Pois acho bom você me acompanhar, ou em breve você estará dizendo: *Mari da Fabrícia* — ameaça com uma piscadela e sai andando sem olhar para trás. Eu a sigo. Nem morta vou deixá-la perto da Mari sem que eu esteja junto.

Mari

Observo Vicky com a amiga e percebo um clima estranho. *Será que elas estão brigando?*, penso, tentando ganhar um pouco de ar para mim, já que o Raul respira metade da parte que cabe no meu espaço pessoal, de tão perto que se mantém de mim. Arrumei um namorado ou um doberman?

— Tá passando mal? — pergunto baixinho para o Raul, próximo ao seu ouvido.

— O quê? — questiona confuso, sem tirar o sorriso atencioso do rosto para as pessoas que não param de se aproximar, uma após outra.

— Do jeito que está me segurando, achei que estivesse tentando se apoiar para não desmaiar, ou sei lá. Eu não vou sair correndo! Me dá um pouco de espaço porque acho que até o oxigênio está vindo menos para o meu lado, com tanta proximidade. O que deu em você? — questiono incomodada.

Meu Deus! Parece que isso não vai acabar nunca, e, além de eu não ter a menor paciência para essa coisa de ficar "fazendo social", só tem uma pessoa deste espaço com quem eu gostaria de estar, e agora que a vejo caminhando em minha direção sinto o sangue descer para as pernas deixando-as instáveis.

— Vih?! — digo seu nome em voz alta quando a vejo parando a uma curta distância de mim, tentando encontrar um jeito de chegar mais perto.

Observá-la assim tão perto me causa uma reação insana do caralho e eu não sei *mesmo* como explicar. Tenho medo de para onde meus olhos vão se direcionar, ou o que minhas palavras resolvam confessar.

Ela tá tão linda!, penso enquanto aprecio as mudanças que a maturidade trouxe para a Victoria, e grata pelo tempo e as asperezas da vida não terem tirado a expressão quase ingênua de seus olhos. Sempre fui fascinada pela falta de malícia com que olhava para o mundo a sua volta.

Ela está com um vestido floral cor-de-rosa que vai até um pouco abaixo do meio de suas coxas. O vestido tem a saia rodada, um tecido leve e esvoaçante, com um ombro só. Nos pés, um par de sandálias douradas com tiras finas, de salto alto e fino, do tipo que eu jamais me atreveria a usar, não se eu quisesse me manter de pé, pelo menos.

Seus cabelos estão trançados lateralmente, com a franja caindo para o mesmo lado, contornando seu rosto afilado.

O silêncio fez-se assim que chamei o nome dela e continuou por alguns segundos, tempo suficiente para eu sorver os detalhes que a distância não me deixava.

— Desculpem, mas vocês me dão licença um minuto? É uma amiga de infância — peço, começando a fugir do fuzuê para chegar mais perto dela, que está parada sorrindo para mim.

As pessoas abrem espaço para que eu possa passar, mas logo Raul já está novamente com o braço enganchado ao meu, fazendo meu corpo todo tensionar.

— Você poderia me deixar respirar, por favor? — peço entre os dentes, mas não temos tempo para que ele retruque, pois agora ela está literalmente na minha frente.

Vicky

— Mari! — exclamo seu nome num misto de animação e timidez e a abraço com força, permitindo que o desejo de estar envolta em seus braços vença qualquer regra de etiqueta ou receios do que possa aparentar.

Fecho os olhos e sinto seu perfume invadir cada uma de minhas células, trazendo-me lembranças dos melhores anos da minha vida.

Você já ouviu falar que quando estamos prestes a morrer, nos segundos finais, toda a nossa vida passa num flash? Pois é, acho que morri. Estar dentro dos braços da Mari nesse exato momento causa esse efeito em mim, só que a retrospectiva é exclusiva dos últimos meses de 2003 ao início de 2005, do dia em que a conheci até o dia que ela partiu.

Estava tudo ali. Todas as respostas de que eu precisava, e, após minha experiência de "quase morte", pude entender o que sempre fomos e sentimos uma pela outra. Agora tudo faz sentido. Agora não há mais como recuar.

— Nossa! Alguém estava com muita saudade, hein? — Ouço uma voz masculina e presumo quem é. Meu corpo, antes aquecido e confortável, gela.

— Você não faz ideia do quanto — responde Mari, afastando seu corpo do meu apenas o suficiente para que possa olhar nos meus olhos. — Tanta saudade que nem mesmo uma vida inteira seria capaz de aplacar — completa sem tirar os olhos de mim, e sinto minha boca secar.

— Eu imagino, amor — diz Raul, alheio ao fora que acabou de levar.
— Elas são amigas de infância, sabia? — explica sem graça para Fabrícia.

— Eu sei, também posso imaginar. Inclusive acho que deveríamos poupar o pouco tempo que elas têm e dar mais espaço, não acha? — sugere Fabrícia em tom descontraído, como quem não quer nada.

— Oi? O quê? — questiono sem graça, me arrependendo de ter aceitado o conselho dela em relação ao penteado, desejando mais do que nunca ter os cabelos soltos para puxá-los para frente. *Vou matar essa…* — Ela tá brincando, não liga pra ela, não — explico tentando amenizar a situação que minha indiscreta e louca amiga criou. — A propósito, eu sou a Vicky, mas isso você já sabe, não é? — apresento-me, soltando um riso meio desafinado, e noto Mari sorrir largamente. A danada ainda consegue se divertir com o meu desespero.

— É um prazer conhecer pessoalmente a amiga da minha namorada com quem ela troca tantos segredos sempre que não estou por perto. Espero que ela não tenha focado apenas nos meus defeitos — brinca ele, mas nem mesmo eu consigo rir da piada sem graça, e olha que meu riso sempre foi fácil.

— Não se preocupe, *Raul.* — Mari começa, dizendo o nome dele com uma entonação diferente, quase imperceptível, mas sei que ela está incomodada e se esforçando para não mandá-lo à… — Sempre temos tão pouco tempo para botar o papo em dia que quando o fazemos aproveitamos para falar apenas sobre *coisas interessantes* — tranquiliza-o em tom sarcástico.

— Eu gostei dela — diz Fabrícia divertindo-se. — Prazer, Mariana Fontenele, a fotógrafa, sou Fabrícia Moura, a enfermeira-chefe… e ex-colega de apartamento da Vicky — brinca, estendendo a mão para Mari, que sorri, e as duas trocam beijinhos no rosto em cumprimento.

— O prazer é meu, enfermeira-chefe — Mari diz com um tom de voz claramente mais relaxado.

— Bom, já eu… continuo sendo Vicky, a vendedora de sapatos — tento soar divertida, mas, no fundo, sinto-me um pouco inferiorizada em relação às pessoas à minha volta. Mari me encara.

Ela faz menção de dizer algo, seu olhar é de irritação, e eu me preparo para o sermão que ela nunca cansa de me dar, mas seus pais aparecem bem na hora, interrompendo-a. *Graças a Deus.*

— Filha! Estávamos te procurando — diz dona Joana ao se aproximar.

— Ah, desculpem. Boa noite, meninas — cumprimenta-nos, Fabrícia e eu.

— Boa noite — respondemos. Eu sem graça ao revê-la. A mãe da Mari nunca foi muito com a minha cara.

— Oi, mãe. Lembra da Vicky? — pergunta ela, recebendo uma expressão confusa como resposta.

— Ah, Vicky! É claro que eu me lembro! Você está ainda mais bonita! — diz seu Sérgio, pai da Mari, que se antecipa. — Não se recorda que a Mari vivia na casa da Vicky quando era mais nova, querida?

— Ah… Sim… Claro. Tudo bem, Vicky? — cumprimenta-me com um sorriso forçado, e sinto um frio na espinha, devido ao medo que sempre tive dela.

14 de março de 2005

Hoje é o dia do meu casamento e eu ainda estou na cama. A cerimônia que unirá minha vida à de outra pessoa será tão simples que nem exigirá aquelas coisas de "dia da noiva" e paparicos que começam tão logo a noiva abra os olhos no tão esperado grande dia.

A cerimônia está marcada para as 17h. Casarei apenas no cartório, e logo mais à noite um jantar para os familiares e amigos mais próximos será oferecido para comemorar. Eu deveria estar absurdamente feliz, não? Mesmo assim, o que sinto é nervosismo, ansiedade e medo. Porém, dizem que isso é normal em um dia como o de hoje.

Talvez o nervosismo e a ansiedade estejam me impedindo de sentir a felicidade que deveria, porque eu de fato não a sinto. O que sinto é um peso enorme no peito, sempre que me lembro dela, e esse peso nunca vai embora, afinal estou sempre pensando nela, hoje então…

Levanto-me da cama. São 8h37 e tenho pouco mais de oito horas para selar minha vida à de outra pessoa. Respiro fundo. Preciso vê-la, decido, e vou ao banheiro, preparando-me para ir à casa da Mari.

Mari

Vicky (Disponível)
vih_leal@hotmail.com

Eu só queria alguém para me completar e encontrei aquela que me transborda.

  Mari (Disponível)
mar_e_ana@hotmail.com

Eu só quero viver, aproveitar cada segundo. Não é por isso que estamos vivos, afinal?

Depois que meus pais apareceram, eles cismaram de me carregar para uma maratona de histórias e causos que não me interessam.

Quase três horas tentando ter um momento mais próximo da Vih, mas tudo que eu consegui até agora foi descobrir que minha capacidade de ser paciente é bem maior do que eu pensava.

Não aguento mais ouvir as atualizações das vidas de conhecidos, conhecidos de conhecidos, primos do filho da tia-avó de sei lá quem, sobre todos esses anos em que estive fora. Eu nunca vou entender o tesão que boa parte das pessoas sente de passar horas falando da vida alheia, e sinto que estou a um fio de surtar.

O fim da exposição se aproxima. O grupo de apoio dos organizadores começa a anunciar, discretamente, o fechamento da mostra para visitação e o público começa a se preparar para sair.

Vejo Vicky e Fabrícia caminhando em direção à porta, Vih sem tirar os olhos dos meus. Faço um aceno discreto, e sei que ela vai me esperar lá fora, pois retribui com um sinal afirmativo com a cabeça.

Sinto os olhos do Raul em mim, assim como os da minha mãe, e o clima fica desconfortável.

— Bom, parece que temos que ir, não é? — digo, interrompendo o monólogo de uma conhecida de minha mãe, que honestamente não faço ideia do nome nem de quem ela esteja contando uma fofoca.

— Ah, que pena… — responde a mulher, que deve ter cerca de 50 anos, bem vestida, cheia de sorrisos. — Foi um prazer enorme rever você, Mari. Seu trabalho é incrível e você é extremamente talentosa. Parabéns, Joana! Você fez um ótimo trabalho na criação da Mariana. Deve se sentir muito orgulhosa, não é? — especula.

— Sim! Somos imensamente orgulhosos de nossa filha — afirma minha mãe com a boca cheia, o peito inflado. — Imagina como ficarei quando ela finalmente resolver me dar uns netinhos?! — exclama com ar sonhador.

— Se depender de mim… é pra já, dona Joana! Eu sou louco por criança e sempre quis ser pai — intromete-se Raul, embrulhando meu estômago ao plantar a cena do que eles acreditam ser um "lar".

— Posso imaginar, rapaz — fala meu pai em voz firme. — Tenho certeza de que você quer muito fazer filhos na minha moleca, mas por favor não demonstre tanta empolgação. Eu sei bem como os filhos são feitos e não estou *mesmo* querendo certas imagens na minha mente. E, além do mais, ainda não conheço bem você.

O clima, antes desconfortável, fica tenso. Olho para o meu pai, meio cismada, sem acreditar que ele tenha dito algo assim. Meu pai me olha e seus olhos refletem a cumplicidade que sempre tivemos. Ele sempre pareceu me ler sem que eu precisasse dizer uma só palavra. E isso sempre me assustou.

— Sérgio! — repreende minha mãe.

— Ele é que foi indelicado, não eu — defende-se meu pai. — E acho que só estão nos esperando para fecharem tudo e irem para suas casas, estamos atrapalhando — conclui, apontando para o pessoal que trabalhou durante o evento, parados meio sem graça, sem coragem de expulsar a renomada fotógrafa.

— Papai tem razão — concordo. — Vou apenas me despedir do Felipe, e agradecer a oportunidade — informo virando-me para ir até o curador do Centro Cultural.

— Vou com você — oferece-se Raul.

— Não precisa — aviso já de costas, inclinando o rosto apenas o suficiente para olhar em sua direção. — Aliás, não vou para casa. Melhor você voltar para o hotel. Acho que meus pais podem te dar uma carona — digo, e saio sem esperar pela resposta de nenhum deles.

Foda-se. Paciência tem limite. Eu tenho limites, penso, e pela primeira vez na vida decido fazer o que realmente quero sem pensar sequer meia vez a respeito.

Agradeço Felipe o mais brevemente possível e sinto meu corpo suar e tremer de ansiedade e medo, mas já decidi o que fazer e não vou voltar atrás.

Passo pelos funcionários que fazem a limpeza do local e respiro aliviada por não ver meus pais nem Raul à minha espera. Sorrio e quero gritar. Eu ainda não sei como ou o que vou dizer ao certo, mas esta noite não será de receios, tampouco de esconderijos. Não para mim, não para nós.

Eu estou pronta para o hoje e foda-se o amanhã, confirmo a mim mesma. Porém, assim que saio para o ar fresco, fora das paredes de concreto, sinto minhas forças trincando, quando vejo Vicky, Fabrícia, meus pais e Raul, juntos, numa conversa claramente desnecessária, engessada, desconfortável... *Porra!!!*

Vicky

Cinco minutos. Faz mais ou menos cinco minutos que os pais da Mari e o tal do Raul se aproximaram da gente, e me sinto como se eu fosse uma acusada e eles a inquisição. Com "eles", refiro-me especificamente a Raul e dona Joana.

"Estão esperando alguém?"; "Você não havia se casado?"; "Onde está seu marido?"; "Não é tarde para duas moças estarem sozinhas na rua?"; "Querem que eu chame um táxi?"...

Fabrícia respondeu a maior parte dos questionamentos, ao menos os que não foram explicitamente direcionados a mim.

Olho para a porta que dá acesso aos salões de exposição e solto um suspiro de alívio e temor ao vê-la caminhando em nossa direção.

— Ei, oi! — cumprimenta ela em um tom descontraído. No entanto, conheço-a bem demais para deixar de notar a aura de tensão. — Achei que já tinham ido — pondera, alternando o olhar entre os pais e Raul, e vira-se para mim. — Vamos, Vih? — chama e eu arregalo os olhos.

Vejo dona Joana e Raul trocarem olhares de alerta. Seu Sérgio... de *entendimento*? Fabrícia, de empolgação, e o meu olhar, acredito que esteja transbordando medo. Não sei se estou pronta, apesar de saber exatamente o que meu coração, meu corpo e tudo o mais que exista em mim quer: Mari. Minha. Exclusivamente. Encaro-a. A boca seca. As mãos suadas.

Sinto minha pele pinicar, um arrepio cobrindo cada centímetro dela, e meus olhos ardem com as chamas que se formam quando lembro das sensações que a Mari era capaz de proporcionar ao meu corpo. Não sou mais uma menina assustada ou confusa pelos hormônios, e isso, ao invés de me acalmar, me deixa ainda mais nervosa.

— Vih? — Mari me chama mais uma vez. Eu continuo meio congelada, com o olhar duro da dona Joana me dizendo "Não se atreva". Eu não sei se posso com ela. A mulher é intimidadora. Não de um jeito atraente como a Mari, mas de um jeito "é melhor não ficar contra mim".

— Bom, foi um prazer conhecer vocês — diz Fabrícia, cortando o vácuo em que a deixei flutuando, em tom de despedida. — Então, *umbora* comemorar o sucesso desse evento como só garotas sabem fazer? — convida em tom animado, como se estivesse totalmente alheia à tensão à nossa volta. É uma atriz!

— Mari... — começa dona Joana — você não pode deixar seu namorado sozinho assim!

— E o que ele tem? Está doente? Precisando de cuidados especiais, por acaso? — interrompe seu Sérgio com ar firme. — Querida, apesar de ser o coroa enxuto e disposto que sou, eu estou querendo mesmo é ir para casa, dormir bem e acordar ainda melhor para minha corridinha matinal. Então, Raul, caso queira carona, aproveite, estamos indo. Agora.

Um tom de voz que não deixa margem para questionamentos, mas dona Joana não está com cara de quem vai se deixar vencer, e Raul sequer faz menção de falar ou se mover. Apenas encara Mari com um olhar estranho, que não posso arriscar sobre do que se trata, já que não o conheço. Estou a uma sílaba de dizer para Mari ir com os pais, quando sua voz interrompe minha boca, que já começava a se abrir.

— Vamos, estou a fim de uma noite de garotas. Não sei o que é isso há anos! Vih, não sei quanto a você, mas estou mesmo com saudade e com muita vontade de colocar nossos assuntos em dia — diz ela sem desviar seus olhos dos meus. — Porém, se você estiver muito cansada, acho que vou descobrir o que tem de novo para se divertir em Fortaleza... sozinha.

— Sozinha jamais! — afirma Fabrícia. — Conheço lugares ótimos que abriram recentemente.

Tudo sobre Nós 133

As duas se entreolham e sorriem diabolicamente, e dona Joana enruga a testa com ar de reprovação.

— Joana, vamos pra casa, meu bem — chama seu Sérgio, indo até a Mari. Ele dá um beijo na testa da filha, cochicha algo ao seu ouvido, e vejo os olhos dela brilharem. Por um instante, pensei que ela iria chorar. — Você vem, garoto? — pergunta, olhando para o Raul, que continua encarando a Mari.

— A gente conversa amanhã, Mari. Espero que saiba o que está fazendo. Espero que ainda se lembre de quem você é — Raul fala num tom seco e lança um olhar fulminante para Mari.

— E não é exatamente essa a questão, Raul? Lembrar quem eu sou? — diz ela sustentando o olhar dele. — Boa noite, gente. Pai, cuidado na volta. Mãe, não se preocupe. Confie em mim.

— Então, boa noite. Cuidem-se garotas! — despede-se seu Sérgio, segurando a mão da esposa e levando-a para o carro, claramente contrariada, resmungando coisas ininteligíveis pelo caminho, com o Raul logo atrás.

Inspiro o máximo de ar que consigo, logo depois soltando um suspiro de alívio e sentindo a leveza que o ar acaba de ganhar agora que eles se foram.

— Não se preocupe, tia! Sou uma ótima cuidadora de bêbados! Seguro o cabelo e apoio a testa quando vão vomitar! — exclama Fabrícia, e Mari ri alto. Uma gargalhada genuína e alegre, como as que ela costumava soltar na nossa adolescência.

— Sérgio! Você ouviu isso? — A voz alarmada de dona Joana ao longe, e a risada do seu Sérgio logo em seguida, e então Mari estende a mão para mim, nossos dedos se entrelaçando assim que nossas palmas se tocam, e uma sensação de completude finalmente me preenche.

***

O caminho foi silencioso do Dragão do Mar até aqui. Um silêncio confortável e respeitado por Fabrícia, que, por incrível que possa parecer, sabe ficar quieta quando é realmente necessário.

Nossas mãos não se soltaram enquanto estávamos no banco de trás do carro da minha amiga, que não se incomodou em nada de ser nossa chofer.

Foram vinte e cinco minutos de toques discretos na palma da minha mão, sorrisos sem graça, porém satisfeitos, e olhos brilhando para, enfim, chegarmos à minha casa.

Quando eu abro a porta do estúdio onde moro, meu coração parece galopar como um cavalo selvagem, e minha respiração está ofegante, quase me impedindo de respirar, e, apesar dos três lances de escadas para chegar até aqui, sei que não foram eles que causaram essas reações em mim.

— Que maneiro seu cantinho, Vih! — elogia ela, indo direto para a janela que fica acima da cabeceira da minha cama. — Uau! É quase como estar no seu antigo quarto! — admira-se, olhando através dela para o movimento da rua, e eu permaneço parada no meio da sala-quarto-cozinha, sem saber o que fazer ou falar. Sem nem mesmo saber onde colocar as mãos.

Mari

Viro-me em direção a Vih e vejo-a parada, sorrindo sem jeito. É engraçado. Somos as mesmas pessoas. Somos Vicky e Mari. Amigas, companheiras que se conhecem de uma vida toda, porém o ar à nossa volta é meio esquisito, como se tivéssemos acabado de nos conhecer. Mas um esquisito bom.

— Você se lembra, Vih? — pergunto e vou logo me sentando em sua cama. Um convite para que venha se sentar comigo. — De como eu adorava aquela janela do seu antigo quarto? — completo com um sorriso aberto, sincero, feliz com as lembranças que me inundam o coração e por tê-la assim novamente tão pertinho de mim.

— Você não perdia uma chance de ir pra lá — afirma ela, com um sorriso saudoso, sentando alguns centímetros longe de mim, ainda sem graça. Ajeito a postura e me aproximo.

— Eu adorava tudo naquele quarto, afinal tudo nele era Victoria. Cada canto, cada detalhe. Aquela janela, as cores das paredes, os pôsteres da Britney Spears… Era como estar dentro de um mundo só seu, e que eu acabava por tomar como nosso, entende? — explico, segurando suas mãos, nossos dedos entrelaçando-se imediatamente, seguindo os movimentos que conhecem tão bem e que sempre me trouxeram paz.

— Quanta saudade, Mari! — Vih declara, puxando-me para um abraço, jogando suas pernas sobre as minhas para que seu corpo consiga alcançar cada pedaço do meu. Sinto o cheiro do perfume floral de sua pele, do frutado de seus cabelos, e preciso de mais.

Passo o nariz por seu ombro, subindo lentamente por seu pescoço, inalando pausadamente, saboreando cada parte de sua pele exposta, soltando a respiração ao pé de seu ouvido, sentindo-a estremecer e os pelos de seus braços se arrepiarem sob minhas mãos que a acariciam.

Sinto nosso coração acelerar: uma disputa de qual bate mais forte. Nosso peito está pressionado um contra o outro, e, por alguns instantes, me confundo sobre qual é a batida que vem de dentro de mim e qual me cutuca.

— Mari... — Vih sussurra meu nome, se desenroscando de mim, deitando-se de bruços ao meu lado na cama, começando a puxar o zíper de seu vestido. — Por favor... — pede — somos nós. Quero que sejamos só nós. Podemos ser como sempre fomos: Vicky e Mari? Lembra? — pergunta, e sei exatamente o que ela quer.

— Podemos — respondo ajudando-a a descer o zíper até o fim, e ela passa os braços pelas alças do vestido, expondo as costas nuas. — Eu lembrei em todos os malditos dias que estive longe — confesso, dando o primeiro beijo na curva de suas costas, sentindo meus lábios queimarem com o calor de sua pele, observando suas mãos apertarem a colcha. — Você, nós, isso... — continuo falando entre beijos, lambidas e cheiros, cobrindo com a boca toda a extensão da pele desnuda: costas, ombros, nuca, pescoço... — Nem mesmo se eu sofresse de Alzheimer seria capaz de te esquecer, Victoria. Eu amo você, Vih. Sempre amei. Não deixei de amar nem por um único segundo sequer e sei que jamais irei — declaro ao seu ouvido, deitada sobre suas costas, pela primeira vez me deixando fluir em um choro de alívio, de liberdade.

Eu já disse outras vezes, mas dessa vez é diferente, porque eu sei exatamente de que maneira esse amor preenche cada célula do meu coração. Eu a amo como meus pais se amam. Como nunca fui capaz de amar mais ninguém.

Vicky

Sinto as lágrimas da Mari molharem a lateral do meu rosto, enquanto as minhas pingam na colcha.

Ouvir tais confissões causa uma bagunça de sentimentos e reações dentro e fora de mim; alívio por ela sentir o mesmo que eu; medo por nos amarmos da forma errada; ansiedade por não saber como viver esse amor indevido; mas, acima de tudo isso, sinto o desespero por não ser mais capaz de adiar o momento em que finalmente vou descobrir o sabor dos lábios dela.

Movo-me debaixo da Mari, dando a ela a deixa de que quero virar para ficarmos frente a frente. Mari alivia o peso de seu corpo, permitindo que eu role por cima dela, sem me importar que ela veja meus seios e meu vestido enrolado abaixo da minha cintura.

— Eu também amo você — confesso —, e estou cansada demais de fugir disso — desabafo com um sorriso de alívio, assim que ela ergue o corpo e seus lábios roçam nos meus.

— Eu quero te beijar agora, posso? — pede com a voz trêmula, seus olhos ainda úmidos olhando no fundo dos meus. Faço um sinal afirmativo com a cabeça, e, então, estamos nos beijando.

Assim como nossas mãos, nossos lábios se encaixam perfeitamente, parecendo saber cada passo da coreografia do beijo que nunca foi experimentado. E eu finalmente descobri que gosto tem a boca da menina marrenta e intimidadora, de olhos desafiadores, que nunca usa batom: chocolate quente. Doce, consistente e capaz de me aquecer de dentro para fora.

É o beijo mais intenso, profundo e delicioso que eu já dei na vida. Uma sensação que eu nem sabia que existia. Não só pelo ineditismo, mas principalmente pela quantidade de sentimentos envolvidos. É avassalador!

Vicky

Vicky (Disponível)
vih_leal@hotmail.com

E se, como num passe de mágica, você voltasse no tempo para a melhor época da sua vida?

 Mari (Disponível)
mar_e_ana@hotmail.com

Parece que dentre todos os meus talentos, o de fazer mágica é o melhor. Desculpa, não é presunção, só verdades.

Os lábios da Mari pressionados contra os meus reverberam em todo o meu corpo, principalmente nas partes mais... Sensações deliciosas que me fazem contorcer e arfar, e os beijos, antes entornados por um amor puro e casto, começam a receber fagulhas de desejos, ardores e luxúria, fazendo minha cama ficar em chamas e lembrando-me de que estamos longe de sermos aquelas adolescentes com medo do próprio corpo e das próprias vontades.

Nunca imaginei que nossa pele fosse capaz de falar. Entretanto, a minha grita, quase esbraveja, reivindicando ser tocada, ao mesmo tempo que quer sentir cada centímetro do corpo da Mari; e, apesar de não estar nem um pouco segura de minhas próprias ações e do receio de estarmos adentrando um lugar novo e deliciosamente desconhecido, permito-me guiar pelos gritos ensurdecedores.

Perco-me dos lábios dela, apenas para percorrer minha boca por seu queixo, descendo pelo pescoço, beijando e sugando sua pele exposta. Puxo delicadamente a manga do vestido para ter acesso à curva de seus ombros e sinto a respiração dela acelerar, assim como o meu coração.

Sua pele é tão macia que meus lábios deslizam com facilidade. Ela tem um cheiro incrível. Inspiro fundo, guardando seu perfume de lavanda, roçando meu nariz docemente, fazendo o caminho contrário, de volta a sua boca. Beijo-a com mais ardor e sinto mãos passeando em minhas costas nuas, unhas arranhando preguiçosamente minha pele, dedos... dedos!!!

Mantenho um aperto seguro em sua cintura, enquanto com a outra mão mergulho debaixo de sua nuca e meu polegar acaricia a lateral do rosto dela, meu cotovelo sustentando parte do peso do meu corpo.

Nossas respirações tornam-se cada vez mais ofegantes e enroscam-se uma na outra, como fios de brisa quente, fazendo a temperatura subir mais e mais, apesar do vento frio que entra pela janela.

Mari segura meus cabelos sob minha nuca com firmeza, intensificando ainda mais o beijo. Gemidos irrompem timidamente de sua garganta e vejo-a tentar lutar por autocontrole. Porém, sei que a batalha já está perdida assim que sinto a mão livre dela alicatar minha cintura, e ouço um grunhido de desespero, quando Mari rola para cima de mim, interrompendo o beijo e me encarando. Seus olhos estão famintos.

Mari

A visão da Vicky debaixo de mim me deixa sem fôlego. Sento-me com os joelhos curvados, um de cada lado de seu corpo, completamente desnorteada e incapaz de comandar qualquer parte do meu corpo.

Seus cabelos, antes cuidadosamente trançados, agora estão uma bagunça assanhada pelo colchão.

Passeio meus olhos pelos seus, pelo nariz, lábios e bochechas. Desço por seu pescoço, passo pelos ombros, caio para os seios, para as aréolas rosadas e os mamilos eriçados, e minha boca seca. Sou consumida por um desejo que me preenche de dentro para fora, fazendo meu corpo inteiro sacudir com tremores de nervosismo e excitação.

Respiro fundo, agora tentando afastar o medo de fazer algo errado, de assustá-la ao dar ao meu corpo o que ele pede. *Será que ela vai achar estranho?* Volto a encará-la e vejo uma expressão confusa e insegura se formar em seu rosto.

— Está tudo bem? — Vicky pergunta. Sua voz é baixa, quase como se estivesse com medo da resposta.

— Eu quis você a vida inteira, sabia? — digo, minha voz não passa de um sussurro, porém nunca estive tão segura de minhas próprias palavras.

— Te quero tanto, mas… — inclino-me para Vicky, passando meu nariz pelo dela, e ela beija a pontinha dele, como fazia quando éramos adolescentes. — Estou com medo de fazer algo de que não goste, com medo de te tocar da maneira errada… — confesso, abrindo meus medos para ela.

— Não há uma única parte do meu corpo que não esteja implorando para ser explorada por você, Mari — afirma, com os olhos grudados nos meus, nossos narizes ainda se tocando.

Minhas mãos quentes e suadas são um lembrete do nervosismo que atravessa todos os poros do meu corpo, mas eu o enfrento. Então, passo meu vestido por sobre minha cabeça, dando aos olhos de Vicky todo acesso que eles queiram ter ao meu corpo.

Vejo o peito dela subir e descer com rapidez, e seus olhos passearem, me absorvendo, em chamas. Percorro meus dedos em sua nuca, subindo até os seus cabelos, e com um impulso incontrolável, inclino seu pescoço, como um vampiro ouvindo o pulsar do sangue.

De olhos fechados, encosto meus lábios em sua pele, sentindo cada toque e esperando cada reação de suas mãos, que agarram minha cintura.

Roço meus dentes por seu pescoço, mordicando, sugando, e sou recompensada por um gemido que atravessa meu ouvido, aquecendo meu ventre. Preciso de mais. Muito mais.

Escorrego minha língua até seus seios, fechando minha boca ao redor de um de seus mamilos, sugando-o timidamente, ainda sem ter a segurança sobre meus próprios atos. Porém, sinto meu sexo se contrair quando suas mãos agarram meus cabelos, puxando-me, levando ainda mais de si para dentro da minha boca, rendendo-se com gemidos e suspiros.

Vicky

Sinto as mãos da Mari em cada pedaço de mim. Agora, chegamos ao ponto do desespero, do descontrole. Do caos… total!

Puxo meu vestido pelos quadris, arrastando minha calcinha junto ao tecido, e arfo assim que sinto a coxa da Mari apertar meu sexo, pele contra pele.

Fecho os olhos e ergo o queixo em direção ao teto, jogando minha cabeça para trás, me deliciando com suas lambidas, com sua boca, que desce pela minha barriga, chupando e mordiscando tudo pelo caminho.

— Isso é tão... bom! — sussurro, agarrando seus cabelos, guiando-a para além, para onde eu preciso. Para a parte de mim que grita e anseia por ela e então, sinto Mari vacilar. — Me desbrava, toda — suplico.

Ela sobe por meu corpo, nos deixando novamente face a face, e vejo insegurança, desejo, amor e medo girando ao redor de seus olhos.

— Eu preciso que me ajude... — começa, insegura. — Nunca fiz isso... Me mostra como fazer amor com você, Vih? — pede, parecendo uma menina assustada, parecendo não lembrar que tudo isso é tão novo para mim quanto para ela. — Me mostra como saciar os desejos do nosso corpo?

— Acho que teremos que aprender a nos amar juntas, Mari, porque eu também não sei. Eu só quero sentir você, de todas as formas que puder. Só quero me deixar fluir, e fundir meu corpo ao seu. Não importa como.

— Eu estou nervosa — confessa, apertando os olhos.

— Ei — seguro seu rosto com ambas as mãos, sem permitir que seus olhos se percam dos meus —, confia na gente. Confia nesse sentimento louco e verdadeiro que vive dentro do nosso peito e que faz de nós quem somos: apenas você e eu. Sem reservas, sem pudores, sem receios ou certo e errado. Você e eu, no mundo. Hoje, agora, o mundo nos pertence, é só nosso, todo nosso.

Mari

Ouvir a certeza da Vicky sobre nós é como uma chave sendo girada na fechadura da cela onde estive presa a vida inteira, libertando-me, puxando-me para a luz do sol depois de uma vida toda nas sombras.

Minha pele incendeia. Beijo-a como se aquele fosse o último beijo de nossa vida. Vicky me puxa e aperta as pernas em torno da minha cintura, como se realmente quisesse que nossos corpos se tornassem uma só carne.

Desço minha mão por entre suas coxas, sentindo a umidade de seu sexo encharcar meus dedos, deixando-me ciente de que estou longe de estar fazendo algo que a desagrade, e impressiono-me com a quantidade de fluidos que molham minha própria calcinha, sentindo meu corpo quase explodir com o tesão que sai de dentro de mim. Isso sim é tesão!

Ela geme, quase choramingando. E, por instinto, introduzo meu dedo, sentindo seu sexo quente e viscoso ao redor dele. Fecho os olhos. Sensações deliciosas crescem em meu estômago, fazendo meu abdome estremecer.

— Isso... — encoraja-me.

Nossos corpos estão encaixados, misturados e bagunçados um no outro. Meus lábios beijam e chupam onde quer que toquem e alcancem. Meu sexo roça em sua coxa, junto com meus movimentos de entrar e sair de dentro dela e sinto que vou enlouquecer se não me permitir ainda mais.

Afasto meu corpo do dela, sentindo a falta imediata que o calor do seu corpo faz ao meu, mas a aflição dura apenas até que eu me livre do pequeno e fino tecido rendado que forma minha calcinha. Logo estou de volta ao calor dos braços da mulher que amo e sempre amei.

Algo incontrolável invade o meu corpo, altera os meus sentidos, e, sem perceber, já estou completamente fundida aos braços dela.

Sinto meu sexo pulsar de encontro à coxa quente e firme da Vicky, meus fluidos marcando sua pele e, de uma maneira que jamais conseguiria explicar, sinto também que estou para atingir um ápice que jamais experimentei.

Intensifico as investidas contra ela, massageando seu clitóris com a palma da mão e ouço-a gritar como se, neste planeta, só houvesse nós duas.

Meus movimentos ficam cada vez mais rápidos e desesperados, sinto meu corpo inteiro sacodir, minha cabeça girar, e meus sentimentos misturam-se em uma confusão de prazer e alívio.

Sinto o amor da minha vida se contorcer debaixo de mim, e as paredes de sua vagina se apertarem ao redor do meu dedo, liberando o êxtase em minha mão ao mesmo tempo que deixo o meu em sua coxa.

Nossa respiração, antes acelerada, começa a se acalmar. Um sono inebriante vai se aninhando junto a nós duas.

Beijo seus lábios, descansando meu corpo sobre o dela e minhas mãos paralisam seu rosto, transmitindo a vontade de fazer o tempo parar naquele instante. Queria ficar aqui para sempre.

— Eu amo você, Vih — digo meio sonolenta.

— Desde sempre e para sempre? — pergunta com a voz entorpecida.

— Ao infinito e além — afirmo, puxando-a para aconchegar seu rosto entre os meus seios.

— Eu também amo você, Mari.

Respiramos profundamente quase como se havia sido ensaiado. Libertação. Paz.

Eu não sei como vai ser quando acordarmos desse sonho. Não quero pensar na vida que tenho fora dessa cama, nem em todas as razões pelas quais talvez não possamos ter um futuro. A única coisa que quero e faço é saborear esse pedaço de céu que acabei de experimentar. E então, caímos no sono.

Mari

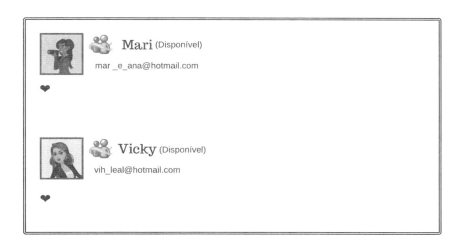

Trazido pelos primeiros raios de sol que atravessam a janela, acordo com o prenúncio de um novo dia. Sinto como se o sol nos envolvesse em um abraço caloroso, nos desejando toda a felicidade do mundo, celebrando nosso momento com a gente.

Abro os olhos com um sorriso bobo e preguiçoso, satisfeitíssima, apesar de ter consciência do quanto eu estou fodida por ter dormido fora e pela nuvem da omissão que ainda mantenho comigo. Entretanto, por enquanto, convenço-me de que não estou sendo tão filha da puta como me sinto, já que ainda não tenho nenhuma certeza acerca do meu "possível futuro".

Admiro as curvas que formam a lateral do corpo da Vicky, que permanece dormindo, de lado, virada com as costas para mim.

Depois de tanto tempo, depois de tantos anos fugindo dela e, principalmente, de mim mesma, permito-me continuar na paz de nossa entrega e de nossas descobertas antes do despertar do vulcão pronto para entrar em erupção a qualquer momento.

Passo o braço por cima dela, puxando-a para mais perto de mim com o máximo de delicadeza que consigo. Não tenho a intenção de acordá-la, mas o desejo de senti-la mais próxima de mim é grande demais.

Ela se move dentro dos meus braços, aconchegando-se ao meu corpo, puxando meu braço e ajeitando a bochecha debaixo da minha mão. Meu sorriso se abre ainda mais satisfeito quando percebo o quanto nossos corpos se encaixam tão bem.

Vicky e eu somos como peças contrárias, que mais se encaixam do que diferem. Temos quase o mesmo peso, sendo que eu sou alguns centímetros mais alta, talvez uns sete, não mais do que dez. Ela tem curvas femininas e arredondadas, eu tenho músculos. Seus olhos são castanho-claros, pequenos, os meus são negros como o breu. Minha pele é negra, a dela é bem branquinha. Seu rosto é calmo, acolhedor, simpático, e o meu é cheio de marra e praticamente grita "fiquem longe!". É como se ela fosse eu às avessas e vice-versa. Somos como um ímã de um polo só. Ela é norte, e eu, sul. A ciência até diz que não existe ímã com um único polo; bom, ele pode não existir, mas nós, sim, e essa é a melhor definição que posso dar sobre o que nós somos, Vicky e eu.

— Bom dia — diz Vicky, com sua voz arrastada pelo sono, roçando a bochecha na minha mão. — Que horas são? Dormimos demais? — questiona, virando-se para mim, ainda decidindo se quer "acordar" ou não.

Receber seu bom dia assim, ao meu lado na cama, é uma sensação da qual eu jamais enjoaria, e me dói absurdamente constatar isso.

— Bom dia — respondo, dando-lhe um selinho e ela abre os olhos, levando a mão à própria boca.

— Ei! Eu tô com bafo! — exclama, com olhos arregalados. Tiro sua mão da frente da boca e dou-lhe outro beijinho rápido. — Não faz isso, garota! — reclama, tentando soar brava, mas um sorriso lindo brinca em seus lábios e eu não sei o que brilha mais, se os olhos ou os dentes.

Paro meu olhar no rosto dela e, de repente, me perco de mim mesma, de onde estou e para onde vou, apenas contemplando o fato de que estamos juntas.

— Eu ainda não consigo acreditar que estamos aqui, dessa maneira, você e eu, juntinhas como sempre deveria ter sido — suspiro. — Me perdoa, Vih — peço com o peito mergulhado em arrependimento.

— Por que está pedindo perdão, Mari? — pergunta ela, seus olhos me encarando com cautela.

— Por minha covardia, Vih. Eu deveria ter te contado a maneira que me sentia antes que as coisas chegassem ao ponto de não… — engulo o que ainda não posso confessar a ela e respiro fundo. — Eu sinto muito por todos os anos perdidos. Gostaria de recuperar cada dia, porém não importa o quanto eu queira, o tempo não volta, não é? Então, só me resta me desculpar…

— Ei… — começa ela, acariciando meu rosto com a ponta dos dedos.
— As coisas são como têm que ser. Estamos aqui onde devemos estar,
no exato momento em que deve ser — afirma com convicção, seu tom
firme e seus olhos submersos nos meus. — O importante é que agora que
nos despimos dos nossos medos, nada mais nos impedirá de vivermos da
maneira que merecemos, Mari. Nada mais nos prende, somos livres! Ah!
Eu te amo e você me ama e… *foda-seee*! — Gargalha. — Acabei de falar
um palavrão! — espanta-se, porém gargalha ainda mais alto. — Foda-se!
Foda-se! Foda-se! — conclui com um sorriso de alívio, jogando a cabeça
sobre o travesseiro, com a risada mais contagiante do universo. Felicidade
pura e genuína.

Ouvir o riso feliz da Vicky nunca me doeu, porém agora dói como o
inferno. *Eu sou uma covarde de merda!*, suspiro, frustrada comigo mesma.

— Você trabalha hoje? — pergunto, tentando mudar de assunto. — Diz
que não! — peço, mais como ordem do que como pedido.

— Depende… — responde ela em tom sugestivo, me encarando com
olhos maliciosos, e eu me permito esquecer um pouquinho as inquietações
que alfinetam minha consciência.

— Então… acho que deveríamos dar um jeito de recuperar parte desses
anos perdidos e, se você for trabalhar, teremos um dia a mais na conta —
explico, puxando-a para debaixo de mim, colocando metade do meu corpo
sobre o dela, dando-lhe beijinhos por todo o rosto. — Quero um dia inteiro
contigo antes de nos separarmos mais uma vez — exijo, e mal sabe ela quanta
verdade há nessa pequena frase.

— Certo… — concorda ela. — Cof-cof… Acho que estou meio adoen-
tada mesmo — brinca.

— É, acho até que está meio febril, sua pele está pegando fogo, garota!
— devolvo em tom brincalhão, tentando roubar-lhe um beijo, porém ela é
mais rápida e se esquiva.

— Ahá! — diz ela, rolando para fora da cama e apontando um dedo para
mim. — Você é muito porquinha, garota! Você deveria escovar os dentes
antes de tentar enfiar a língua na minha boca, sabia? — diverte-se.

— Acaso tá dizendo que estou bafenta? — questiono-a.

— Não diria que está com hálito de rosas, sabe? — Vicky fala,
sorrindo e me fazendo lembrar da menina arengueira de anos atrás. Sorrio.

— Eu estou indo escovar os meus e tomar um banho, acho que você também deveria vir — sugere em tom sensual, a diversão adolescente abandonando seus olhos, sendo substituída pelo desejo de uma mulher madura.

— Acho melhor te esperar aqui. Quando você sair do banho eu vou — digo, apenas porque preciso de uns minutinhos a sós comigo mesma. Preciso organizar meus pensamentos. Preciso recuperar meu autocontrole que foi tirado de mim na noite passada, para, pelo menos, tentar garantir que nenhuma de nós se machuque mais do que o inevitável.

— Você está bem? — pergunta ela, seus olhos agora preocupados, e sua expressão corporal, antes relaxada, tensiona, alerta. *Merda.*

— Estou, sim — tranquilizo-a. — Vai lá, gata. Preciso avisar minha mãe que estou viva, aí decidimos juntas de que forma vamos aproveitar nosso dia — digo dando-lhe uma piscadinha.

— Então, tá — Vicky me lança um sorriso inseguro e some banheiro adentro.

Ela vai entender, penso respirando fundo. Respirar sempre pareceu mais fácil quando éramos só Vicky e eu, antes dos Marcelos, Rodrigos, Rauls, Eduardos da vida. Agora não tem o Marcelo nem os outros, porém temos uma vida de escolhas e caminhos traçados.

Quando éramos adolescentes, eu vivia como se nunca tivesse ar suficiente em volta. Vivia sufocada, me corroendo por dentro, sempre que eu a via com seus namorados, sempre que ouvia sobre seus amores fodidos, e que ela vinha chorar por mais um fracasso sentimental.

Já eu... Eu sempre estive bem aqui, com meu coração cheio de amor e de vontade de fazê-la feliz, tendo que me calar, permitindo que ela entrasse numa roubada após a outra em busca de algo que jamais encontraria em outro lugar.

Ninguém a conhece melhor do que eu. Ninguém a faria mais feliz do que eu. Ninguém no mundo compreende Victoria como eu, e, mesmo eu sabendo disso, deixei a situação chegar ao ponto em que chegou: a um caminho sem volta. Ao ponto em que seguir em frente nos leva a caminhos opostos; tudo isso por pura covardia. A mesma covardia que vai me silenciar mais uma vez.

Vicky

Mari, de repente, ficou esquisita. Ela acha que não percebi, mas eu vi. Vi a nuvem cinza embaçando seus olhos, pouco antes tão brilhantes. Idealizei. Pensei que depois de confessar seus sentimentos, pararia de se fechar para mim, no entanto, aqui está ela, como sempre guardando seus tormentos para si.

Dou quatro passos até o fim do banheiro e, depois, quatro passos de volta, em direção à porta, com o creme dental em uma mão e a escova na outra. Essa é a terceira vez que faço isso desde que entrei aqui e sequer coloquei pasta na escova ainda.

Não posso deixar que ela continue se trancafiando assim. Não vou, decido, colocando finalmente uma pequena quantidade de creme dental sobre as cerdas da escova, e encaro meu próprio reflexo no espelho. Entretanto, hoje não é dia de forçar conversas difíceis. Hoje é dia de nos deixar fluir na leveza de nos amarmos da maneira que merecemos.

Sorrio.

Mari me ama. A recíproca é verdadeira. Isso vai ser suficiente para enfrentar o que quer que venha pela frente. Vai? Será?

***

— Caralho, garota, ainda não tô acreditando que vou sair na rua com essa roupa! — Mari resmunga, meio rabugenta, ao conferir seu reflexo no espelho.

Como viemos do evento de ontem à noite direto para cá, e como ela se negou a passar em casa para trocar de roupa, findou-se que ela precisou pegar algo emprestado. Bom, agora, imagine como a Mari deve estar se sentindo dentro de uma das minhas roupas, uma vez que temos estilos completamente diferentes, e não só estilo, mas também tipo físico.

— Para de reclamar, gata! Cê tá linda! E esse vestido caiu *muuuito* bem em você. Na verdade, melhor do que em mim — digo divertindo-me com sua rabugice e falta de jeito por usar um vestido tão "mocinha". No entanto, devo confessar que meu riso cessou assim que dei uma olhada mais atenta à forma como meu vestido marca o corpo dela. Mari é uma mulheraça.

— Você não teria uma roupa menos fresquinha? Tipo, algo mais adulto? — implica ela. — Você não se envergonha de ter um guarda-roupa de uma menina de 12 anos? — pergunta inconformada, puxando a barra do vestido como se, num passe de mágica, ela fosse aumentar, e logo depois tentando cobrir os ombros, inutilmente, já que o vestido é modelo "ombros caídos" e ele não segura no lugar que ela quer.

— Para de resmungar! Foi você quem não quis passar na sua casa, e, confesse, meu vestido é top! — exclamo, percorrendo com meus olhos o corpo escultural da Mari feito um passeio turístico, apreciando cada ponto, como se jamais o tivesse visto, até porque essa é mesmo a primeira vez que vejo a Mari num desses: vestido branco com estampa de flores cor-de-rosa, com babadinhos caindo em volta dos braços, marcando seus seios por ela se negar a usar um sutiã, com a barra pouco acima do meio de suas coxas malhadas e dois bolsos laterais que marcam ainda mais seu bumbum. Em mim, ele fica mais para o estilo soltinho, sem marcar muito meu corpo, porém, Mari parece preencher a peça de uma maneira que realça ainda mais seu corpo definido, que eu sempre achei lindo, diga-se de passagem.

— Ai, garota, para de me olhar assim! — pede, ainda tentando criar mais tecido que possa cobrir sua pele exposta.

— Você é linda, Mari. Não precisa se envergonhar de mostrar isso — afirmo, devorando-a com meus olhos, e vejo-a engolir em seco.

— Okay, Vih. Agora vamos nessa, que nosso tempo tá passando e tem muito que quero fazer hoje... *com você* — chama ela, andando em direção à porta, tentando tirar seu corpo do meu campo de visão, envergonhada. Sorrio, mais uma vez.

— Quem diria, hein? — começo, seguindo-a. — Mariana Fontenele sendo intimidada por uma olhadinha inocente? — implico.

— Cala a boca, garota! — exige com um sorriso encabulado escapando de seus lábios apetitosos. Sorrio ainda mais. *Meu Deus, nunca pensei que diria isso, mas ela é tão fofa...*, penso e começo a gargalhar alto.

— Que é que foi, garota? Rindo de mim, por acaso? — diz, virando para me encarar logo após abrir a porta do meu estúdio, e passo a língua maliciosamente, no lábio superior, divertindo-me ainda mais pelo desconforto dela. Agora ela sabe como é. Ela passou a vida me intimidando com um olhar predador.

— Jamais! Tenho amor à vida, baby — respondo com uma piscadinha, roçando meu corpo na bunda dela enquanto passo pela porta que ela acaba de abrir, ainda sorrindo.

Com um movimento rápido, Mari segura firme meu pulso, me puxa, me gira, e, em segundos, minhas costas estão pressionadas contra o batente, e seu corpo, colado ao meu — nossos narizes ponta na ponta, seus olhos negros... —, é um convite para um mergulho no infinito.

Meu corpo estremece, minhas pernas fraquejam e meus lábios esquecem de como é sorrir. Meu coração sacoleja dentro do peito que sobe e desce num frenesi.

— O que aconteceu com aquela linguinha safada, baby? — ouço a voz grave da Mari ao meu ouvido. — Não sabe brincar, não desce pro play — diz e roça o nariz no meu pescoço, descendo em direção ao meu ombro coberto apenas pela alça fina da minha camiseta, em um movimento tão leve que causa arrepios instantâneos em cada pelo do meu corpo. Em seguida, faz o mesmo caminho subindo de volta, até seus lábios estarem ao meu ouvido novamente.

— Acho que vou me certificar de manter sua boca ocupada, para que aquela língua não possa mais aparecer para zombar de mim. O que acha?

Minha respiração treme junto com meu corpo. Tenho certeza de que só estou de pé por ter o corpo dela mantendo-me no lugar. *Meu Deus, como eu quero essa mulher.*

Tento abrir a boca, já com uma resposta espertinha na ponta da língua, mas então me deparo com lábios carnudos cobrindo a minha boca, e eu me perco completamente quando sinto sua língua quente se enroscando na minha. É, acabo de concluir que beijá-la é a minha meta favorita.

Mari

Vicky (Disponível)
vih_leal@hotmail.com

Às vezes, nossa liberdade se restringe a estarmos protegidos por paredes, isso não é irônico?

Mari (Disponível)
mar_e_ana@hotmail.com

Alguém que precisa de "privacidade" para se sentir livre tem algo a ser resolvido mais consigo mesmo do que com o mundo.

A cada vez que a beijo, a certeza de que estou a caminho da ruína fica maior; eu só queria saber como evitar de trazê-la comigo. Entretanto, sei que, por mais que eu tente e me esforce, estaremos ambas aniquiladas no fim.

Solto seus lábios dos meus e sou recompensada com o som de sua respiração pesada, um sinal claro do quanto eu a afeto. Tão quanto ela a mim.

Traço linhas imaginárias pelas suas costas, por baixo do tecido da camiseta, e vejo-a erguer-se, ainda de olhos fechados, buscando voltar seus lábios ao devido lugar a que pertencem.

— Ei, temos que ir — chamo com um sussurro, juntando toda a força que tenho para não desistir do plano que maquinei para hoje: acabar o dia afundadas na paz e no caos dos lençóis da cama dela.

— Tem certeza de que precisamos ir? — choraminga, mordendo levemente meu lábio inferior, logo em seguida dando um beijinho na ponta do meu nariz. Ela sempre adorou fazer isso: beijar a ponta do meu nariz. Não faço ideia do porquê, mas amo quando ela faz isso. Sorrio.

— Sim, baby, precisamos. Tenho planos para nós e gostaria de concluir todos. Tenho toda uma programação e você sabe como eu sou quando organizo algo — insisto, agora um pouco mais no controle de mim mesma.

Por mais que eu queira passar um dia inteiro imersa nos braços dela, não posso me dar ao luxo de "perder" um dia todo no quarto, quando há tanto que quero fazer e tão pouco tempo para... esquece. Não vou pensar nisso agora.

— Ei, tem certeza de que seus planos são bons? Porque sua cara me parece meio desanimada… — questiona me encarando com seus olhos castanhos, atentos. *Merda. Por que eu nunca consigo me esconder dela tão bem como de todo o resto do mundo?*

— Não se preocupe. Estou bem. E meus planos sempre são os melhores — gabo-me. — Acaso já te levei pra alguma furada?

— Não, mas isso não quer dizer muita coisa, Mari.

— Como assim, garota? — pergunto, finalmente me desprendendo de seu corpo e me afastando dela.

— Nunca me importei muito com *onde* estávamos. Sempre me satisfiz com onde quer que fosse, desde que *você* estivesse comigo — confessa ela, e seu rosto cora, como se ainda fosse uma adolescente flertando com o primeiro garoto por quem se apaixonou. Bom, sou a primeira *garota* por quem ela se apaixonou, acho que isso equivale, não é?

— Porra, Vih! E eu achava que arrasava quando te levava pra comer bolo na tia da pracinha, em frente ao colégio. Gastava minha mesada quase toda, mas valia a pena ver sua cara de satisfação, lambendo os dedos sujos de chocolate, feito um bebê, sem se envergonhar com quem pudesse te julgar por isso — lembro em tom contemplativo.

— Caraca, eu adorava aquele bolo! — exclama, passando a chave na porta e logo depois se certificando de que está trancada. — Então, qual a boa? — pergunta, olhando para mim toda animada.

— Surpresa! — respondo com ar de mistério, entrelaçando nossos dedos enquanto começamos a descer as escadas em direção à rua.

***

Já são 10h quando saímos do supermercado que fica em um dos shoppings de Fortaleza.Vicky não parou suas investidas, tentando descobrir onde nós estamos indo, porém continuei fazendo mistério. Ela ficou bem cabreira quando saímos do supermercado com nosso café da manhã distribuído em três sacolas.

— Oxe, achei que íamos comer na padaria do supermercado. Para onde estamos indo? Tô com fome! — choraminga ela, curiosa.

— Calma, vamos comer daqui a pouco. Preciso apenas parar em uma loja antes — explico, deixando-a ainda mais confusa e divertindo-me absurdamente com isso.

— O que você vai comprar que não pode esperar tomarmos café da manhã? — reclama.

— Fica quieta, garota! — peço, entrando em uma loja de moda praia do shopping. — Você vai ver.

— O quê? Vai comprar biquíni? Agora? — questiona, e eu rio alto.

— Bom dia! — cumprimento a vendedora. — Onde ficam as cangas? — pergunto.

— Mari! Pra que...

— Baby, fica quieta — peço mais uma vez, rindo.

— Eu tô quieta. Só que também tô faminta — brinca ela, e ambas começamos a rir.

Pago pela canga, pego a sacola e saímos.

— Pronto, agora vamos para o nosso primeiro passeio do dia — aviso, enquanto caminhamos para o ponto de táxi. — Parque do Cocó, por favor — informo nosso destino ao motorista, e a mulher da minha vida abre um sorriso enorme. Eu sabia que ela ia gostar.

— Piquenique! Obaaa!!! — comemora ela com um gritinho.

Caralho... Sou apaixonada por uma adolescente!, penso, e um sorriso satisfeito se abre.

Vicky

O Parque do Cocó é um lugar maravilhoso! Com muito verde, brisa fresca, ar puro... Estou quase enfartando de tanta alegria. Eu sempre quis fazer um piquenique aqui, mas nunca houve oportunidade. Algo tão simples, um espaço lindo, perfeito e próximo à minha casa, e eu nunca tinha aproveitado.

Estendemos a canga no gramado, debaixo da sombra de uma frondosa árvore, em uma parte mais isolada para termos privacidade. Com os pés descalços, sentamos e começamos a dispor as comidas: croissants, queijo, presunto, sucos, chocolate quente, uva, morango, bolo... Tem até tapioca!

— Nossa, acho que compramos comida demais! — digo, olhando para o mundaréu de coisa gostosa espalhado por cima das sacolas e bandejinhas descartáveis.

— E não era você que estava para dar um piripaque de fome? Então, coloca essa boca pra trabalhar, garota! — exclama ela em tom divertido.

— Bem que eu gostaria de colocar minha boca pra trabalhar, porém me contento em fazer a segunda coisa para a qual ela foi feita: me empanturrar — digo, encarando a boca da Mari descaradamente, deixando claro que a fome do meu coração é infinitamente maior que a do meu estômago.

— Melhor ocupar essa boca com comida, Vih, ou não respondo por mim — brinca em tom de ameaça, e eu dou uma olhada rápida em volta, notando que, apesar de afastadas da maior parte dos visitantes do parque, não estamos sozinhas.

— Melhor — concordo.

Uma sensação esquisita me preenche, e não sei bem por quê. Sinto-me meio triste. Fico ainda pior quando ergo a vista e vejo um casal trocando beijos apaixonados, livres e sem se importar com quem quer que testemunhe seu amor. *Mari e eu jamais poderemos ter essa liberdade?*, penso, enquanto coloco um morango na boca, e sinto os olhos da Mari me observando.

— Você está bem? Falei algo que não devia? — pergunta em tom preocupado, quase de desculpas.

— Não, amor... — O tratamento carinhoso escapa e fico calada por alguns segundos, meio sem graça, mas decido continuar, como se chamar minha melhor amiga de amor fosse algo normal para nós duas. *Melhor amiga? Ela ainda é minha melhor amiga?* — Está tudo bem, Mari — tranquilizo-a com um sorriso. — Só é estranho sentir vontade de te beijar e, pela primeira vez saber que você também quer e, ainda assim, não poder me dar esse prazer, entende? — tento explicar, ainda olhando para o casal apaixonado a alguns metros de nós, grudados um ao outro.

— Você quer me beijar, Vih? — questiona ela, virando meu rosto para me olhar nos olhos. Estamos tão perto que basta um pequeno inclinar de cabeça para nossos lábios colidirem.

— Sim, mas... — Ela então me beija.

O choque inicial daquele "susto" não durou meio milésimo de segundo. Perdi-me em sua boca num beijo terno, morno, gentil. Beijamo-nos por alguns poucos segundos, sua mão encaixada na minha bochecha e seu polegar subindo e descendo na curva da maçã.

— Não se prive de vivenciar o que sentimos uma pela outra ou de fazer aquilo que tem vontade. Desde que nossas ações não agridam ou ofendam, temos os mesmos direitos de qualquer outro casal no mundo — diz em tom firme. — E, a propósito, adorei te ouvir me chamando de amor, baby.

Sorrio levantando uma sobrancelha, em uma expressão irônica.

— Eu sei — continua ela, revirando os olhos. — Também não acredito que gostei disso. Mas é diferente vindo de você — conclui em tom pensativo.

— Certo. Acho melhor a gente comer — sugiro, confusa com o clima estranho que nos cerca. Estranho do tipo que não sou sequer capaz de classificar. Então, aos trabalhos!

Trinta minutos depois, estamos ambas de buchinho cheio, deitadas na nossa canga, com o rosto virado para o céu azul, recebendo a luz do sol que vaza por entre as folhas. Mari usando minha bolsa como travesseiro e eu usando sua barriga, deitada com os joelhos curvados.

Estamos num silêncio confortável, apreciando a preguiça de um estômago cheio e o prazer de usufruir do calor do corpo uma da outra.

— Obrigada pelo incrível café da manhã — agradeço, esticando o braço para encaixar meus dedos nos dela, ao mesmo tempo que viro o rosto de lado em sua direção.

— De nada — diz, mantendo um aperto firme na minha mão, como se quisesse ter certeza de que eu estava mesmo ali.

— Para onde vamos depois daqui? — pergunto com curiosidade.

— Surpresa — responde ela com um sorriso, usando a mão livre para me fazer cafuné. Eu poderia morar aqui. Me sinto tão relaxada e segura, que não duvidaria se eu pegasse no sono...

❧❧❧❧❧❧❧❧❧

— Ei, garota! — ouço a voz da Mari, como se ela estivesse a quilômetros de distância, e abro os olhos. — Tudo bem que o vestido é seu, direito seu babar nele, mas no momento sou eu quem o usa, então, acho que quarenta minutos é um bom tempo para um cochilo, não? — diz com um riso na voz.

— Ah, meu Deus! Eu dormi? Mas só fechei os olhos por alguns segundos! — justifico-me. — Fala sério. Você tá de sacanagem, Mari! Que horas são? — Questiono, só agora notando que ela está sentada ao invés de deitada, e minha cabeça descansa em seu colo. *Quando mudamos de posição?*, penso, sentando-me de frente para ela.

— Quase onze — responde sorrindo. — Dorminhoca e esfomeada. É, vejo que não há muito em que você tenha mudado, né não? — implica.

— Nunca neguei! — brinco. — Mas então, qual o próximo passo da *sua* programação? — pergunto animada.

— Algo que não permita que você seja vencida pelo sono, Bela Adormecida! — responde em tom zombeteiro.

— Oxe! Uma sombra, uma brisa fresca, um bucho cheio, seu cafuné e com colinho... Qual é? Vai me culpar por tirar um cochilo? — falo na defensiva, de bom humor.

— Certo, tudo bem, baby. Sei que tenho o melhor cafuné do mundo, o que que eu posso fazer? Tenho mãos magicamente relaxantes — vangloria--se com um sorriso sexy.

Ai meu Deus... Como eu queria arrancar as roupas dela!

— Então, o que vamos fazer até a hora do almoço? Nem vou perguntar onde vamos almoçar, sei que não vai me dizer mesmo... — Tento mudar a direção dos meus pensamentos, a fim de evitar que acabemos presas por atentado violento ao pudor.

— Bom, primeiro vamos dar uma boa geral nessa bagunça? — sugere, referindo-se ao amontoado de sacolas, embalagens e restos de comida à nossa volta. — Depois, pensei em darmos uma caminhada pelo parque, conhecer as trilhas... Quando a fome voltar, e eu sei que ela vai voltar, a gente almoça. O que acha?

— Perfeito! — concordo batendo palmas e logo em seguida começamos a limpar tudo.

Assim que as coisas ficam nos conformes, Mari estende a mão para a minha.

Estar com ela é incrível. Porém, apesar disso, não pude deixar de sentir a estranheza do ar nos circulando, antes tão natural para mim. A verdade é que não há como negar que as coisas mudaram entre a gente: hoje, nossos desejos,

Tudo sobre Nós · 163

olhares, carinhos e afagos têm a malícia que jamais tiveram, e confesso que ainda estou aprendendo a lidar com toda essa novidade, além do agravante, também conhecido como moral e bons costumes.

Mari e eu sempre andamos com os dedos entrelaçados, para onde quer que fôssemos. Nossa troca de carinho e afeto nunca foi algo sorrateiro ou camuflado. Nunca nos envergonhamos de ser quem somos, porém agora é diferente. Não consigo não sentir um certo desconforto devido aos olhares enviesados que recebemos. Estamos sendo julgadas, mas sequer cometemos crime algum, e por mais que eu queira, por mais que eu me sinta feliz, não consigo relaxar como gostaria.

— Mari? — chamo baixinho quando paramos para tomar um copo d'água. — Você se lembra de sermos alvo de tantas caras feias quando andávamos juntas? — pergunto, olhando discretamente para duas mulheres que se exercitam próximo de nós, encarando nossas mãos dadas com olhos recriminatórios, trocando cochichos e movendo a cabeça em sinal de *será?, não é possível.*

Mari segue a direção dos meus olhos, logo entende de onde surgiu meu questionamento e fecha a cara. Então, lembro-me que sim, costumávamos receber esse tipo de encarada, porém, acho que a certeza de que a "maldade" estava apenas nos olhos dos outros era razão suficiente para eu nunca me incomodar com aquilo. No entanto, agora incomoda. E, assim como na adolescência, Mari resolve fazer o que faz de melhor: intimidar.

— Olá, tudo bem? — ela fala em tom falsamente casual, olhando para as duas mulheres que deviam estar na faixa dos trinta anos. — Então, vocês nos conhecem? Perderam alguma coisa, estão querendo tirar uma dúvida… estão com algum problema? — continua, sem ter ao menos dado a chance de responderem ao cumprimento inicial, mantendo os olhos firmes nos delas, sem vacilar, ombros retos. Sem nariz em pé. Iguais. De mulher pra mulher.

Silêncio.

Um pouco mais de silêncio.

— Achei mesmo que não teria a menor chance de alguma de vocês serem do meu círculo social. Tenham um excelente dia — Mari diz com sarcasmo.

— Vem, baby — chama, puxando-me pela mão para mais perto dela, dando-me um beijinho na lateral da cabeça, e seguimos para a saída do parque.

Estou me esforçando para não deixar a inquietude desse alvo colado às nossas costas contaminar o clima do nosso passeio, mas não está sendo fácil. Acho que eu teria preferido o sossego e a proteção das paredes da minha casa. Eu me senti muito mais livre quando estávamos "presas" lá.

— Então, o que você acha de pedirmos comida em casa? — sugiro como quem não quer nada, desejando ter a alforria dos meus atos, agora escravizados pelo receio dos julgamentos alheios. Sinto-me fraca e ridícula, mas, se podemos ir pela trilha mais fácil, por que dificultar?

— Não! — Mari quase esbraveja. — Não vamos nos esconder por causa da mente de gente pequena e tacanha. Vamos almoçar num lugar sensacional e tenho certeza de que você vai adorar! — conclui, agora em um tom mais relaxado.

— As pessoas nos olham como se fôssemos devoradores de criancinhas, Mari!

— É gente idiota, baby — diz ela com um suspiro. — Mas, ei, não deixa isso afetar você, não. Jamais permita que esse povo preconceituoso afete nosso tempo juntas, Vih — pede parando de frente para mim, olhando-me com aqueles olhos expressivos. — Sempre seremos Vicky e Mari, lembra? Você me prometeu. Eu não vou aceitar, de jeito nenhum, que escolha em quais lugares sua promessa será cumprida.

— Eu sei, me desculpa. Você tem razão. É que eu não sou tão destemida e segura quanto você — explico.

— Ah, garota… Se você soubesse… Enfim, só vem. Vamos almoçar — convida ela, sorrindo para mim e eu sorrio de volta, permitindo que a confiança com que ela enfrenta suas decisões me envolva junto a ela e me contamine.

Mari

Eu queria que esse fosse um dia de leveza, o *nosso* dia. Fácil, fluido, bobo, feliz. Sei que está sendo feliz, sei que ela adorou nosso piquenique, meu colo e meu cafuné. Porém, sei também que, vez por outra, era como se uma onda viesse do nada e destruísse nosso castelo de areia recém-construído, acabando momentaneamente com a nossa graça, até que começássemos a reconstruí-lo.

Talvez eu tenha nos trazido muito rápido para o "mundo", mas acontece que não temos tempo, e não me arrependo de termos saído da privacidade de casa para que pudéssemos ter um vislumbre de como teria sido nossa vida juntas. *Teria sido,* e não, *será.*

Respiro fundo, no silêncio do táxi. Vicky usa meu ombro como encosto e descansa a cabeça, as mãos desenhando círculos imaginários na minha coxa.

— Como é mesmo o nome do restaurante que estamos indo? — pergunta ela, erguendo o rosto e me olhando de soslaio.

— Pelicano — respondo sorrindo. — Meu pai comentou uma vez que ele é maravilhoso, disse que dá pra ouvir o barulho do mar se a gente se sentar em uma das mesas da varanda.

— Uau… Um forte candidato a se tornar o meu favorito, então. Adoro o cheiro do mar. Além da vantagem de eu estar com você — declara dando um beijinho na lateral do meu queixo e sinto meu corpo ser envolvido por uma sensação inédita de bem-estar.

— Então... Vamos descobrir!

— Êba! — alegra-se. — Já estou com fome!

— Caralho, garota! O que tem aí dentro? Um buraco negro, por acaso? — provoco com uma risada.

— Sou uma garota que gosta de comer e não se envergonha disso, amor — diz ela dando de ombros ao sairmos do carro.

— Sempre soube — afirmo, e entramos no restaurante.

Por sorte, ainda encontramos uma última mesa vaga na varanda, algo que eu considero um consentimento do destino quanto a termos um dia extraordinário, já que essa é a área mais concorrida do restaurante.

A varanda é ampla, e tem uma vista de tirar o fôlego. O mar azul da Praia de Iracema fica logo à nossa frente, a brisa é deliciosa e traz o cheiro de maresia que se mistura aos aromas dos pratos que são servidos à nossa volta. Sim. Esse, com toda certeza, acaba de se tornar meu restaurante favorito.

— Posso tomar a liberdade de fazer seu pedido? — pergunto, meu tom de voz saindo mais grave do que gostaria, demonstrando uma sensualidade que ainda me surpreendo por tê-la exalando de mim.

— Pedindo dessa maneira, você pode tomar quantas liberdades desejar — responde ela, subindo um pouco mais a temperatura à nossa volta.

— Okay, então. — Folheio o cardápio que nos foi entregue logo que chegamos. — Certo, vamos de: risoto... de camarão ao molho de coco, uma das especialidades da casa. Aqui diz que ele é servido dentro de uma casca de coco verde, deve ser uma delícia — digo, mantendo o tom da voz, arrancando pedaços dela com o olhar. Merda. Acho que agora estou começando a me arrepender um pouco de ter saído da privacidade daquela cama.

— Mandou bem — diz com o rosto avermelhado, e não sei se a cor exprime desejo ou timidez. O que eu sei é que estou quase cometendo uma loucura, porque ela fica ainda mais atraente quando se esforça para manter a compostura.

Procuro o garçom com os olhos e o chamo assim que faço contato visual. Ordeno nosso pedido e imediatamente levo minha mão à dela sobre a mesa, acariciando-a com as pontas dos dedos, e vejo sua respiração se alterar com o simples toque.

Porra, precisamos nos acalmar, penso, e assim passamos os próximos vinte minutos, em uma luta interna pelo controle dos nossos desejos, até sermos salvas pela comida posta à nossa frente.

— Então... é isso! — digo liberando minha mão. — Vamos comer? — convido, e ela assente respirando fundo. Tenho certeza de que também está grata pelo desvio de atenção que acabamos de sofrer.

Almoçamos em um silêncio confortável, trocando sorrisos e olhares entre uma garfada e outra.

Senti-me contente por ela ter amado tanto esse prato quanto eu, e me diverti demais ao ver e ouvir as expressões de deleite dela, enquanto comia até não restar um único vestígio sequer de arroz.

— Que tal? — pergunto enquanto esperamos pela conta, apenas para confirmar o que é evidente: ela adorou.

— O quê? Esse lugar é incrível! — responde com os olhos brilhando, atenta a todos os detalhes ao redor. *Ah, como eu amo fazer esses olhinhos brilharem!* — Ah, e que risoto! Viu só o tamanho dos camarões?!

Assim que saímos do restaurante, estamos ambas novamente sentindo o peso de uma barriga cheia, claramente batendo o cansaço de metade de um dia na rua. São quase 15h e tenho certeza de que ela adoraria voltar ao aconchego da cama, porém, euzinha aqui tenho outros planos.

— Para onde vamos agora? — pergunta em tom animado, tentando disfarçar a lombeira.

— Vih, estamos de frente para o mar, o que acha? — arrisco com um sorriso enorme.

Eu adoro o mar, e esse pedaço que passa entre a Beira Mar, a Praia de Iracema e o Náutico é minha parte favorita de Fortaleza. Na verdade, para mim, essa vista não perde de nenhuma outra, mesmo que outras possam ser mais bonitas. Aqui é minha terra. Minhas raízes e melhores lembranças estão aqui e não há exuberância em parte alguma do mundo que tire isso da minha cidade, e agora, de volta depois de tantos anos, percebo o quanto sinto falta desse lugar.

Com nossos calçados nas mãos, caminhamos até que a água do mar lave nossos pés. Corremos, chutamos água uma na outra, caímos na areia molhada, brigamos por minha brincadeira resultar em sermos cobertas por uma onda gigante que surgiu do nada nos dando um caldo, deixando nossas roupas empapadas de areia e arriscando estragar nossos celulares, dentro da "bolsa cara" da Vicky. No fim, acabamos gargalhando alto, em uma luta infantil de cócegas, emboladas em nós mesmas e na dita bolsa.

Na verdade ela não estava nem um pouco preocupada com o possível dano ao que quer que fosse.

— Caraca, estamos parecendo frango à milanesa! — Vicky fala, saindo de cima de mim, cessando seu ataque às minhas costelas, esbaforida.

— Ah, minha nossa! Acho que perdemos a sanidade, baby. O que estamos fazendo? — questiono puxando o ar com dificuldade, tentando me recuperar do ataque de "cosquinhas" que sofri.

Eu nunca me senti tão leve... e feliz. Parece até que meu corpo flutua, como se a presença dela anulasse a força da gravidade.

— Oxe, por que diz isso? — pergunta ela, deitada ao meu lado, com o rosto em minha direção e a mão protegendo os olhos dos raios ainda intensos do sol. — Só estamos nos divertindo, e isso não é loucura, isso é o que somos.

— Não somos mais adolescentes, Vih. E você é maluca. E sua maluquice é contagiosa! — digo com um riso na voz. — Você me torna alguém que me assusta às vezes, sabe? Eu quase nunca tenho controle sobre mim mesma, em se tratando de você. Isso é apavorante, honestamente — confesso sem saber o porquê de isso ter escapado assim, do nada.

— Se deixar descontrolar às vezes é bom, principalmente quando estamos ao lado de alguém em quem confiamos. Você pode se permitir o descontrole quando estiver comigo, Mari. Pode se deixar fluir.

— Jamais! Você é um perigo, garota. Olha só pra mim! Mariana Fontenele, profissional séria, adulta, rolando na areia com a melhor amiga da vida numa briga infantil de fazer "cosquinhas"? Não, Vih. Deixe-me com meu autocontrole — peço, ainda às gargalhadas.

— Sua melhor amiga aflora seu lado infantil, Mari? — fala em um tom sério. Seu semblante ficando levemente borocochô, apesar do claro esforço de esconder isso de mim.

— Ei, estou brincando. E além do mais, gosto desse ar adolescente vida louca que você sopra à nossa volta. Não seja boba — esclareço.

— Bom, e qual o próximo passo do passeio das melhores amigas, agora que nossas roupas e cabelos têm a aparência de um pirão? — pergunta ela, sem humor, apesar do esforço de parecer engraçada.

— O que foi, Vih? Eu já havia até esquecido suas constantes variações de humor. Até disso senti falta, acredita? — brinco e vejo um sorriso teimoso se abrir. Ela continua com um riso fácil e isso é uma das coisas que mais amo nela. — Vai, me conta, o que houve?

— Nada... É só que... Somos melhores amigas? É isso o que nós somos? — questiona ela em tom inseguro.

— A gente precisa mesmo de um rótulo, agora? Podemos apenas ser a gente e deixar as classificações para depois? — peço.

— Você tem razão, como sempre. Desculpa. Nada a ver eu falar disso agora. É só que é tudo tão novo e estranho, às vezes...

— Eu sei. Mas vamos nos ocupar em viver, sem mais — sugiro, sentindo-me mal por desviar-me do assunto. Não podemos conversar sobre isso, não antes do dia acabar. — Agora, venha. Vamos dar uma caminhada para o sol secar nossas roupas — chamo, ficando de pé.

— Okay. Vamos lá — concorda ela, mas sei que esse questionamento foi adicionado à pilha de conflitos que ela vem acumulando ao longo do dia.

Eu sempre soube que o amor que sinto pela Vicky era diferente, especial. Demorei algum tempo até entender que eu havia ultrapassado a linha da amizade, e é claro que tive medo quando assumi isso para mim mesma. Eu tive medo. Medo de perder aquela amizade que me fazia tão bem. Medo de que as coisas mudassem. Pavor de que ela me repudiasse, caso descobrisse. Mas sabe, bem lá no fundo, meu maior assombro era que ela me correspondesse, porque daí a gente acabaria por correr o risco de destruir quem nós éramos uma para outra em um relacionamento que poderia, sim, estar fadado ao fracasso. É claro que poderíamos namorar, viver juntas e sermos felizes, por que não? Entretanto, também poderíamos perceber, tarde demais, que somos espetaculares como amigas e um desastre como casal. E aí não sobraria mais nada.

— Ei, Mari! — grita ela. — Assim seca mais rápido! — A voz embalada por uma felicidade genuína. Olho para Vicky saltitando em uma espécie de "corridinha" um pouco à frente. Ela abre os braços e fica ziguezagueando como se fosse um avião.

Eu amo essa garota. E agora, olhando para ela assim, a certeza de que dias excruciantes estão por vir me atinge como uma bolada na cara. Porém, no momento, só aproveito para inalar, sorver, tragar, captar e me deixar infiltrar com cada sensação causada pela presença, pelos gestos e pelas ações dela.

Vicky

São 16h37 e o sol no aterro da Praia de Iracema é morno, agradável.

Minhas roupas já praticamente secaram. Meus cabelos estão uma bagunça de nós, areia e sal, porém não me importo.

Estamos chegando ao fim do nosso dia louco. Extraordinário. Delicioso. Apavorante. Confuso. Feliz.

Você já fez um passeio de Buggy pelas praias do Ceará? Bom, se eu tivesse que descrever o dia de hoje, diria que foi como passear de Buggy pelas dunas de Canoa Quebrada, com Mari ao volante. Se você ainda não teve esse prazer, deixe-me tentar explicar:

Primeiro: o motorista sempre pergunta se você quer o passeio "com emoção" ou "sem emoção". Digamos que, com Mari ao volante, não há a segunda opção! E a emoção foi do tipo *quase cospe o coração pela boca*; com curto circuito nas ondas cerebrais e órgãos que se esquecem de como funcionam: o pulmão, vez por outra se esquecendo de respirar, sempre que eu sentia os olhos predadores dela em mim, ou simplesmente quando eu testemunhava seus sorrisos autênticos. Tão meus.

Segundo: passear pelas dunas é uma mistura de medo, adrenalina, sustos, êxtase, gargalhadas, expectativas, suspense e frio na barriga! Montanha-russa pura! Bom, é isso. Mari passou o dia me levando na parte de trás do *seu Buggy*.

— Daqui a pouco o sol some — começo, tomando a última colherada do meu sorvete, enquanto caminhamos pela orla do aterro da Praia de Iracema.

— Sim, o dia está chegando ao fim, e eu sei o lugar perfeito para apreciarmos o pôr do sol — afirma ela, com um brilho nostálgico nos olhos e também sei exatamente onde será o destino final desse passeio: nosso lugar.

Seguimos caminhando em direção à Ponte dos Ingleses, um silêncio reflexivo pairando sobre nós. Estamos de mãos dadas, juntas lado a lado e, ainda assim, sozinhas em nós mesmas.

Meu coração bate cada vez mais forte e ansioso. E medroso. Quanto mais o fim do dia se aproxima, mais incerto parece nosso destino.

Estou tentando não pilhar com coisas que ainda nem aconteceram, mas a sensação de que o dia de hoje é uma despedida não parou de crescer dentro de mim, desde a resistência da Mari em ficarmos em casa.

Tudo sobre Nós   173

Ela passou o dia inteiro querendo me mostrar tudo de que gostava, fazendo coisas que jamais imaginei vê-la fazendo; brincar feito criança na areia da praia, me beijar em público, me levar para um restaurante incrível, flertar comigo na frente de geral... Tudo tão corrido, como se ela quisesse degustar todas as sensações de uma vida em um único dia, como se soubesse que não teria outros dias para fazê-lo.

Nossos passos começam a ficar mais curtos; uso a sensação dos dedos entrelaçados para me certificar de que tudo o que aconteceu entre nós, desde a noite passada até agora, não foi um sonho. E, ainda assim, estou com pavor de que entre um piscar e outro de minhas pálpebras, tudo caia por terra, como o despertar de um sonho vívido, porém um sonho.

Avistamos a ponte quando as cores do céu começam a aquarelar com os tons de laranja, azul e vermelho. Minha respiração começa a ficar instável, sinto um calafrio gelar minha barriga, fazendo meu corpo estremecer, mas decido culpar o vento, que fica mais frio a cada minuto que passa.

A iluminação da ponte é baixa, alguns refletores são posicionados em postes de madeira ao longo, e há algumas poucas lâmpadas pelo corrimão, em toda a sua extensão.

— Ei — Mari chama, dando um leve puxão na minha mão, parando-nos na entrada da ponte. — Vai ficar tudo bem. A gente sempre dá um jeito de ficar bem — afirma ela, e imediatamente meus olhos embaçam.

Vai ficar tudo bem. Ela não disse ESTÁ tudo bem, ela disse VAI ficar tudo bem. Ah, meu Deus...

— Eu sabia...

Minha barriga começa a vibrar e contrair, meus ombros sacodem, subindo e descendo, com espasmos causados pelo choro que fui incapaz de segurar até ouvir o que quer que ela precise me dizer.

— Vih... — Mari me abraça. Seus braços me envolvem, tentam me embalar como quem tenta confortar uma criança que não ganhou presente no Natal e ainda não sabe que o Papai Noel não existe, que não foi esquecida por ele. Afinal, *eu não fui uma boa menina?*

Sinto o calor do corpo dela me protegendo da brisa fria. Curvo-me um pouco e deito minha cabeça em seu peito, molhando-a com minhas lágrimas, que não param de cair, ouvindo o desespero e o pesar com que o coração dela bate nesse exato momento.

O corpo dela também sacode junto ao meu, seus ombros também tremem, suas lágrimas caem sobre minha cabeça, suas mãos sobem e descem ao longo de minhas costas, em meus cabelos, e nada é dito por longos minutos, que não faço ideia de quantos.

Ficamos ali, no caminho que nos leva ao nosso cantinho no mundo. Ao lugar onde trocamos juras de amor eterno e sequer tínhamos consciência disso. Onde juramos que nunca deixaríamos de ser quem somos uma para a outra, não importando o que houvesse. E agora, voltamos aqui mais uma vez, para que ela possa partir meu coração e me assegurar que tudo ficará bem.

Bom, parece que nosso dia foi mesmo como um passeio de Buggy, sim, daqueles em que se conhece três praias em um único dia: corrido, com emoção, proveitoso, de tirar o fôlego. Porém, com aquela estranha sensação de que seria preciso muito, muito mais... tempo.

Mari

> **Vicky** (Disponível)
> vih_leal@hotmail.com
>
> Alguns medos podem até ter justificativa, mas jamais poderão ser usados como desculpa para a covardia.
>
> **Mari** (Disponível)
> mar_e_ana@hotmail.com
>
> Às vezes, a vida nos faz seguir caminhos que nos levam longe demais pra tentar voltar atrás, mesmo que a gente queira muito.

Assistir a Vicky desmoronando aqui, bem na minha frente, me destrói de uma maneira imensurável, e o que me deixa ainda pior é saber que sequer acionei a primeira bomba para essa implosão.

Vicky e eu ficamos, agarradas uma na outra, como se, de algum modo, algo mágico tivesse acontecido e nos congelado naquela posição para sempre.

Meu celular volta a vibrar incansavelmente dentro do bolso, e, assim como foi durante todo o dia, continuo ignorando quem quer que ligue. Não cheguei o aparelho nem por um único segundo desde a ligação de mais cedo, quando ela foi ao banheiro.

Eu gostaria de ficar abraçada a ela por mais alguns instantes, queria poder adiar o inadiável pelo máximo de tempo que consigo, porém o trepidar do aparelho é um lembrete de que não há mais tempo.

Eu tento me afastar, mas há relutância, e fica tão difícil! *Caralho dos infernos!*

Vicky não quer me soltar. Ela não quer ouvir o que eu tenho a dizer; e eu não quero contar, tampouco largá-la. No entanto, sabemos que precisamos. Então... nos desprendemos.

Algumas pessoas nos olham com curiosidade, outras confusas, talvez se perguntando o porquê de duas mulheres, antes abraçadas, se encararem com olhos vermelhos e inchados, na entrada de um dos pontos turísticos mais visitados e lindos de Fortaleza, arriscando perder o melhor pôr do sol da cidade.

Respiro fundo, sem perder os olhos dela. Entrelaço nossos dedos, beijo sua testa e, sem dizer uma única palavra, puxo-a para seguirmos até o lugar que é só nosso, mesmo que esteja condenado a cair a qualquer momento.

Nosso lugar mais seguro, no mundo inteiro, é uma estrutura de concreto arruinada e condenada. Quanta ironia!

Assim que chegamos ao fim da ponte, ajudo Vicky a passar para o outro lado, logo depois seguindo-a.

O sol já não brilha com tanta intensidade e se aproxima da linha do horizonte de forma voraz, como se tivesse pressa para sair dali. Acho que até ele se envergonha das minhas covardias.

Ainda em silêncio, sentamos. Vicky não se aconchega em mim como sempre fazíamos, ao contrário, acomoda-se de frente para mim, que estou com as costas apoiadas no corrimão, e me encara com olhos desafiadores. *"Acaba logo com isso de uma vez"* é o que eles dizem.

Okay.

— Então, eu não sei como dizer o que preciso, nem por onde começar... — falo com a voz embargada, usando cada gota do meu esforço para não voltar a chorar, e ela continua em silêncio, me encarando com olhos tristes, exaustos, talvez até arrependidos de terem ousado me desafiar a falar. — Vih — tento mais uma vez —, eu não poderia começar essa conversa sem tentar garantir que você saiba que eu te amo. Eu sempre amei e quis você, exatamente da maneira que tive nas últimas vinte horas — meu corpo estremece com o esforço de manter o controle das emoções, e eu respiro fundo mais uma vez, negando-me o direito de desmoronar antes que eu diga tudo que preciso. Abro a boca para contar o motivo de não podermos estar juntas, mas não tenho a chance pois ela me interrompe.

— Certo, você me ama, eu sei. Mas você não quer ficar comigo, não é? — diz impaciente, como se quisesse se antecipar, arrancando ela mesma os pontos de um corte, antes que ele estivesse sequer cicatrizado. — Você e eu, essas vinte horas... foram nossas primeiras e últimas sendo quem deveríamos ter sido desde sempre, não é? — Os olhos dela se enchem d'água, e assisto ao esforço para não piscar e liberar as lágrimas. Porém, vejo seu esforço ruir e seu rosto se transformar em uma careta de dor e incompreensão. Isso só me quebra mais um pouquinho.

— A questão não é querer, Vih! Nossas vidas acabaram seguindo caminhos tão... sei lá... heterogêneos... uma longe da outra... Eu fui embora, você se casou. Você se apegou à sua busca por um lar perfeito, e eu acabei me apegando ao mundo, à minha carreira, à minha liberdade, sabe? Isso foi tudo o que me restou depois que eu fui embora, tudo a que pude me apegar, já que não poderia me apegar a você. Eu não sabia que tudo isso iria acontecer. Tenho uma vida, e objetivos, e coisas para alcançar, coisas que preciso alcançar, por mim e para mim, entende?

— Não, Mari. Eu não entendo! — responde ela. Seu tom de voz traz tanta raiva que chega a parecer indiferente, até cruel, talvez. Ela não grita, porém sinto sua voz *sonando* dentro de mim. É a primeira vez que a vejo olhar assim para mim, como se não soubesse quem eu sou; como se tivéssemos nos perdido uma da outra, como se a nossa conexão houvesse se rompido.

Não... isso não... isso não... Por favor, Vih... isso não.

Paro. Respiro fundo mais uma vez. Passo as mãos pelo meu rosto e cabelos. Sinto meu corpo formigar com uma inquietude incomum e angustiante. Estou apavorada.

— Não me olha assim, Vih... Não faz isso...

— Quer saber o que eu sei, Mariana? — pergunta, e ouvir meu nome nos lábios dela, dessa maneira, é o mesmo que levar um tapa na cara.

— O que eu sei é que você está fazendo o que faz de melhor: fugir. Você sempre foge pras colinas, Mariana! Você passou a vida inteira se escondendo de você mesma e do mundo, vestida nessa carcaça de mulher durona e destemida, mas quando as coisas apertam, você corre. Deveria ser maratonista e não fotógrafa, sabia? — fala em tom debochado. — "Faço o que eu quero da minha vida", "não vivo pra agradar ninguém, foda-se", "ninguém me diz o que fazer"... Não é esse o seu discursinho desde que você tinha 15 anos, Mariana? Hein? Responde!!! — finalmente grita. Uma cachoeira de lágrimas, molhando e desmanchando o rosto perfeito da mulher que eu amo, e eu me condeno mortalmente por ser a causa disso.

— Baby...

— Não me chame assim! — exclama em tom firme, recuperando-se do pranto.

— Me deixa explicar, caralho! — imploro. — Você fica me olhando assim, me julgando, e está partindo meu coração de tantas maneiras...

todas tão agonizantes que não está me permitindo dizer a coisa certa, para que você possa me entender!

— Não existe a coisa certa a ser dita, Mariana. Nada que justifique suas desculpas para não vivermos isso...

Vicky me puxa com força para seus braços e me beija. Um beijo rápido, voraz, duro. O sabor viciante dos seus lábios sequer fica por tempo suficiente antes que eu sinta a dor da partida deles, quando ela rompe o ato e continua:

— Não há nada que eu não faria pra mantermos isso, Mari. Não existe, em absoluto, nenhum obstáculo, neste ou em qualquer outro mundo, que a gente não possa superar, se *de verdade* quisermos isso! Então, não, Mari. Você não precisa pensar na coisa certa a dizer.

Vicky me encara e todo o corpo dela é uma súplica.

Ter a certeza de que ela estaria disposta ao que quer que fosse para ficarmos juntas é a coisa mais incrível e fodidamente dolorosa nesse momento, e eu sei que isso vai me assombrar pelo resto da minha vida. No entanto, também por essa certeza é que reafirmo minha conclusão sobre nós.

Isso vai doer pra caralho, mas é o melhor para ela e... para mim, também.

— Me perdoa, Vih. Eu sinto muito — peço, me torturando com o choro que não liberto. — Mas às vezes seguimos por caminhos que nos levam longe demais para voltarmos atrás, mesmo que a gente queira muito. Estou pagando por minhas omissões e covardias do passado e sinto muito mesmo que você tenha sido atingida pela explosão das merdas que eu fiz com a minha própria vida — explico com pesar, pedindo aos céus que ela me perdoe, mesmo desejando que ela me odeie, porque sei que será mais fácil passar por isso com ódio no coração ao invés de amor.

Vicky me encara como se soubesse tudo sobre mim. Ela me olha como se me lesse e não gostasse nem um pouco do que compreendia do texto. Resignada, joga a toalha.

— Mari, eu posso entender que você tenha tido medo quando éramos adolescentes. Eu também tive, tudo bem. Quem não teria? Mas agora, depois de tudo, ver você nos jogar fora por causa de "medo", não dá pra entender — diz, o tom é de pura decepção. — Olha, Mari, alguns medos podem até ter justificativas, mas jamais poderão ser usados como desculpas para a covardia. Eu estou indo embora sabendo que você me ama e que seu coração está tão quebrado quanto o meu, mas eu não vou te abraçar e dizer que está tudo bem. Porque não está. Você jogar nosso amor no lixo por medo não está nada certo. Então, se um dia achar que me ama o suficiente para enfrentar esse medo estúpido, você me procura. Vou estar no mesmo lugar com o pedaço de você que você perdeu em mim. E não se preocupe, eu consigo sobreviver sem a minha parte que se perdeu em você.

Não espera uma réplica. Ela me conhece o suficiente para saber que não darei nenhuma. Ela simplesmente se levanta, passa por mim sem fazer contato visual, sobe por sobre o corrimão da ponte sem precisar da minha ajuda, e segue caminhando, sem olhar em minha direção uma única vez.

Eu quero ir atrás dela. Quero pedir para que espere... Que *me* espere pelos próximos anos. Quero dizer que eu não tenho medo de porra nenhuma, quero explicar... Mas não vou. Porque eu amo demais essa mulher para vê-la desperdiçar tanto tempo de sua vida esperando por mim.

Sei que Vicky não se importaria de esperar, sei que ela passaria pela dor da saudade com um sorriso estampado sempre que lembrasse de nós, mas também sei o quanto seria sofrido me querer por perto e eu estar inalcançável. Essa certeza, a de que ela me ama tanto e a qualquer custo, foi o que me fez deixá-la partir.

Vicky precisa viver. Precisa aproveitar sua jovialidade, sua vitalidade... E não estar presa em um relacionamento com alguém que vai estar a milhares de quilômetros pelos próximos sei lá quantos anos, e a verdade é que eu também preciso.

Meu amor não aprisiona, Vih. Jamais irei permitir que meu amor aprisione alguém e nem posso me permitir aprisionar.

14 de março de 2005

Ainda deitada na minha cama, olho para as malas prontas ao lado da porta e sinto o peso do dia de hoje. Hoje é o dia do casamento dela. Hoje parto para São Paulo, com a certeza de que não volto mais.

Gostaria de dizer que me sinto feliz por ela, mas além da péssima escolha dela para marido — vai ter dedo podre pra homem na puta que pariu —, afinal ele é um maldito escroto filho da puta, sei que, depois de hoje, nos perderemos de uma forma que será impossível reencontrarmos o caminho de volta uma para a outra. Então, neste momento, tudo dentro de mim é uma caralhada misturada em dor, pesar e ódio.

Não quero levantar da cama. Quero deixar-me ser embebida pelos lençóis, desintegrar-me aqui mesmo para evitar assistir a essa palhaçada, logo mais, à tarde. Puta que pariu. Puta que pariu. Puta que pariuuu... Merda! Porra! Caralho! Eu jamais faria isso com ela. Não posso deixar de estar ao lado dela, de dar meu apoio.

Mesmo que eu saiba que estará indo em direção ao precipício, vou segurar sua mão e ficar lá para ajudar a juntar os caquinhos, se for preciso.

Meu Deus, como eu quero estar errada sobre esse puto! Eu posso estar errada sobre ele, não posso? Caralho, não... Eu sinto que não estou! Para que dar um passo tão definitivo assim, tão cedo?

— Argh!!! — esbravejo com ela, mesmo que ela não esteja aqui para me ouvir. Grito comigo mesma por estar tão preocupada, já que ela está claramente saltitando feliz para despencar desfiladeiro abaixo.

A irritação me envolve como um cobertor em chamas, e sinto minha pele queimar. Eu preciso, mas não vou conseguir dar as caras no jantar.

— Filha? — ouço a voz da minha mãe atrás da porta do meu quarto e solto uma respiração esbaforida. Permito-me alguns instantes antes de responder, tentando acalmar a raiva que lambe meu corpo inteiro.

Coloco as mãos sobre o rosto, mantendo meus olhos apertados. Eu não quero arrumar briga. Minha relação com a minha mãe tem sido difícil desde que tomei o controle da maior parte de minhas decisões, porém, ela não tem culpa do meu péssimo humor.

— Oi, mãe! Sei que já tá tarde, desço daqui a pouco pra tomar café! — respondo tentando adivinhar o motivo de ela estar me chamando, já que são quase 10h e ainda estou na cama.

— Não, filha... É que tem uma amiga sua lá embaixo... Digo que ainda está dormindo? — pergunta em tom de sugestão e sinto meu estômago congelar como se eu tivesse acabado de beber nitrogênio. Só tenho uma amiga que sabe meu endereço.

— Não, mãe! Diz pra ela esperar um pouquinho — peço, levantando da cama de súbito. — Desço em dois minutinhos — aviso, penteando com os dedos meus cabelos assanhados pela noite de insônia, tentando ficar minimamente apresentável.

Assim que desço as escadas, vejo Vicky ainda de pé, próxima à porta. Minha mãe está a alguns metros dela e noto um clima tenso.

— Ei, garota! Você não deveria estar se preparando para o grande dia? Veio fazer o que aqui? — pergunto, com ênfase em duas palavras e espremendo um sorriso.

— Precisava falar com você, Mari. Podemos conversar, por favor? — pede ela. Seus olhos estão aflitos, apavorados. Será que ela percebeu a merda que ia fazer e desistiu?

— Claro! Vem, vamos conversar no meu quarto — chamo, forjando um tom de voz confortável, no entanto minha voz grita desesperada em minha cabeça.

— Deixa a porta aberta, Mariana — ordena minha mãe e eu reviro os olhos.

— Não começa, mãe! — aviso. — Vem, Vih. Vamos subir — convido-a.

Apesar de eu viver na casa dela, e de conhecer cada centímetro do quarto da Vicky, essa é só a segunda vez que a minha melhor amiga entra no meu quarto.

Assim que fecho a porta, ela segura minhas mãos, puxando meus braços ao redor de si mesma, colando sua bochecha na curva do meu ombro e, segundos depois, sinto suas lágrimas molhando minha pele.

— Ei... — começo, mantendo-a protegida dentro dos meus braços, com os lábios pressionados na lateral de sua cabeça. — O que houve?

Por alguns minutos, não diz nada, eu então deixo o silêncio externo reinar, enquanto uma guerra de questionamentos destrói o resto de sanidade que achei que conseguiria manter até estar finalmente naquele avião, fugindo de vez de tudo que ela me faz sentir e das dúvidas que causa a tudo aquilo em que acredito, tudo o que sei.

Vicky me faz querer ser o suficiente para ela. Ela me faz questionar se duas pessoas do mesmo sexo podem se amar e, ainda assim, não serem gays. Eu não posso ser lésbica... Não desejo garotas. Para ser sincera, nem garotos... Entretanto... Duas melhores amigas podem formar uma família? A Ana Victoria Leal Figueiredo conseguiria ser feliz com uma família tão... diferente? É pecado estar apaixonada por ela? Estou mesmo apaixonada, ou apenas temo perder a única pessoa, tirando meu pai, capaz de me entender sem que eu precise falar, a única que não tive forças para deixar do lado de fora, a única que permiti fazer do meu coração seu lar?

— Mari... — diz, finalmente se afastando de mim, mas procurando meus olhos, interrompendo o embate em minha mente. — Eu sei que estou fazendo a coisa certa, não estou? — questiona.

— Você não ama o cara, Vih? Não é ele quem você quer dividindo sua vida para sempre? Não é com ele que você quer ter filhos e construir sua família de comercial da Coca-Cola? Você sabe o que penso sobre ele, mas é você quem vai casar com ele, e não eu.

— Estou com medo de te perder! Eu não quero te perder, eu estou morrendo por saber que você não vai estar aqui, comigo. Você vai estar tão longe... E se isso não for o certo? E se eu estiver indo para o lado errado do meu caminho?

Ela não quer me perder, mas será que ela não quer me perder da mesma forma que eu?, questiono-me mentalmente. Como amiga. Ela não quer perder minha amizade. É isso, não é? Ela ama ele... ou não ama?

— Você ama ele, Vicky? Se a resposta é sim, se quer mesmo fazer isso, se acredita que ele é o melhor pra você, então vou estar lá ao seu lado, brindando por sua felicidade; embora eu não confie nele. Você tem certeza absoluta de que é isso o que quer? — pergunto com firmeza.

— Eu não sei... — sussurra ela. — Mas você está indo embora! Não vai estar mais comigo, Mari! — acusa-me, apontando para minhas malas prontas.

— É por isso que você vai casar? Vai casar porque eu estou indo embora?

— Eu não sei... — sussurra mais uma vez.

— Você não sabe... Você não sabe se ama, não sabe se quer mesmo casar com ele, não sabe por que quer casar com ele! Garota, o que você sabe, afinal? Sobre a sua vida, sobre o que quer pra si mesma... Quer que eu escolha por você? Veio em busca de uma confirmação?! — esbravejo.

De repente, sinto-me indignada por ela estar jogando essa responsabilidade para cima de mim. Não posso carregar esse peso. Essa decisão é dela, por mais que eu acredite saber o que é melhor para ela, quem vai ficar e ter de encarar as consequências das escolhas será apenas ela. E numa coisa ela tem razão, eu não estarei mais aqui.

— Eu sei que amo você! Eu sei que quero você na minha vida até o último dia em que estivermos vivas! Eu só sei — diz em prantos — que meu peito está em carne viva e queima quando penso que não vou poder te ver pelos próximos sei lá quantos anos, e que a ideia de nunca mais te ver é a pior sensação do mundo, Mari! Eu só... só quero que me diga que vai ficar tudo bem. Só quero que me garanta que... — Vicky para de falar e agora só chora. Abraço-a novamente, mantendo-a em meus braços.

Caralho, se ela soubesse como isso acaba comigo. Se ela soubesse o quanto ouvir isso fode com meu coração, minha sanidade. Ela me faz questionar tantas coisas; nem sei mais se sei o que é o certo para mim, apenas quero descobrir o certo para ela.

— Vih, eu amo você. Eu vou amar você até o fim, e pode ter certeza de que só saio da sua vida no dia em que você não me quiser mais nela. É esse amor que me impede de ditar suas escolhas, entende? Você está crescendo, Vih, e eu te amo o suficiente pra te deixar fazer suas próprias escolhas e levar seus próprios tombos.

— Acha que estou prestes a levar um tombo, Mari? Acha que vou me arrepender? Será que é melhor desistir? — pergunta apavorada.

— Eu não sei, Vih — respondo honestamente. Porque não sei até onde minha percepção a respeito dele está misturada com meu ciúme, com minha certeza de que ele vai tirá-la de mim.

Gostaria de pedir para que ela não se case. Larga ele e vem embora comigo, eu pediria se tivesse coragem. Diria que podemos dar um jeito. Somos as melhores amigas da vida e sei que ela adoraria ser minha companheira de lar, mas sei também que não tenho o que ela procura e jamais poderei dar o que ela quer. Então, falo o que ela precisa ouvir com um sorriso encorajador e o coração sangrando.

— Mas... e se...

— Ei, vai ficar tudo bem! É normal ficar com medo. E, olha só, caso você leve um tombo logo mais na frente, não se preocupe, vou estar bem ao teu lado e te ajudo a levantar. Estou contigo, garota. Vai lá buscar seu felizes para sempre com aquele babaca — brinco, apesar de falar sério. Eu odeio ele. Com todas as minhas forças e do fundo do coração.

— Eu te amo, Mari — Vicky se declara, olhando nos meus olhos de forma penetrante, com um brilho diferente, que nunca vi antes, e tento não me apegar à sensação que esse brilho me causa, pois, estranhamente, sinto esse eu te amo da forma que não deveria e, sim, eu realmente sinto o tamanho e a força desse amor ao pensar nisso.

— Eu sei, sou foda — afirmo com um sorriso, mas o peito rasgando, no entanto, tentando soar com descontração, como se tudo estivesse como sempre esteve. Como se ela não tivesse despedaçando minha alma com as próprias mãos. — Ah, já ia me esquecendo. Eu também te amo.

Vicky

Vicky (Disponível)
vih_leal@hotmail.com

Um dia, quando o amor for maior do que o medo, daí, então, quem sabe... Teremos nossa chance.

Mari (Disponível)
mar_e_ana@hotmail.com

Às vezes, abrir mão é uma prova de amor e continuar junto é puro egoísmo.

Sinto meu peito se partindo e sendo dilacerado em várias direções, a cada passo que dou, aumentando ainda mais a distância entre nós, percebendo que as coisas não saíram como eu esperava.

Não ouvi a voz da Mari chamando meu nome às minhas costas. Não senti suas mãos agarrarem meus pulsos impedindo-me de ir embora. Não houve passos apressados correndo atrás de mim, apenas risos e conversas de desconhecidos deslumbrados com o céu estrelado e a lua cheia.

A noite está deslumbrante, mas tudo que eu quero é fugir dela e das estrelas que me afrontam com tamanha beleza. O correto seria estar caindo uma tempestade tenebrosa em solidariedade ao meu coração partido.

Acho que eu morri. Morri, fui para o céu, desfrutei do paraíso por menos de vinte e quatro horas, e, então, descobriu-se que eu estava lá por engano, e me jogaram direto no inferno.

O caminho de volta para casa nunca foi tão longo. Senti meus pés pesados feito chumbo a cada passo que me levava para longe do meu amor. Eu quis voltar. Quis correr ao encontro dela, agarrar seus ombros e sacudi-la, gritar, esbravejar, quebrar tudo! Já que ela não o fez, já que aceitou tão facilmente que eu estava indo embora...

Será que ela entendeu o significado da minha partida?, penso recostada na porta do meu estúdio, encarando minha cama, e meu peito aperta um pouco mais ao ver meus lençóis ainda revirados. *Será?*

Não acredito que ela está desistindo da gente por medo. Desistindo, não! É pior do que isso! Bem pior! Ela sequer tentou! Será que nunca estive certa sobre o quanto conheço da Mari? Será que ela me ama mesmo, de verdade? Será que eu estava certa quando a acusei de estar fugindo? Ou será que ela se confundiu toda e percebeu que estaria cometendo um erro, depois de um dia inteiro juntas?

Por que me dar tanto? Por que me dar tudo aquilo para arrancar de mim antes mesmo que eu pudesse... Isso não faz sentido! E eu sequer a deixei se explicar... Não! Não haveria explicação aceitável... ou haveria? Ai, Deus... Fiz certo em não ouvi-la?

Jogo-me na cama e deito em concha, puxando o lençol que dividimos ontem, onde sua presença permanece até agora.

Mari continua sendo tudo o que ocupa minha cabeça, sempre ela a estar aqui. Sempre comigo. Estico meu braço direito e encaro os traços da tatuagem feita há quase oito anos. *Ela prometeu*, penso. Prometemos uma à outra. Fizemos um pacto e marcamos na nossa pele, uma forma de continuarmos juntas, embora a quilômetros de distância; uma maneira de nos assegurar que jamais deixaríamos nossas escolhas interferirem no que éramos uma para a outra. Éramos, não! Somos. Somos?

Meu Deus, dói tanto! Por que dói tanto assim?

Sinto lágrimas encharcarem o lençol e minha barriga se contrair com soluços em um choro mudo e solitário. Nunca me senti tão sozinha, nunca a vida pareceu tão sem sentido, nem mesmo quando Mari se foi, quando a vi com aquele cara, ou quando ela me mandou para fora da vida dela. Mesmo que não tenha dito isso com todas as palavras, ela sabe que foi isso o que fez quando desistiu de nós. E tudo isso não faz o menor sentido, no entanto, essa sensação de que Mari não está mais comigo é a que menos faz. Ela está a menos de meia hora de distância de mim, e nunca a senti tão distante.

Olho mais uma vez para o meu antebraço e sinto a dor dos traços que formam o seu desenho. As letras (dela) queimam. É como se eu estivesse naquele estúdio de tatuagem novamente, sentada naquela cadeira. Porém a dor é insuportavelmente mais intensa.

— Vicky! — Ouço a voz da Fabrícia e, logo depois, três batidas. — Abre a porta! — pede ela em tom metade autoritário, metade desesperado.

Merda! Eu não quero ver ninguém, resmungo para mim mesma, virando de um lado para o outro na cama em total angústia.

— Eu sei que você tá aí, coisinha! Abre! Mari falou comigo... Me deixa entrar!

Em uma fração de segundo, salto da cama e corro cinco passos até chegar à porta.

— O que ela te disse? Por que ela falou com você? Desde quando ela tem seu número? — pergunto apressada, logo que abro a porta.

— Ah, vaca desgraçada filha da puta! Eu vou matar, certeza. Eu vou matar! — exaspera-se minha amiga em um tom de raiva, mas com olhos tristes assim que me observa por alguns segundos. — O que aquela cachorra fez? — Fabrícia quer saber, puxando-me para um abraço, e, por mais que eu queira defender a Mari, mesmo que ela esteja merecendo minha ira bem mais do que minha defesa, tudo que consigo fazer é chorar, ainda mais quando me envolvo em braços acolhedores e apoio minha bochecha em seu ombro.

14 de março de 2005

— *Eu te amo, Mari* — *digo encarando seus olhos, com uma sensação particularmente peculiar, diferente de todas as outras vezes em que disse isso a ela. Eu não sei o que é. Não sei de fato o que vim fazer aqui, não sei o que esperava ouvir da Mari, mas quase poderia jurar que eu seria capaz de desistir dessa vida que acredito querer se ela me pedisse para ir embora com ela, e eu não faço ideia do que isso queira dizer.*

— *Eu sei, sou foda* — *Mari fala no seu tom despojado, aquele que gosta de usar comigo para esconder quando está sofrendo. Ela acha que me engana.* — *Eu também te amo* — *conclui com um sorriso, respirando fundo, me encarando com olhos sinceros, e sei que me ama pra valer. Acredito no nosso amor. Acredito que ninguém jamais a amará como eu, assim como ninguém nunca me amará como ela, porque somos aquela pessoa da vida uma da outra, com a diferença de que somos amigas e não "amantes".*

Eu não sei se acredito em vidas passadas, almas gêmeas e toda essa coisa, entretanto, se existir, com toda a certeza é isso o que somos: almas gêmeas. E essa não deve ser a primeira vida em que nos encontramos. Eu só espero que, em alguma dessas muitas vidas vividas, nossas almas tenham encarnado no "corpo certo", e que a gente tenha podido viver nosso amor da maneira que deveríamos. Se isso for mesmo possível, eu daria qualquer coisa para poder lembrar de como foi.

— Tá tudo bem, Vih? — Mari pergunta me olhando com olhos preocupados, e só agora percebo que eu estava divagando, provavelmente com cara de abestada.

— Você acredita em vidas passadas, Mari? Nessa coisa de alma gêmea e tal? — questiono.

— O quê? — diz com um sorriso confuso.

— Acredita? — insisto.

— Ah, sei lá. Acho que não. Sou católica desde o ventre da minha mãe e isso é uma doutrina espírita.

— Entendo — assinto ainda mergulhada nos devaneios loucos da minha cabeça.

— Vicky, está tudo bem? — pergunta, seu tom ainda mais preocupado do que alguns segundos atrás.

— Mari, você me ama, não é? — Preciso saber. Ela assente, mesmo sem entender o que é essa conversa e como chegamos até aqui. — Você prometeu me amar ao infinito e além, não foi?

— Vih, você usou droga? — pergunta completamente perdida.

— Responde, por favor — peço.

— Sim, Vih. Prometi e não foi promessa vazia. É como me sinto — assegura-me ela, mesmo claramente confusa sobre o que pretendo com esse questionamento.

— Ao infinito e além inclui as próximas vidas, se houver?

— Bom, eu não entendo muito como isso funciona, Vih. Não entendo sobre espiritismo, mas acho que quando reencarnamos em uma nova vida, se é que isso é possível, voltamos sem nos lembrar de nada da vida passada, não teria como eu me lembrar de você, em teoria.

— Entendi — concordo ainda meio aérea. Será que estou tento alguma espécie de colapso nervoso pré-casamento? Por que eu me sinto tão esquisita?

— Vicky, você precisa ir pra casa. Precisa se organizar para o evento de logo mais, mas estou ficando mesmo preocupada com você, garota. Tem certeza de que não fumou maconha, tipo, pra relaxar, e aí…

— Vamos fazer uma tatuagem! — digo de súbito, cortando seu raciocínio.

— O quê? Agora? — Mari pergunta confusa e logo depois está gargalhando. — Ah, garota… Você fumou um baseado! Eu não acredito! Você nem gostou quando experimentamos aquele dia! Até me julgou por eu ter curtido!

— O quê? Não, Mari, tá louca? Eu não fumo maconha! Só quero fazer uma tatuagem com você, oxe! Por que precisaria estar drogada para querer isso?

— Porque hoje é o dia do seu casamento! Você não deveria estar indo ao salão de beleza, ao invés de um estúdio de tatuagem? — pergunta com uma expressão divertida. — Mas, okay. E afinal, o que faríamos? Tem algo em mente?

— Uma promessa. Vamos tatuar nossa promessa. Quero sentir que seu amor está comigo, mesmo quando seu coração estiver milhares de quilômetros longe do meu.

— Não precisamos de uma tatuagem pra isso, você sabe, Vih.

— Preciso de algo comigo o tempo todo, preciso ter algo para olhar, em qualquer lugar, quando houver dias ruins, e que você não poderá estar aqui. Sempre há dias ruins, Mari, mesmo que sejamos felizes, e quero você comigo em todos eles — explico, já sentindo a dor da partida dela. — Além do mais, quem sabe essa tatuagem seja nosso sinal de nascença na próxima vida, quem sabe consigamos nos reconhecer? — brinco, sorrindo pela primeira vez desde que cheguei.

— Você vai se atrasar pro seu "cagamento" — afirma Mari, pegando uma peça qualquer em seu guarda-roupa, preparando-se para sair. Ela vai. Sorrio. — Você é louca, garota! — conclui com um sorriso tão lindo que chega a doer. Adoro essa sensação que ela me dá. Essa certeza de que ela toparia qualquer coisa comigo e/ou por mim. Mari adora uma aventura, e, por um momento, gostaria que todas as suas melhores fossem vividas comigo ao seu lado, mas minha busca por fincar raízes vai contra tudo isso.

— As noivas sempre se atrasam, não? — digo sentindo-me estranhamente em paz, em comparação a como acordei hoje cedo. — Até sei o desenho que vamos tatuar.

— Me conta! — pede ela, já de roupa trocada, arrumando o cabelo num rabo de cavalo alto.

— Segredo. Lá você descobre — informo em tom de mistério.

— Mas que droga, hein? Além de você decidir que vou fazer uma tattoo antes dos 18 e escolher a arte, ainda vai fazer mistério, é?

— Eita! Esqueci que você só faz 18 em outubro. E agora? — pergunto frustrada.

— Isso não é problema. Estou indo embora hoje. Mas se sou adulta para ir morar sozinha, sou para fazer tatuagem também. E eu conheço uma pessoa que tem um estúdio na galeria Pedro Jorge, não esquenta — afirma cheia de si, dando-me uma piscadinha. Ela é linda pra caraca!

— Então, cuida! — chamo, puxando-a pela mão para fora do quarto. — Só não diga que a ideia foi minha. Sua mãe vai me matar — peço gargalhando.

— Ela vai mesmo — Mari concorda e ri também.

Já em casa, sentada à mesa do jantar, cercada de familiares e amigos, ao lado do meu marido, encaro os olhos da Mari do outro lado da mesa, de frente para mim. Ela não desviou seu olhar para o Marcelo nenhuma vez. Sua atenção é toda e completamente para mim. É como se não houvesse mais ninguém aqui que não eu.

Meu marido entrelaça nossos dedos, e é inevitável não sentir a estranheza de sua pele contra a minha. Estar de mãos dadas com o Marcelo parece certo, mas sinto como se fosse terrivelmente errado.

Observo os olhos da Mari caírem para nossas mãos e seu olhar assume uma expressão de dor que me parte ao meio, quase que literalmente, porque dói como se assim fosse. Olho para o meu antebraço direito e depois para ela, indicando minha promessa, e Mari assente, passando os dedos por sobre o desenho recém-tatuado, ainda com traços inchados e doloridos.

De agora e para sempre   Ao infinito e além

Sim, nosso amor viverá, de agora e para sempre, ao infinito e além, penso, e sei que nada fará com que nos percamos uma da outra, nem mesmo em nossas próximas vidas.

Mari

Vicky (Disponível)
vih_leal@hotmail.com

Promessas quebradas, corações partidos.

Mari (Disponível)
mar_e_ana@hotmail.com

Sempre estaremos lado a lado, mesmo que em caminhos opostos. Isso não muda.

Voltar para casa nunca demorou tanto e, ao mesmo tempo, nunca foi tão rápido. Eu gostaria de ter um pouco mais de tempo antes de chegar até aqui. Eu sempre quero ter um pouco mais de tempo, estou sempre querendo fugir um pouco mais, mas, dessa vez, acho que queria ter mais tempo apenas para chorar tudo o que preciso; embora acredite que os ponteiros do meu relógio poderiam girar centenas de milhares de vezes e não seria tempo suficiente para chorar toda a dor que sinto. Não sou do tipo que use o choro como forma de aliviar o que quer que seja. O problema é que tudo sobre ela me atinge de forma singular e avessa a tudo que sou. Não sou do tipo que chora, odeio demonstrar vulnerabilidade, mas, por ela, eu quero. Por ela, eu preciso!

Meu rosto ainda está molhado quando chego ao portão de casa. Penso em secá-lo, tentar fazer de conta que tudo está sob controle, que estou bem, mas não o faço. E, assim mesmo, com a destruição que sinto e aparento, vou de encontro ao vulcão, já em ebulição com toda a certeza, a quem chamo de mãe.

Assim que entro na sala, sou recebida por toda a comitiva: Mãe, Pai e Raul. Puta que pariu. *Não sei se tenho paciência para lidar com ele agora.*

— Mariana, você enlouqueceu?! Onde raios você se meteu, menina? Você não tem a menor consideração por ninguém, não é? Você tem ao menos noção do quanto me deixou preocupada? Dormiu fora, praticamente desligou na minha cara mais cedo! Acaso não sabe que é seu futuro que está em jogo?! Você...

Minha mãe continua esbravejando, gritando. Vejo as veias de seu pescoço saltarem com o esforço em se fazer ouvida e sua boca abrir e fechar em uma careta de autoridade e ira. Permaneço em silêncio, ainda sentindo os últimos pedaços do meu coração se esfarelando com a imagem vívida da expressão de dor que causei ao amor da minha vida. Eu sou uma filha da puta!

Sinto-me morta. Olho para o Raul com indiferença, mas assim que meus olhos se deparam com os olhos atentos e preocupados do meu pai, despenco.

Meu corpo começa a sacudir, minhas pernas fraquejam, e não consigo mais ficar de pé. Caio batendo os joelhos no chão, curvando as pernas e sentando-me sobre elas. Levo as mãos ao rosto e continuo no meu choro de penitência, tentando colocar tudo para fora de uma vez, antes de mandar a porra toda ir se foder!

Não sei dizer se minha mãe continua seu monólogo sobre quão horrível e ingrata eu sou. Não ouço mais nada além dos meus próprios soluços e da voz da Vicky me dizendo que não haveria nada que não conseguíssemos superar para estarmos juntas: *Medo, covardia, estupidez, amor, perda, lixo...*

O que eu fiz? Eu ao menos sei o que estou fazendo? Inferno maldito de vida!!!

Não consigo parar de tremer. Nem de chorar.

Sinto braços fortes me circularem e relaxo assim que sinto o cheiro de proteção do meu pai. Ele me aperta forte, me coloca em seu colo, afaga meus cabelos e deixo a vontade de gritar me vencer. Berro. Minha voz é alta, potente. Um urro ensurdecedor guardado desde o dia em que eu sou eu. Grito por todas as omissões; por todas as idas ao salão de beleza; por todos os vestidos cor-de-rosa; pelos beijos insossos; pelo vazio do sexo suportado; pelos sorrisos forçados; pelo medo; por todas as vezes em que Vicky entrou em um relacionamento fodido; por todos os beijos que ficaram na vontade; pela minha covardia; pela pose; pela farsa. GRITO!!!

Meu pai ainda está agarrado a mim com vigor quando minha energia finalmente cessa.

— Me leva pro meu quarto, pai? Por favor? — peço como a menina assustada e frágil que sou.

Ele se levanta comigo ainda em seu colo e enrosco meus braços em seu pescoço, aninhada em seu peito seguro.

— Precisamos levá-la ao médico, Sérgio! Mari não está bem... ela está tento um colapso... Virgem Santíssima, acho que ela usou drogas! Isso foi coisa daquela...

— Querida, pare — pede meu pai, logo depois me levando escada acima.

— Me desculpa, pai — suplico, assim que ele me coloca na cama.

— Está tudo bem, filha — tranquiliza-me. — Estou um pouco surdo, mas todo o resto está bem — diz ele com seu típico humor e um sorriso discreto escapa dos meus lábios. Eu amo demais meu pai.

— Eu queria dar orgulho a você. Queria ser a melhor pessoa desse mundo, mas acho que não estou fazendo um bom trabalho, pai. E sinto muito por ter de confessar isso, mas ser a melhor pessoa do mundo não é algo que eu saiba ou queira me esforçar para ser. Eu decidi que quero ser apenas eu mesma, mesmo que isso signifique que eu seja uma esquisitona que não curte fru-frus femininos, não tenha aptidões para dona do lar e esteja completa-mente apaixonada por uma mulher, ao invés de um homem. Eu, de verdade, sinto muito, pai. Eu juro que dei meu máximo para ser normal...

— Ei! Com qual psiquiatra você se consultou para que ele atestasse que você não é normal? Olha, melhor você pedir uma segunda opinião, eu acho que esse cara comprou o diploma, pois você parece bem normal para mim — brinca.

— Pai! — exclamo sorrindo, com o alívio começando a banhar minha pele. — Estou tentando falar sério com o senhor! Você ouviu o que eu disse?

— Qual parte? — questiona ele.

— Tudo! Principalmente aquela em que revelei que amo uma mulher — dizer isso pela segunda vez em voz alta foi ainda mais libertador do que a primeira, e pareceu ainda mais fácil.

— E o que é que tem? — insiste ele com ar descontraído.

— O que é que tem? Pai, eu sou lésbica!

— Não, Mari, você é minha filha. O resto do mundo pode até tentar colocar o "rótulo" que quiser sobre quem você é, mas, para mim, você sempre será minha filha. E eu te amo mais do que qualquer outra coisa no mundo e tenho um orgulho danado de quem você é — afirma com firmeza, seus olhos continuam brilhando, mesmo depois de as lágrimas começarem a rolar.

— Moleca, não me interessa se o seu coração pertence a uma mulher, homem ou planta. Só quero que seja de alguém com caráter, que agregue o que há de melhor à sua vida e jamais te faça sofrer, afinal, eu não pretendo, de jeito nenhum, ser condenado por homicídio.

— Ah, pai... — digo sorrindo e chorando, mas, desta vez, minhas lágrimas são de gratidão. — Eu te amo. E não se preocupe, a Vicky é uma pessoa de índole impecável; é o ser humano mais doce e sem malícia que eu conheci na vida e jamais faria nada para me machucar. Eu é que não sou tão boa assim — confesso.

— Vicky, hein? Eu sabia! Reconheço aura apaixonada de longe e a de vocês duas brilha com uma intensidade exuberante quando estão juntas.

— É, pai, mas acho que estraguei tudo.

— Você ainda pode consertar.

— Não. Não há mais como... não há mais tempo — lamento, rendida.

— Sempre há tempo, Mari. Basta estar viva — diz ele com confiança. — Vou deixar você descansar. Preciso descer lá para acalmar sua mãe. Tenta dormir um pouco, amanhã o dia será cheio.

— Minha mãe vai surtar...

— Shhh... Relaxa, moleca. Não se preocupe com nada. Boa noite — despede-se, cobrindo-me com o lençol e beijando minha testa. — Até amanhã — diz e apaga a luz, deixando-me apenas com a companhia da lua e das estrelas que brilham no teto e nas paredes da minha caverna escura.

Quando o dia amanhece, já estou acordada, mas nego-me a abrir os olhos. Nunca quis tanto fugir. Estou com medo do que me espera lá embaixo. Minha mãe deve estar furiosa, ou pior, magoada. Eu realmente espero que meu pai tenha conversado com ela, e, se ele me conhece tanto quanto eu sei que conhece, deve ter feito isso. Sei que eu mesma deveria falar para ela, porém eu não estou pronta. No entanto, preciso estar, para enfrentar as consequências de sair do esconderijo. E, apesar de apavorada, não estou arrependida.

Decido enfrentar a coisa toda de uma vez e me levanto da cama. *Seja o que for que aconteça, que seja o melhor.*

Assim que entro na cozinha, sou recebida pelo olhar de apoio do meu pai e pela indiferença do olhar da minha mãe. *Que novidade!*

— Bom dia, moleca — cumprimenta meu pai em tom cortês e com um sorriso encorajador.

— Bom dia, pai.

Minha mãe parece procurar algo dentro da xícara de café. O clima é tão pesado que me espanto por ser possível transitar entre os espaços vazios.

— Mãe? — chamo, e ela ergue o olhar em minha direção.

— Está tudo pronto para a sua viagem? Suas coisas já estão okay? — pergunta em tom frio.

— Quase tudo pronto. Ainda continuo uma pessoa organizada. Resolvo os últimos detalhes em meia hora, no máximo. Não se preocupe, está tudo sob controle. O voo é só às onze da noite.

— Que bom, Mariana. Seu noivo vai com você? — questiona ela, e estou tentando entender quando o Raul evoluiu para o patamar noivo. Se não fosse pelo olhar gélido com o qual ela me encara, poderia jurar que meu pai e minha mãe não conversaram. Entretanto, sei que sim. Ela também é muito boa em fugir, não sou como sou à toa.

— Mãe? — chamo novamente, me aproximando.

— O quê, Mariana? — Ela me olha nos olhos e lágrimas começam a se formar. Eu a abraço.

— Eu…

— Tá tudo bem, filha. Só estou emotiva por causa da despedida, mas vai ser bom ficar longe por esse tempo, Raul será uma boa pessoa para te acompanhar nessa nova fase. Você vai ver.

Os ombros sacodem e sinto seu peito tremer contra o meu enquanto ela chora. Gostaria de poder evitar que ela sofresse. Me dói tanto que eu não seja o que ela esperava que eu fosse, mas se é para eu viver uma vida que não é minha, qual o sentido de continuar viva? Essa vida que ela deseja para mim não é a minha. Não posso mais aceitar, não suporto mais!

Permaneço calada, deixando que ela chore tudo que precisa ser chorado pela *perda* da filha que ela acreditou ter e nunca teve.

— Vai ficar tudo bem, Mari. Essa confusão toda vai se resolver. Esse tempo longe de todas essas *coisas* que te confundem vai ser bom para clarear as coisas… você vai ver!

— Mãe, eu sinto muito — peço com as lágrimas rolando, me desvenci-lhando de seu abraço e encarando seus olhos decepcionados, e PUTA QUE PARIU, isso dói demais. — Me perdoa por eu não ser o que você gostaria que eu fosse. Me desculpa por eu não ser capaz de executar os planos que a senhora fez pra mim, mas esses planos nunca foram meus. Estou indo para longe, sim. Vou porque meus objetivos pedem, não por estar confusa, pois não estou. Não mais — afirmo com convicção. — Nunca estive tão certa sobre quem eu sou, mãe. Nunca tudo fez tanto sentido como agora. Ser eu mesma nesse último dia que passou foi tão libertador, que nunca mais vou poder me conformar em ser pela metade.

Minha mãe me encara com um olhar tão vazio, que me machuca muito mais do que se ela estivesse com ódio de mim. Queria que ela gritasse comigo, brigasse, me batesse ou me abraçasse e dissesse que me ama, assim como meu pai fez. Porém ela não parece sentir nada. Seca. Fria. Apática.

— Raul ligou. Disse que viria depois que tomasse café da manhã. Melhor você cuidar de comer alguma coisa e trocar de roupa, não? — Indiferente, ela parece não entender tudo que acabei de botar para fora.

— Mãe! — exclamo sem conseguir evitar a irritação causada por essa negação forçada. — Para! — peço quase gritando, as lágrimas caindo cada vez mais grossas.

— Mari… — tenta meu pai, mas nem o deixo concluir o que quer que tenha a intenção de falar.

— Não, pai! Minha mãe está claramente pouco se fodendo pra mim, caralho! Estou dizendo pra ela que eu vivia pela metade! Eu sempre fui infeliz, e agora que finalmente me encontrei, ela prefere que eu continue nessa vida de merda? Vivendo a porcaria de uma vida que ela acredita ser o melhor pra mim? Não! Não vou mais deixar isso acontecer, pai! Já chega! Eu não quero o Raul, não quero marido, não quero filhos! Eu só quero ser livre para ser quem eu sou, mãe! A senhora entende?

— Não, Mariana! Eu não entendo! — responde ela, finalmente gritando. — Como eu vou entender que a minha filha… que a *minha* filha é uma pervertida que gosta de ficar se esfregando em outra mulher? Que tipo de gente gosta disso, Mariana? Isso, além de imundo, é pecado! Você vai pro inferno! Não vê que isso está errado? Você não é minha filha, não posso ter criado uma filha assim! Que mal eu fiz a Deus?

As palavras de minha mãe têm tanto ódio e desprezo que me emudecem.

— Já chega, Joana! Cale-se! Acaso enlouqueceu? Você está falando da nossa filha, caramba! Olha pra ela! Ela continua sendo a nossa Mari, meu bem. Agora você... — Meu pai olha para minha mãe e a decepção é evidente em cada detalhe de sua expressão corporal. — Você não se parece em nada com a mulher por quem eu me apaixonei e casei. Eu te amo, querida. Eu te amo desde sempre, e você sabe, mas se hoje é o dia das revelações de quem somos de verdade, e essa pra quem olho agora é quem você é, não sei se vou poder continuar amando, não — diz ele com pesar.

Vejo meu pai chorar. Vejo minha mãe desmoronar. Vejo um casamento firme e inabalável tremer. E tudo por culpa minha. Tudo por eu querer ser apenas quem eu sou.

De repente, ficamos todos em silêncio. Olhamos uns para outros. Estamos os três chorando, lutando para nos mantermos de pé.

— Eu não escolhi me apaixonar pela Victoria por querer ou pra te sacanear, mãe — explico, implorando para que ela me entenda, para que me aceite. — Eu sou o que sou. Quem eu amo, com quem eu decido dividir minha cama ou minha vida, não compõe meu caráter. Eu sou sua filha e te amo pra caralho. Vou amar e respeitar a senhora sempre, só que eu não estou pedindo para a senhora compreender ou aceitar, eu só estou pedindo para respeitar, mãe.

— Me perdoe, filha. Você não pode ir contra quem você é e eu não posso ir contra o que acredito. Você é o que pensa ser há quanto tempo? Desde que conhece essa... *menina*? — questiona ela com sarcasmo, quase cuspindo com asco quando se refere à Vicky.

— Ela não está na conversa, mãe. Deixe-a de fora, por favor — peço.

— Uau... Ainda defende. Pois bem, Mariana. Você é o que diz ser há menos de dez anos. Minhas crenças sobre certo e errado cresceram comigo e estão aqui há quarenta e cinco. Não vou deixar de te amar minha filha, mas não me peça para respeitar isso. Estou aqui para o que quer que seja por você, Mariana. Porém, não me envolva em nada que diga respeito a essa asquerosidade. Estou indo para o meu quarto — avisa e sai.

— Eu sinto muito, pai... — peço perdão mais uma vez, desabando de novo no meu pranto sentido, negando-me a tentativa de ser forte. Eu só preciso desmoronar mais e mais, e torcer para encontrar alguém que consiga achar as partes de mim que foram ficando pelo caminho.

— Vai ficar tudo bem, moleca. Confie em mim — tranquiliza meu pai.

— Dê um tempo para que ela possa digerir, e tenho certeza de que tudo irá se acertar, tá? — conclui me abraçando.

— Tomara, pai. Tomara.

Mari

Vicky (Disponível)
vih_leal@hotmail.com

Pior do que amor não correspondido, é amor recíproco não vivido.

Mari (Disponível)
mar_e_ana@hotmail.com

Ninguém merece viver pela metade, nem mesmo por amor.

Acabo de mandar uma mensagem para o Raul, pedindo para que ele venha apenas depois do almoço, com a desculpa de que preciso arrumar as malas.

Acho que, no fundo, ele já sabe que o nosso fim chegou. Não sei se algum dia acreditou que tivemos sequer um início, espero que não, não gostaria que ele sofresse. Sei que fui inconsequente, apesar de ter sempre deixado claro que nosso relacionamento nunca foi sério. Saber que ele estava se envolvendo mais do que seria seguro para ele, e fechar os olhos para isso, me torna escrota, não é? Bom, parece que sou uma filha da puta mesmo, no fim das contas. Com todo mundo, até comigo mesma. Entretanto, se existe uma pessoa neste mundo que não merecia minha escrotice, é ela: Victoria.

Sentada na minha cama, encarando as malas prontas, tento entender o porquê de eu ter feito toda essa bagunça na véspera de ir embora. Da última vez em que fui, levei apenas meu coração partido, mas dessa vez parece que decidi deixar uma boa quantidade de destruição pelo caminho.

Eu de fato precisava? Digo, para que fazer todo esse fuzuê, se decidi nem mesmo tentar um relacionamento com a Vicky? Qual a necessidade de me expor dessa forma e ainda arriscar destruir o relacionamento dos meus pais?

Caio com as costas contra o colchão e fico olhando para o "meu céu estrelado". Lembro da sensação sufocante das noites de "amor" com o Raul; da reação de desconforto da pele dele contra a minha; de me sentir pequena e trancafiada dentro de mim mesma; do cansaço de precisar me manter sempre vigilante, sempre com a guarda alta, sempre levantando muralhas para que ninguém descobrisse quem eu sou.

Sim, eu precisava.

Decidi atear fogo nas cortinas que bloqueavam a luz, que me cercavam e mascaravam quem eu sou de verdade, e o fiz por mim, porque era necessário para que eu pudesse começar a viver, e não apenas fingir que estava viva em meio às sombras.

— Moleca? — Ouço a voz do meu pai me chamando atrás da porta.

— Oi, pai — respondo meio aérea, ainda imersa nos meus questionamentos e tentando encontrar minhas certezas.

— Tem visita pra você — informa ele, e meu coração para de bater. Meu Deus, não. Sou devorada pelo medo e pelo desespero.

— Quem é pai? — pergunto baixinho, ainda deitada em minha cama e sem mover nenhum músculo, pensando que talvez assim eu possa fingir que não estou mais aqui.

— Não é ela, filha — diz ele, abrindo finalmente a porta e me encarando com um olhar compadecido.

Alívio e decepção brigam agora dentro de mim, e não sei qual ganha a disputa. *Não é ela. Ela desistiu mesmo. Não. Fui eu.*

— Tudo bem, pai. Já vou descer — aviso sem sequer me importar com quem seja.

— Tudo bem, filha — repete ele com um meneio de cabeça.

Assim que chego ao andar de baixo, sou surpreendida por quem me aguarda, e pelo ar de ira que envolve a visitante.

Que ótimo, tudo de que eu precisava era de mais briga, penso, enquanto caminho em direção a ela, em pé de frente para o sofá.

— Oi, Fabrí... — *Slap!!!*

Sinto o calor de cinco dedos queimando minha bochecha e o ardor pulsar na pele. Minha cabeça quase dá um giro de 180 graus devido à força imposta por ela e por eu não estar esperando aquele tapa. Volto meu rosto em direção à amiga da Vicky e, quando olho para ela, vejo o quanto está de fato irada.

Fabrícia nada diz depois da agressão. Ela me encara com o rosto erguido, seus ombros estão lá no alto e suas narinas dilatadas. Nunca pensei que eu seria alvo de tanto ódio.

Eu gostaria de poder revidar o tapa. Ah, eu ando mesmo precisando bater em alguém, porém, estou merecendo mais apanhar do que bater, e o fato de ela estar tão possessa só mostra o quanto gosta da Vicky. Puta que pariu! Por que tanto ódio, afinal? Só para se dar ao trabalho de vir até aqui tomar as dores dela?

De repente, sinto uma onda de frio gelar meus ossos, e meu coração fica tão apertado que deve ter assumido o tamanho de um grão de feijão.

Fabrícia ama Victoria. Fato!

— Se tem algo mais a dizer, além do tapa, diga de uma vez. Caso tenha acabado, recado recebido e entendido. Tenho mais o que fazer — digo em tom seco. Minha vontade de apanhar calada por acreditar merecer já começava a perder força.

Cerro os punhos ao lado do meu corpo e tranco a mandíbula tão forte que dói.

E é ainda mais difícil imaginar o amor da minha vida com a boca colada em outra mulher. Agora que sei o quão doce e perfeito é sentir seus lábios macios, ficou insuportável. Desde ontem, eles deveriam ser só meus. Eu sou uma burra do caralho por me negar que sejam.

— Você não merece uma mulher como a Victoria! Você sabe disso, não é? — cospe com desprezo. — Você ao menos tem noção do que causou a ela?

— Você não me conhece. Não sabe nada sobre mim, minhas escolhas e como eu me sinto por precisar tomá-las. Sou eu quem convive com elas, e não você, logo, não te dizem respeito. Acho melhor você ir embora. — Meu tom é firme, mas, por dentro, sinto meus ossos esfarelarem.

— Você é patética — devolve com uma risadinha sem humor algum. — Você encontra o que todo mundo rala na vida buscando e... foge? Os anos passam. A vida, não faço ideia do porquê, já que você claramente não merece, resolve te dar uma segunda chance. E o que você faz? Foge. De novo! — condena-me, empurrando meu peito entre uma palavra e outra. Sinto meus olhos arderem com as lágrimas que começam a se formar, e minha respiração fica cada vez mais rápida. *Caralho, parece que depois que as minhas lágrimas descobriram o caminho para fora de mim elas nunca mais vão parar.*

— Você não entende? Eu estou fazendo o que é melhor para *ela*, porra! — grito. — Eu estou indo embora para os Estados Unidos hoje à noite e não sei se volto! Você acha que há chance para nós? Eu não quero prendê-la, Fabrícia!

Você consegue perceber? Como posso prendê-la a um relacionamento a distância que mal começou? Como pedir para ela me esperar, ou, para largar toda uma vida aqui e ir comigo para o outro lado do mundo, longe de todos que ela ama, longe dos pais, dos amigos, para estar em outro país, sozinha, enquanto eu vou precisar estar imersa em estudos e trabalho? Tudo o que ela conhece e que a faz se sentir segura está aqui, é egoísmo puxá-la para o desconhecido comigo!

— Essa não é uma escolha exclusiva sua, Mariana — diz ela simplesmente. — A Vicky tem idade suficiente para saber e decidir o que é melhor para ela e o que vale a pena ou não.

— Fabrícia, eu conheço bem a Victoria. Vamos só nos frustrar e nos maltratar com as dificuldades de um relacionamento assim, vamos apenas estragar tudo que sentimos uma pela outra, e eu prefiro mil vezes ter ela na minha vida como *apenas* minha melhor amiga a não ter de forma alguma, e eu sei que eu a perderia e…

— Putz! Você é mais burra do que eu pensava — diz sorrindo com deboche, balançando a cabeça em descrença. — Você já a está perdendo, Mari. Se você não fizer alguma coisa, você não vai ser mais do que uma lembrança dolorida do passado dela, pois, acredite: a dor, quando não tratada, quando não sanada, é como ácido em isopor. Pense no isopor como todos os momentos e sentimentos bons que partilharam. Não vai sobrar nada, Mari! — Os olhos de Fabrícia submergem nos meus, tristes. Ela a ama demais para estar aqui, tentando colocar juízo na minha cabeça dura e teimosa.

— Eu não posso fazer isso com ela, Fabrícia. Não posso bagunçar a vida dela dessa maneira. A Vih quer coisas que jamais poderei dar a ela. Ela quer lar e raízes, e eu quero o mundo!

— Essa escolha é dela! E se você quer o mundo, por que não partilhar com ela? — Fabrícia me questiona, abre a boca novamente retomando o fôlego para continuar seus argumentos a fim de me convencer de que não estou fazendo a coisa certa, no entanto, cala-se e me encara decepcionada e rendida. — Mari, eu realmente acreditei que você a amasse. Quero dizer, na verdade sigo acreditando, mas não da maneira que ela merece ser amada. Privá-la de decidir por si mesma é, acima de tudo, falta de respeito, sabia? Você diz que a ama tanto, mas não confia na capacidade dela de escolher o que quer para a própria vida? Onde você estava quando ela decidiu se casar com aquele filho da puta? E com o outro babaca? Essas escolhas foram fáceis de você deixar nas mãos dela, não é? E agora, por que é tão absurdamente difícil dar a chance de ela escolher? — Fabrícia me fita com um ar de superioridade tão intimidante que me faz sentir esmagada. — Quer saber, Mariana? Que bom que desistiu. Porque ela merece alguém que a coloque acima de qualquer coisa. Principalmente dos próprios medos, e a verdade é que você tá se borrando toda. E você sabe disso. E não tente se convencer de que está fazendo isso por ela, por altruísmo…

Quero desmenti-la. Quero dizer que a única razão pela qual abro mão da mulher que amo é para que ela seja plenamente feliz, para que ela possa ter a chance de viver o que buscou a vida toda: seu lar doce lar. Porém, não tenho força para ir contra a verdade que acaba de se chocar contra a minha cara com tamanho impacto que me deixa atônita.

Eu estou me cagando de medo. Medo de sofrer. Medo de fazê-la sofrer. Medo de não ser capaz de aguentar a dor da saudade, de que nossas diferenças sejam maiores do que nossa vontade de estarmos juntas. Medo de ela ser imprudente e largar tudo para me acompanhar e depois me cobrar a conta por tudo que deixou para trás. Medo de perder minha liberdade, afinal, caralho, ela me faz querer ficar presa a ela pelo resto da vida! Eu estou morrendo de medo, sim, porque ela me faz querer coisas que colocam à prova o que eu quero e tudo que conquistei até aqui.

— Cuida dela por mim, ela vai precisar de você — peço com a voz fraca. Ainda sem acreditar que vou mesmo fazer isso.

— Pode deixar. Darei o meu melhor. Não por você, e muito menos para aliviar sua consciência de merda — diz com desprezo, dando as costas a mim. — Ah, e não precisa me acompanhar até a porta — avisa.

— Você ama… — tento perguntar assim que ela para junto à porta.

— Mais do que você poderia sequer pensar em imaginar, mas a gente não escolhe por quem se apaixona, não é? E para o meu azar, ela ama você mais do que tudo na droga dessa vida e isso dói feito a porra de uma queimadura de asfalto quente — assume com a voz trêmula, ainda de costas.

— E mesmo assim você veio até aqui jogar a mulher que ama nos braços de outra?

— Só quero a felicidade dela. Infelizmente, ela está com você e não comigo. Isso é amar alguém. Ela escolheu você, e eu a respeito demais para tentar convencê-la da babaca filha da puta medrosa que você é — conclui, finalmente abrindo a porta e indo embora.

São três da tarde. Mais oito horas e tudo será deixado para trás. Minha mãe não dirigiu mais a palavra a mim, nem mesmo o olhar. Meu pai caminha pela casa com o ânimo de uma criança que não ganhou presente de Natal.

Ando de um lado para o outro da sala. Vou até a porta e depois saio de perto dela como se ela fosse o portal do inferno e pudesse me sugar para dentro dele, caso eu chegasse perto demais.

As palavras de Fabrícia ficam ecoando dentro da minha cabeça. Berrando o quão covarde estou sendo e o quanto estou fazendo a mulher que amei a vida toda sofrer.

Eu não posso ir embora assim. Não posso partir e deixá-la acreditar que sou uma covarde que desvaloriza tanto o nosso amor que não seja capaz sequer de tentar. Bom, eu continuo acreditando que não há chance para nós. Sim, tentei antecipar a tragédia por acreditar que, quanto mais rápido nos desprendêssemos, mais depressa superaríamos. Acreditei que, deixando-a me odiar agora, o caminho seria mais fácil, a maneira menos dolorida de passar por isso. Pensei que, quando a poeira baixasse e Vicky parasse para analisar tudo, iria perceber que fiz o melhor para nós; provavelmente quando ela se apaixonasse mais uma vez, mas por alguém bom o suficiente para ela, como Fabrícia, apesar de que ela jamais seria tão boa quanto eu seria, porque não existe ninguém mais no mundo que a conheça e seja capaz de fazê-la tão feliz quanto eu. Ninguém no mundo a ama mais do que eu ou a vê da maneira que a vejo. Porra! Não posso ir embora sem que ela saiba disso!

Chego até a porta e, dessa vez, levo a mão ao trinco, mas tenho um sobressalto assim que vejo o Raul, ainda com o punho erguido para bater à porta.

— Oi, morena — cumprimenta-me com uma voz insegura. — Sentiu que eu estava chegando? Estava com saudades, também? — pergunta, tentando me puxar para seus braços, mas me esquivo.

— Não, Raul. *Não* para as duas perguntas — respondo ansiosa para correr até o amor da minha vida. — Na verdade, estava… estou de saída.

— Você está indo aonde? São três e quinze, amor. Você já aprontou tudo para a nossa viagem? — questiona em tom preocupado. *Será que ele é tão desligado assim como parece ser ou…?*

Tudo sobre Nós *XXXXX* 213

— *Nossa* viagem? Do que você está falando? — pergunto, finalmente dando atenção a ele.

— Para os Estados Unidos? — responde ele como se eu já soubesse disso. *Ele é louco?*

— E quando *você* decidiu que iríamos juntos? Aliás, quem disse que eu quero que vá comigo? Não lembro de termos falado sobre isso.

Juro que estou tentando não ser má, mas esse jeito invasivo dele me irrita tanto que prefiro ser fria para não ter que socá-lo.

— Eu quis fazer uma surpresa. Mas... por que você está falando assim comigo? Já comprei minhas passagens, vamos no mesmo voo! Você falou sobre a bolsa, eu achei que não precisava de convite para acompanhar minha namorada!

Ele está forçando a barra? Ele está forçando a porra da barra, não está?

— Raul, olha só, estou mesmo de saída. Me desculpe o mal-entendido, acho que você meio que foi se enrolando nas suas próprias conclusões doidas, e sei que tenho culpa por não ser ainda mais clara sobre o que nós éramos, o que eu não chamaria de namorados, mas eu, de verdade e de fato, preciso ir a um lugar resolver uma coisa, e você está me atrapalhando. Então, ãh... se a sua ida aos Estados Unidos é por mim, por favor, não vá — digo, logo tentando passar por ele, que impede minha passagem.

— O quê?! Como assim, meu amor, o que está acontecendo? Você está terminando comigo? Sua mãe falou comigo mais cedo, prometi a ela que não desistiria de você, e não vou. Essa sua loucura com essa garota não vai te levar a lugar algum! Você sabe que eu sou a melhor pessoa para você! Nos encaixamos tão bem! Sou seu ajudante-assessor-amante e podemos ter uma vida incrível mundo afora, morena!

— Espera, espera, espera. Você falou com a minha mãe? — gargalho incrédula e ultrajada. — E vocês dois decidiram que sabem o que é melhor pra mim? Vocês se merecem, e eu estou sem tempo até para brigar com você! Me deixa passar, porra! Agora!!! — ordeno, tentando passar pela grade que os braços dele formam na porta impedindo minha saída.

— Não posso e não vou deixar você fazer isso. Você vai destruir sua carreira se envolvendo num escândalo desses! Onde já se viu? Quem vai respeitar uma fotógrafa sapatão! — diz com desprezo.

— Saia. Da. Frente. Dela! — Ouço a voz grave e potente do meu pai antes mesmo de pensar em como responder às ofensas do Raul.

— Sr. Sérgio, boa tarde... Desculpe, mas sua filha está prestes a cometer suicídio profissional e destruir a boa imagem que construímos, com um trabalho duro, e não posso deixar — explica Raul, sem se mover da porta.

— *Meu* trabalho duro! *Minha* vida profissional! Foda-se a sua opinião, a vida é minha, agora saia já da minha frente, caralho! — exijo mais uma vez.

— Não — repete ele calmamente.

— Você é surdo, rapaz? — pergunta meu pai, e, no segundo seguinte, suas mãos estão em volta do colarinho dele, e, mais três segundos depois, Raul está fora do meu caminho.

— Corre atrás dela, minha moleca! — incentiva meu pai sorrindo, ainda agarrado firmemente à blusa do Raul, e me dá uma piscadinha marota, enquanto o cara se contorce tentando se livrar das garras de urso do papai.

— Mas que diabos está acontecendo aqui, Sérgio? Qual sandice dessa desajuizada você resolveu apoiar às minhas costas dessa vez? Meu Deus, solta o rapaz! Enlouqueceu?!

Minha mãe fala alto, enquanto desce as escadas apressada.

— Corre, filha! — ordena meu pai.

— Eu te amo, pai! — grito com o peito cheio de orgulho e gratidão pelo pai que tenho e saio correndo em direção ao meu carro sem olhar para trás ou dar atenção para os gritos da minha mãe.

Vicky

Vicky (Disponível)
vih_leal@hotmail.com

Não há como imaginar uma vida na qual eu não ame você. Espero que você possa.

Mari (Disponível)
mar _e_ana@hotmail.com

Parti seu coração, o meu e me parti. Um dia reencontro os pedacinhos e reconstruo ele todinho. Só pra você.

Sinto braços me envolvendo de forma protetora assim que abro os olhos pela manhã e, por alguns segundos, os mantenho fechados, tentando fazer de conta que a noite de ontem foi um pesadelo e que é a Mari quem está ao meu lado na minha cama, porém nem é preciso que eu abra os olhos para que perceba que não é ela. *Nem ao menos um sonho desperto eu consigo ter?!*, penso, e finalmente abro os olhos, tirando um braço delicadamente de cima de mim para não acordá-la e escorrego para fora da cama.

Depois que contei tudo para a Fabrícia, foi preciso muito diálogo para convencê-la a não ir no mesmo instante confrontá-la. Ela ficou pior do que um siri dentro de uma lata. No entanto, entendeu que eu precisava dela ao meu lado, mais do que a Mari precisava de uns sacodes, então ela acabou dormindo comigo.

Fabrícia é uma boa amiga. Apesar do meu estado vulnerável, ela não tentou em nenhum momento se aproveitar do interesse que ela já confessou ter por mim e tudo que ela fez foi me acalentar até que eu fosse vencida pelo cansaço do choro e apagasse.

— Bom dia — diz ela com a voz ainda arrastada pelo sono. — Por que você tá me olhando com esse olhar esquisito? Estou babando no seu travesseiro? — pergunta enxugando a baba inexistente do canto da boca, e eu sorrio.

— Nada, amiga. Estava apenas pensando na sorte que eu tenho de ter uma amiga como você por perto — explico.

— É, eu sei. Sou a rainha da *friend zone* — brinca, mas noto um tom de *estou cansada disso.* — Mas me conta, está melhor? Que horas já são? Você vai trabalhar?

— Ainda é cedo — começo. — Estou com vontade zero de ir, mas preciso. Além de eu já ter faltado ontem, acho que ficar aqui sozinha vai ser pior — afirmo desanimada.

— Sim, você tem razão. Eu tenho plantão hoje, ou iria te arrastar para fazermos algo e tentar te tirar dessa fossa, mas, como não posso, vá trabalhar, sim — concorda.

— Toma café da manhã comigo? — convido, porque, ao contrário da maioria dos demais terráqueos, coração partido me dá uma fome diretamente proporcional, ao invés de tirar meu apetite, ou seja, eu estou faminta.

— Claro! Te ajudo a preparar, como nos velhos tempos — diz dando-me uma piscadela, e sorrio mais uma vez, grata pela amiga incrível que eu tenho.

***

Sentada na praça de alimentação do shopping, tirando um intervalo forçado depois de ter: lançado nota errada, embalado pares de calçados de números diferentes e derrubado uma pilha de caixas em cima de uma antiga cliente da loja — a mais abusada, claro —, observo o movimento de pessoas indo e vindo, sem reparar em ninguém em especial, até que ouço uma voz vinda do meu lado esquerdo.

— Eu sei que fui meio babaca quando eu era mais jovem, mas ainda estou esperando aquele "oi" para que a gente possa sair e eu te mostrar que de fato cresci. Posso sentar com você? — pede, estendendo um Mcflurry de M&M's para mim. *Como ele sabe que é meu sorvete favorito?*

— Ãh... Oi, Rodrigo. Obrigada — agradeço pegando o sorvete. — Pode sentar, sim, mas estou voltando ao trabalho daqui a pouco, só tirei quinze minutos para dar uma esfriada na cabeça — aviso, e ele puxa uma cadeira sentando-se ao meu lado.

— Tá tudo bem? Notei que você está meio borocoxô. Quer conversar? — pergunta em tom atencioso.

Tudo sobre Nós 219

— Estou bem, vou sobreviver — respondo com um sorriso sem graça, mexendo no sorvete sem ânimo.

— Achei que sorvete ainda te animasse — comenta ele, observando que não tomei uma colherada sequer do sorvete que já começa a derreter.

— Você ainda se lembra disso? — pergunto com um sorriso discreto que não consigo evitar.

— Eu lembro de tantas coisas, Victoria — sinto seus olhos em mim, paro de brincar com os M&M's e, ao olhar em sua direção, fico desconcertada com a intensidade com a qual ele me encara. Engulo em seco. Rodrigo estende a mão para tocar a minha, mas uma voz grave e firme interrompe seu movimento antes que a pele dele sequer encoste em mim.

— Oi, tudo bem? Você poderia nos dar licença, por favor? — pede, mas seu tom é autoritário, seus olhos estão nos meus e em nenhum momento desvia para Rodrigo, que permanece com a mão a meio caminho da minha.

— Victoria? — chama Rodrigo, esperando alguma deixa minha para saber o que fazer, porém, não sou capaz de virar em sua direção, dizer qualquer coisa, tampouco de segurar as lágrimas que começam a despencar assim que meus olhos se fixam aos dela.

Mari

Quando finalmente avisto-a sentada, meu coração se enche de alívio e medo, ganhando algumas pinceladas de ira ao notar o cara flertando com ela. Não sei quem é, mas já o odeio por me fazer sentir impotente contra ele.

Competir com a Fabrícia pelo amor da Vicky é algo de que posso dar conta, brigamos como iguais, já com um cara... Que chance eu tenho, porra?!

Caminho em direção a ela, que não me vê até que eu esteja à sua frente. Assim que nossos olhos se encontram, lágrimas se formam e rolam sem que Vicky se esforce para contê-las ou secá-las. E, mesmo que eu já tenha pedido para esse babaca dar o fora, ele ainda não deu, parece esperar um consentimento dela. *Deve ser alguém próximo. Mas quem?* Continuamos em um silêncio desconfortável. Vicky chora sem tirar os olhos dos meus, o cara não faz menção alguma de ir embora, e desvio sutilmente o olhar em sua direção a fim de tentar sacar qual é a dele. Vejo uma preocupação genuína em seu semblante, então, a ficha cai: é o Rodrigo! Ela me contou que ele estava trabalhando aqui! Puta merda!

Rodrigo foi a primeira grande paixão dela, e a pessoa que mais desejei socar mesmo que nunca o tenha visto antes. Bem, vejamos pelo lado bom, quem sabe hoje eu tenho a chance?

Foda-se.

— Quer saber? — eu começo, após o *por favor*, em tom firme e baixo, desviando completamente meus olhos dos dela pela primeira vez desde que cheguei e, apoiando minhas mãos na mesa, me abaixo até que meus olhos estejam na altura dos dele. — Caguei pra você — concluo.

Volto meus olhos novamente para Vicky, que ainda chora em silêncio, mas seu olhar me faz milhares de perguntas, acusações e súplicas.

— Vih, eu amo você — minha voz embarga, sinto meus braços fraquejarem enquanto sustentam meu peso para que eu continue mantendo meus olhos na altura dos dela, mas aguento firme. — Eu sei que fui uma babaca escrota e medrosa, sei que deveria ter ido atrás de você, ter movido céus e ter tentado ao menos explicar o que estava acontecendo e o porquê de, naquele momento, eu acreditar que não havia um futuro para nós. Existem coisas acontecendo na minha vida e, por causa delas, achei ter razões suficientes para tomar aquela decisão sozinha, porque fui burra, cega, egoísta, covarde e arrogante, também por acreditar que eu sabia o que era melhor para você, mais do que você mesma. Mas... — Ela permanece calada, seu olhar firme esperando explicações e pedidos de desculpas. Sua expressão corporal é seca, inerte. Ela não move um músculo, e, por um momento, sinto o pavor inundar meu sangue, porque de repente não sei se ela vai ser capaz de me perdoar. Desespero-me. — Vih, eu estou indo embora para os Estados Unidos para talvez nunca mais voltar. Ou estava... Eu já nem sei mais... — Desabo finalmente, sentando de frente para ela, apoiando meus cotovelos na mesa e segurando meu rosto com as mãos, me permitindo chorar pela milésima vez, e cagando e andando para o fato de o idiota do Rodrigo ainda estar aqui. — Eu não só *preciso* ir. Eu *quero* ir. É uma oportunidade imperdível. Ganhei uma bolsa para fazer especialização na melhor escola de fotografia da América do Norte, Vih. Ela é uma das três melhores do mundo, e, ao final do curso de três anos, haverá uma seleção dentre os melhores da turma para uma vaga de assistente, por mais dois anos, do fotógrafo Jeremy Fox. Ele é *apenas* o profissional mais influente e talentoso que eu conheço e a minha maior inspiração. Mas... eu confesso que não sei mais se vale a pena. Não se para isso eu tiver que abrir mão de você — afirmo. E, de tudo que aconteceu, e no meio de toda essa bagunça que habita minha cabeça, essa é a minha única certeza: não posso abrir mão do amor da minha vida. Não posso ir embora batendo a porta para a possibilidade de ter a mulher que amo ao meu lado, da maneira que nós duas merecemos, nem que seja daqui a cinco anos, nem que seja daqui a dez ou mesmo cinquenta.

Espero alguma reação, mas ela continua muda.

Ouço a cadeira ao lado sendo arrastada e o figurante desse drama finalmente levantando para nos deixar a sós, sem nada comentar. Respiro um pouco aliviada, acreditando que, talvez, sem a presença desse cara, ela possa finalmente falar, gritar, me bater. Fazer qualquer coisa que dê algum indício de que ainda se importa.

Vicky

Não estou acreditando. Isso não pode ser verdade. O que eu pensei que era ruim, se mostrou ainda pior. Ela estava/está indo embora, muito provavelmente para nunca mais voltar, e ia fazê-lo sem ao menos me dizer adeus.

De todas as coisas que ela falou, só consigo entender que estava indo embora sem ao menos me contar. Até mesmo a menção que fez de desistir de tudo pelo que tanto batalhou para ficarmos juntas perde a importância nesse primeiro momento, afinal, primeiro: eu jamais permitiria que ela desperdiçasse uma chance como essa, e, segundo: acima de qualquer coisa, temos uma promessa gravada de forma permanente em nossa pele. Eterna.

Estou com raiva. Muito fula da vida, mas o pior de tudo é a mágoa. Ela não podia ter feito isso comigo. Sinto-me enganada, trapaceada.

— Baby, pelo amor de Deus, fala alguma coisa! Me xinga, bate em mim, me manda embora... qualquer coisa, mas reage! — implora.

— Desde quando você estava sabendo sobre essa bolsa? Em algum momento você ao menos cogitou a possibilidade de dividir isso comigo? Ou fugir sem deixar vestígios sempre esteve nos seus planos?

— Eu soube na manhã de ontem. Estou participando da seleção para essa bolsa há uns quatro meses, e só ontem chegou a carta com a aceitação. Minha mãe me ligou enquanto você estava no banheiro — explica ela.

— Por que não foi franca? Por que não disse que estávamos nos despedindo? Se você não acredita que, mesmo depois de tudo pelo que passamos, não seríamos capazes de passar por esses cinco anos, por que me dar aquele dia? Por que me fazer sentir o quão magnífico é ser feliz, se já pretendia arrancar isso de mim da maneira que você fez, Mari?!

— Baby, eu ainda tentei te contar! — responde chorando. — Eu ia contar! Mas antes queria ter ao menos um dia perfeito para levar comigo! — explica ela, as lágrimas ainda rolando de forma intensa. — E quando eu quis dizer o que estava acontecendo, você falou todas aquelas coisas e eu achei que talvez fosse mais fácil você superar se estivesse com raiva de mim, achei que doeria menos... Eu juro!

— Doeria menos? Eu estava saindo da sua vida, porra! E não pretendia voltar mais! Porque estava acreditando que você não me amava o suficiente para enfrentar o que quer que fosse, e eu mereço mais do que isso, Mariana! E você me diz que achou que doeria menos? Vicky e Mari de agora e para sempre, não é? Não foi o que prometemos? Não importa o que aconteça, quanto tempo passe ou o quão longe estejamos fisicamente, nunca deixaríamos de ser quem somos uma para a outra. Não era assim? E aí, você decide sozinha o que acha que é melhor pra mim, sendo que você só esteve pensando em você, porra! — grito, logo depois olhando para os lados sem graça. Respiro fundo para tentar me acalmar. — Você sabe que tomou essa decisão mais por você mesma do que por mim, não sabe? Era mais fácil para *você*, estar em outro país "sem mim". Porque esse rompimento era necessário para *você*, e não para mim. Eu te conheço, garota, e eu estava certa. Você só estava fugindo, como sempre. Porque você sempre segue o caminho mais fácil!

— Eu não ia aguentar mesmo, caralho! — confessa ela. — Eu já estava definhando só de pensar em todas as vezes que iria desejar seu toque e você não estaria ao meu alcance! Depois de tudo o que aconteceu e do que experimentei ao seu lado, eu jamais me conformaria em te ter através da maldita tela do meu computador como antes! Foda-se essa porra toda, eu fui covarde e acreditei que se rompesse contigo agora seria como arrancar o esparadrapo

Tudo sobre Nós ✿✿✿✿ 223

num movimento rápido e desesperado, dói pra caralho na hora, mas o alívio vem logo depois. E eu fiz isso por mim, porém também por você, sim! Porque você nunca seria feliz em um relacionamento a distância e jamais iria deixar a segurança do que conhece para se aventurar no desconhecido comigo! — acusa-me, e, pela primeira vez, recuo, pois ela pode ter razão.

Nunca fui do tipo que salta sem me certificar se há chão firme para firmar meus pés. Tudo o que conheço está aqui, minha vida inteira. Sinto meu corpo suar apenas com a ideia de estar longe de casa, dos meus pais e amigos, em um país que não é o meu.

— Eu também conheço você, garota! E o que me deixa ainda mais puta é que sei que somos exatamente o que a outra precisa, sou sua adrenalina deliciosa da instabilidade e você a segurança do meu lar, mas nos perdemos, Vih! Não há nós sem sacrifícios e eu não quero que seja você a pagar o preço por minhas más escolhas e covardias, porque a culpa de tudo isso é minha — confessa com pesar. — Eu sempre soube que te amava mais do que dizia, e sempre escondi isso tão bem de você que por muitos anos nem mesmo eu soube onde esse sentimento ficou escondido. Eu devia ter enfrentado meus medos e ter sido honesta contigo, Vih, com a gente, mas não fui, e esse peso, essa culpa... — Mari para de falar e respira profundamente. Depois de alguns segundos de silêncio, ela continua: — Essa maldita culpa nunca sairá dos meus ombros, Vih. Nunca. E a cada dia que passar, eu vou abrir os olhos pela manhã, provavelmente do outro lado do mundo, e terei a certeza de que deixei o amor da minha vida ir embora. E quer saber como eu sei disso, Victoria? Porque é isso que acontece dia após dia, desde que deixei você casar com aquele babaca sem nada ter feito para tentar impedir.

Os olhos da Mari estão vermelhos e inchados de uma forma que eu jamais vi. Estamos em uma praça de alimentação, cheia de curiosos nos observando com atenção, e ela, que sempre se esforçou para manter a pose de "casca grossa", agora se deixa ruir, bem aqui na minha frente. Vulnerável, desarmada, nua.

— Eu não aguento mais, baby... eu não posso mais levar essa culpa comigo e ir embora. Te deixar para trás mais uma vez só vai aumentar o peso que já carrego, e eu... eu não tenho mais como, meu amor. Não tenho!

Mari me estende a mão suplicando ajuda, engolindo o orgulho que a cada instante a acompanhou.

— Eu sempre disse que não preciso de ninguém. Eu sempre disse que nunca iria precisar, porque sempre fui autossuficiente, mas isso não é verdade, baby. Porque eu preciso de você... como eu preciso... tanto... de você, garota — diz soluçando.

Isso é demais para mim.

Levo minha mão ao encontro da dela, e nossos dedos se entrelaçam da forma que sempre foi familiar, desde o primeiro toque. Não há espaço algum entre os dedos dela e os meus. Encaixados. Fechados. Unidos.

Puxo Mari para mim em um movimento rápido e desesperado, e agora ela está sentada na cadeira ao meu lado, com a palma da mão livre no meu pescoço, seus dedos firmes sob minha nuca e o polegar acariciando minha bochecha.

Estamos conscientes de onde estamos, das pessoas em volta de nós. Provavelmente Rodrigo também, acontece que não estamos nem aí. Então ela me beija.

Nos perdemos no nosso beijo doce e acalorado. Nos sentimentos e sensações contraditórias e singulares que são só nossas: amor, luxúria, carinho, desejo, segurança, risco, pressa... Aventura e lar.

Quando nos soltamos uma da outra, uma salva de palmas, assovios, gritinhos entusiasmados, palavras encorajadoras de incentivo... nos surpreendem! Nossa respiração está difícil, pelos narizes entupidos pelo choro e pela vontade de estarmos a sós.

— A gente é maluca, baby! — diz Mari sorrindo, com a testa colada na minha. Sorrio também.

— Quando você vai embora? — pergunto com o coração apertado.

— Meu voo sai às onze, mas *eu* não estarei naquele avião. Não vou abrir mão de você, e jamais tiraria você da segurança e da convivência dos seus pais.

— Não vou deixar você perder essa oportunidade, meu amor. Eu não me perdoaria. É o seu grande sonho, sua carreira!

— Que não valem nada se você não estiver ao meu lado. Foi preciso um tapa na cara e a imagem de outra pessoa te amando mais do que eu para eu entender, mas eu entendi — diz com um sorriso tímido.

— A Fabrícia bateu em você? — pergunto incrédula.

— Eu estava merecendo, não é? Valeu a pena — afirma.

— Mari, eu não sei o que pode acontecer nesses primeiros três anos. Não posso nem mesmo ter certeza se estarei viva — rio sem graça —, mas sei que ainda te amarei e estarei...

— Vih, eu não posso pedir pra você me esperar, você precisa viver, tem que...

— Mari — tento mais uma vez —, me deixa terminar de falar? — peço, e ela assente. Respiro fundo. — Eu não posso deixar que cometa essa loucura, que desperdice essa chance. Um dia essa conta chega, e aí sim tudo estará perdido. Você vai estar naquele avião, mesmo que eu tenha que arrastá-la até ele pelos cabelos e amarrá-la à asa!

— Mas... e a gente, baby?! Não vamos conseguir manter um relacionamento que mal começou a um oceano de distância! E eu não vou deixar que abandone sua vida aqui...

— Amor — recomeço —, não precisamos rotular o que somos, por enquanto — sugiro.

— O quê? — pergunta, confusa.

— Eu não estou pronta para sair da segurança da vida que já conheço. Um namoro a distância nos machucaria mais do que confortaria. Eu não vou deixar de viver o que tiver de viver, e nem você. Você vai agarrar essa oportunidade. Vai ser a melhor daquele curso e mostrar para esse fodão da fotografia o quão magnífica você é, e, então, vai voltar para mim.

— E se a vida nos levar para ainda mais longe, Vih? — questiona aflita.

— Mari — começo, colocando nossos braços sobre a mesa, ainda com nossas mãos entrelaçadas, expondo nossas tatuagens, feitas anos atrás, mas que agora parecem ter sido há vidas —, não importa quanto tempo passe, quão distante a gente esteja ou o que quer que aconteça, nós sempre seremos uma da outra, sempre estaremos uma na vida da outra, sempre seremos Vicky e Mari. — Ergo minha mão livre em forma de punho e levanto meu mindinho encarando-a com firmeza, meus olhos cheios de amor, certezas e esperanças. — De agora e para sempre, amor da minha vida.

— Ao infinito e além, baby — promete ela, encaixando seu dedo mindinho no meu, e eu sinto dentro de mim que... assim será!

Quando chego em casa, pego a caixa com os diários da Mari e coloco todos sobre a cama. Oito anos dela bem aqui, dispostos na minha frente.

Pego um aleatoriamente e abro, agora sem nenhuma culpa por talvez estar sendo invasiva, porque, hoje, eu sei que não é apenas sobre ela. Tudo sempre foi sobre nós.

Olhando para o diário em minhas mãos, leio sobre uma garota que buscou sua liberdade acima de qualquer coisa no mundo, mas acabou presa dentro de si mesma, trancafiada na cela que ela mesma criou para si. Como prisões que escolhemos para viver. Escolhemos? Ou nos são impostas?

Sorrio imaginando Mari ganhando o mundo. Agora ela é livre. Mari é como uma rebelde liberta, e eu ainda sou como uma refugiada, desejando apenas um lugar seguro longe de todo o caos.

Quem sabe um dia.

Mari

O avião decola e, em poucos segundos, toda a cidade se transforma em pequenos pontos de luz no chão. Como um céu estrelado invertido. Despeço-me da minha Fortaleza, que sempre será o meu lar, mas, ao que tudo parece, nunca mais a minha morada. Estou deixando tudo que conheço para trás, voando — literalmente — para o desconhecido, sem certezas ou garantias, trazendo comigo apenas as melhores lembranças de tudo que vivi até aqui, e a mais doce de todas sei que jamais irei esquecer.

Encaro a escuridão da noite através da minha janela e mergulho para meu futuro incerto, nomeando a imensidão do mundo minha nova casa.

Eu sou bicho solto. Sou do mundo. Sou livre.

Quase seis anos depois

Janeiro de 2018

Vicky

Parada ainda, com a porta aberta, seguro atônita uma folha de papel. Estamos em 2018, nossa parca comunicação se resume à internet e smartphone, e depois de todos esses anos, recebo uma carta dela.

A vida é mesmo muito engraçada. Está sempre em movimento, sempre andando, às vezes correndo, às vezes se arrastando, mas, não se engane, ela jamais para. E se uma vida pode mudar completamente de um dia para o outro, imagina em quase seis anos.

Bato a porta do estúdio do qual nunca me mudei, nem mesmo depois do Rodrigo, e caminho até minha cama, sentando e admirando a caligrafia dela. Mariana Fontenele…

A cada giro completo que a Terra deu em seu próprio eixo — dias tornaram-se semanas, que logo viraram meses, e esses, anos —, a vida foi seguindo seu curso. Era natural que, com o passar do tempo, a inconformidade com toda aquela situação fosse diminuindo, assim como a dor daquela perda do amor correspondido… porém não vivido. Acontece que, apesar de tudo estar tão longe, nada jamais ficou para trás. Ainda hoje, tudo queima, arde e dói, tamanha a saudade que sinto dela. Minha Mari, meu amor.

Sei que se eu contasse nossa história para qualquer um, seríamos ambas condenadas, provavelmente. Afinal, como alguém abre mão de um amor como o nosso? Bom, acho que a questão está bem nesse ponto. Não abrimos mão do nosso amor. Ele não só continua vivo aqui dentro, como cresceu ainda mais ao passar de cada um desses dias em que estive longe dela, sem praticamente nenhuma notícia sobre o que fazia, ou como estava. Tenho absoluta certeza de que com ela também assim foi.

Nós ainda tentamos por um ano inteiro nos manter ao menos como sempre fomos, antes de tudo que vivemos, mas não conseguimos. A cada chamada de vídeo, a sensação era de descontentamento muito mais do que conforto. Ela não conseguia focar em sua vida lá, eu não conseguia me desprender e viver o *aqui e agora*, e só estávamos sofrendo mais e mais a cada despedida.

Não foi fácil entender, mas, no fim, acabamos por perceber que, algumas vezes, amores correspondidos têm a infelicidade de se encontrarem em "vidas" não correspondidas. Que infortúnio o nosso.

Naquele derradeiro dia em que estivemos juntas, quando nos despedimos e decidimos que seguiríamos nossos caminhos lado a lado, apesar de irmos em direções opostas, eu a deixei ir, com a certeza de que, a partir daquele momento, ela viveria apenas no meu coração e que seus beijos e carícias só existiriam nas minhas lembranças. Acreditei nisso, mesmo que no fundo eu transbordasse na esperança de existir um nós no futuro. Quando ela se foi, achei que iria literalmente desmoronar ali mesmo, no entanto, braços fortes e alertas correram para me socorrer.

Após presenciar toda a cena com Mari, Rodrigo se aproximou de mim. Achei que ele iria me criticar, censurar, ou, sei lá, e me preparei para o pior. No entanto, tudo que ele fez foi me oferecer seu ombro para que eu pudesse chorar toda a dor daquela despedida.

Não voltei mais para trabalhar naquele dia. Rodrigo também não. Ele segurou minha mão logo após eu finalmente soltá-lo, uns vinte minutos depois de me manter agarrada a ele e encharcar sua blusa, dessa vez com lágrimas, em vez de suco, e me levou para uma área próxima ao estacionamento do shopping, gramada e com algumas árvores em volta. Sentamos debaixo de um ipê amarelo e ficamos em silêncio enquanto observávamos o sol baixar na linha do horizonte. Já era noite quando eu finalmente abri a boca para falar, ao invés de soluçar, e foi quando contei tudo sobre nós.

Esperei mais uma vez a condenação, e mais uma vez ela não veio. Rodrigo se mostrou, digamos, evoluído, quanto à "simplicidade" de duas pessoas se apaixonarem. E quando o relógio bateu 23h — o avião da Mari provavelmente começava a manobrar e ganhar velocidade para levantar voo —, Rodrigo me agarrou ainda mais forte, segurando-me junto ao seu peito para impedir que meus pedaços desmoronassem e se quebrassem ainda mais.

Lembrar daquele dia sempre foi agridoce, como um creme de cajá. Dói, mas me conforta, pois foi naquele dia que Mari e eu reafirmamos e entendemos o que somos e sempre seremos uma para a outra; e agora, com essa carta nas mãos, na minha casa de sempre — da qual nunca mudei só para ela saber onde me encontrar —, reviver aquele dia, e tudo que foi vivido até chegarmos a ele, é como voltar no tempo e quem sabe ter a chance de continuar de onde paramos.

Abro o envelope, finalmente. Respiro fundo.

Santa Monica, Califórnia, 1º de janeiro de 2018

Mais um ano que se inicia, baby. Mais um ciclo, mais um dia que amanhece e que você é a primeira coisa que me vem à cabeça, e que jamais saiu do meu coração.

É inverno aqui. Está frio, e eu acabo de chegar ao meu apartamento, depois do fim de mais um trabalho com o Jeremy. Sim, consegui a vaga de assistente e, amor, você não faz ideia do quanto pude aprender e dos lugares incríveis por onde passei. Quero levar você a alguns deles, quando houver oportunidade, já outros, espero que você nunca precise passar nem mesmo de longe.

O trabalho do Jeremy é extraordinário. Ele captura a essência do sofrimento de pessoas que foram devastadas por tragédias e, de uma forma meio louca e incompreensível, transforma a dor em algo belo, magnífico. Trabalhar com ele era tudo o que eu precisava para me encontrar profissionalmente, e, graças a ele e a toda a experiência adquirida ao seu lado, pude enfim descobrir-me enquanto profissional.

Sou grata por tudo até aqui. Tenho medo de dizer isso, mas a verdade é que estou agradecida por todas as escolhas que fiz, cada uma delas. Acho que elas foram necessárias, no fim das contas. Hoje sou quem sou graças a elas, inclusive as "erradas".

Gostaria que soubesse que, em nenhum momento você esteve longe de mim, apesar dos muitos anos sem que ao menos pudéssemos ouvir a voz uma da outra.

Esses anos foram longos, mas de extremo proveito. Não perdi nenhum deles e torço para que você também não o tenha feito.

Baby, estou voltando. Vou apenas resolver algumas pendências por aqui para que eu possa voltar ao Brasil. Jeremy me fez uma ótima proposta e estamos planejando meu primeiro projeto internacional para daqui a seis meses. Mas, olha só, não se desespere, ok? Vamos conversar pessoalmente em breve. Afinal, tem alguém que acabou de passar dos trinta e eu jamais poderia perder a chance de conferir seus possíveis primeiros cabelos brancos.

Eu não sei como anda sua vida, não sei como anda seu coração, e espero, honestamente, que você não o tenha guardado para mim. Espero que você tenha se apaixonado muito nesses anos em que estivemos afastadas. Que tenha se permitido ter seu coração roubado e que tenha partido alguns também, claro! Espero que tenha conseguido enxergar a mulher incrível que sempre foi, que tenha se encontrado e enfim percebido que <u>você</u> é seu próprio lar, e pode levá-lo com você para onde quer que decida ir.

Estarei por aí na segunda semana de fevereiro. Guarde o 22 para mim, te vira. E tudo bem se não tiver esperado por mim, no entanto, espero que esteja pronta, porque estou voltando mais do que disposta a roubar seu coração de quem quer que seja, e prometo passar o resto dos meus dias fazendo você se reapaixonar por mim todos os dias de nossas vidas.

Amo você, Vih
Ao infinito e além

Tudo sobre Nós 235

Seco as lágrimas o mais rápido que consigo, por temer que elas acabem molhando e borrando as palavras da Mari. Releio a carta três vezes antes que possa finalmente descolar os olhos dela, meu sorriso se misturando ao choro quando sinto que a minha Mari continua a mesma mandona e marrenta que sempre foi.

Hoje são 10 de janeiro. Mari estará na Califórnia talvez até no máximo dia 15 do próximo mês. Encho meus pulmões e solto o ar devagar, tentando acalmar o bater frenético do meu coração, afinal, apesar de ainda não ter cabelos brancos, não sou mais uma mocinha.

Eu amei Mari por toda a minha vida e sempre fui consciente do lugar cativo dela em meu coração, mesmo durante esses anos em que estivemos longe, mas eu fiz uma promessa a ela de não me privar de viver. E vivi.

No passado, quando adolescentes, inseguras e cheias de medos e confusões, acabamos por escolher caminhos que nos levaram para cada vez mais longe uma da outra, mas, depois daquele dia, caberia a nós decidirmos se iríamos para ainda mais longe ou para mais perto, e, a partir daquele dia, eu soube bem para onde queria ir.

Mari

Depois que destranquei a cela que construí para mim mesma e experimentei a liberdade de ser quem eu sou, me apaixonei pela vida, pelas sensações que experimentamos no decorrer dela, e explorei uma a uma. E apesar dos beijos ardentes saboreados, das carícias e orgasmos, ninguém jamais conseguiu ultrapassar a minha primeira camada de pele.

Tive algumas boas amantes, que souberam dominar as reações do meu corpo, mas nunca alguém que conseguisse fazer a mais leve carícia em meu coração. Porque ele nunca deixou de ser dela.

Assim que abro os olhos pela manhã, como em todos os dias desde que programei minha volta ao Brasil, faço um X em mais um dia no calendário colado à minha cabeceira e respiro fundo. Não que eu esteja contando nem nada. Treze dias e poderei ver aqueles olhos novamente, apreciar aquele sorriso abobado e lindo tão característico dela.

Espero que a vida tenha sido gentil com ela e que não tenha lhe roubado aquele ar de inocência que eu tanto amo. Caso tenha, vou me empenhar ao máximo para trazê-lo de volta. *Me aguarde, baby.*

Respiro fundo, sentindo a dor de sua ausência e da incerteza sobre eu tê-la ou não perdido para sempre. Estou mais do que disposta a lutar por ela, mas tantas coisas devem ter acontecido em quase seis anos… Talvez ela tenha encontrado o lar que tanto buscou, e, nesse caso, seria justo eu bagunçar sua vida mais uma vez?

Sinto a saudade do que poderia ter sido doer em meu peito só de pensar em um futuro sem o nós que desejo e merecemos. A verdade é que qualquer final feliz em que não estejamos juntas seria como ganhar uma Copa do Mundo nos pênaltis, quando poderíamos ter goleado.

Faz mais de um mês que enviei uma carta para ela e até agora Vicky não entrou em contato. Eu gostaria de ter a esperança de que talvez ela não houvesse recebido a correspondência, mas nem mesmo posso ter apego a essa dúvida, já que ontem recebi o protocolo de recebimento assinado por Ana Victoria Leal Figueiredo. Ela recebeu, sim. Bom, ao menos tenho certeza sobre onde encontrá-la.

Sempre que estou em meus momentos ociosos nesse apartamento enorme, fico tentada a procurar notícias sobre ela nas redes sociais, mas no fim acabo me convencendo a esperar para saber dela por ela mesma.

Victoria… Quanto tempo longe, não é, meu amor?, penso, passando os dedos pela tatuagem em meu antebraço esquerdo, relembrando nossa promessa para tentar dar um pouco de paz ao meu coração aflito por respostas.

Levanto da cama e vou direto para a cozinha preparar meu café da manhã. O dia está com um clima gostoso, devido à primavera que se aproxima. Morar em Santa Monica é como estar no paraíso. Decidi que seria aqui meu porto seguro, depois das temporadas mundo afora, sempre a trabalho ao lado do Jeremy, mas obviamente não trabalhamos todas as vinte e quatro horas do dia, então, as viagens também se tornaram lazer.

Minhas torradas pulam da torradeira e coloco-as em um prato, onde ovos mexidos com bacon fumegam à minha espera. Passo um pouco de geleia de amora em uma das torradas, encho uma xícara com café puro, arrumo tudo em uma bandeja e caminho até a varanda do apartamento, acomodando-me na rede que eu trouxe, de onde gosto de observar o mar.

Acho que a Vih iria gostar daqui, penso, sentindo o sol tímido e morno em minha pele e a brisa fresca balançar meus cabelos. Então ouço a campainha tocar. *Que estranho.*

Apesar de essa ser minha residência fixa, nunca fiquei aqui por tempo o suficiente para fazer amizades, então, imagino que seja o Jeremy, já que ele é o único que não precisa ser anunciado quando vem me visitar.

Só espero que ele não tente me arrancar daqui para mais um trabalho de última hora, porque não vou abrir mão das férias prometidas. Ele me deu seis meses antes de voltarmos para o batente, e só estou em casa há menos de dois.

Caminho até a porta devagar, mas obrigo-me a acelerar o passo, já que a pessoa parece meio desesperada para que eu abra a maldita porta e não para de apertar o caralho da campainha. *Porra, se for o Jeremy eufórico com algum trabalho novo, eu vou matá-lo!*

Abro a porta e meu corpo todo começa a fraquejar, suar, como se eu tivesse feito a volta ao mundo correndo, sem parar para descansar. Meu coração bate tão frenético que me deixa aturdida e meu sorriso rasga-se inteiro.

— *Hi*, tudo bem? — diz ela com aquele sorriso que tanto amo e aquele brilho nos olhos que tanto tive medo de que as porradas da vida o tivessem embaçado.

Vicky está aqui, parada na minha frente, mas ainda assim não consigo acreditar. Deixo meus olhos passearem por ela, absorvendo cada detalhe que a maturidade esculpiu nela, embasbacada com o quanto ela ficou ainda mais linda com traços mais maduros, e, ainda assim, sem perder o ar de mocinha sempre tão marcante na forma de se portar.

Passam-se séculos sem que eu consiga dizer nada. Porra, eu não consigo nem mesmo recuperar o fôlego que perdi quando a vi!

Vicky

Ver a Mari depois de todos esses anos é estranho, engraçado e... incrível!

Estranho: sinto como se aqueles longos e intermináveis anos, que me arrancaram lágrimas e mantiveram meu coração meio vazio, não tivessem existido, é como se eu a tivesse visto ontem. Não por já ter suprido as saudades que senti ao longo desse tempo, mas pelos sentimentos que ainda me aquecem, dentro e fora de mim.

Engraçado: apesar da sensação de que estivemos juntas ontem e de eu conhecer essa mulher da vida toda, é como se eu a tivesse encontrado pela primeira vez. Assim como me senti lá atrás, quando éramos adolescentes, experimento um desejo maluco de saber mais sobre ela, de chegar bem pertinho e...

Incrível: mesmo ciente de que sempre a amei, de que ela jamais abandonou meu coração, é como se eu tivesse acabado de me apaixonar à primeira vista.

Mari continua parada me olhando sem nada dizer, sem me convidar para entrar ou mesmo fazer qualquer menção de que sou bem-vinda.

De repente, sinto-me insegura quanto à decisão louca de ter vindo sem avisar, sem nem mesmo a *stalkear* nas redes sociais para tentar ter uma base de como anda sua vida. Privei-me disso desde que decidimos romper contato e, depois da certeza de que iria encontrá-la, não queria perder o encanto de ouvir, por ela mesma, suas histórias de vida sobre esses quase seis anos de ausência. *Será que ela tá acompanhada?*

Começo a entrar em pânico. *Ah, meu Deus. Caramba, o que eu tinha na cabeça para vir assim desse jeito? Será que não é uma boa hora? Por que ela não diz nada?*

— Ãh... desculpa ter vindo assim... acho que eu deveria ter avisado, né? Tudo bem, se tiver ocupada, eu posso procurar um hotel... É... eu sinto muito... não quero atrapalhar... Ãh... Você está linda — solto, sem conseguir segurar o fato de que, sim, caraca, ela está *muuuito* linda. — Que vergonha! Você deve estar com alguém e eu devia ter avisado que estava vindo, vou procurar um hotel e te ligo para combinarmos um almoço? — falo atrapalhada, tentando puxar a alça da minha mala, que trava, e não consigo movê-la devido ao peso. Mari ri, me deixando ainda mais sem graça e confusa.

— Você não tem meu telefone, garota. Como vai me ligar? — questiona em tom brincalhão. — Deixa de ser maluca e me dá logo um abraço! Caralho, como eu senti falta dessa tua leseira e desse teu jeito estabanado! — Mari fala sorrindo, lágrimas começando a molhar seu rosto, e me puxa para seus braços. Eu relaxo, sentindo a segurança que sempre experimentei quando estou com ela e percebendo o quanto senti falta também da minha melhor amiga. — Você é completamente maluca! — conclui em tom brincalhão, secando as lágrimas e destravando facilmente a alça da minha mala com uma das mãos, estendendo a outra até a minha.

Assim que nossos dedos se tocam, sinto como se cada nervo do nosso corpo se conectasse, encaixando o pedaço dela que ficou comigo e a parte de mim que faltava e se encontrava guardada com ela.

— Eu estava neste exato momento pensando em você, baby! Como pode? — revela em tom eufórico, surpreso, e sinto meu coração ficar quentinho ao ouvir o apelido carinhoso. Sorrio ao constatar o quanto ele bate acelerado. — Se bem que eu estou sempre pensando em você, nem é novidade — confessa, e surpreendo-me com a facilidade com a qual a confissão sai de sua boca.

Mari mudou. Claramente. Ela parece mais aberta, mais à vontade consigo e com o mundo. Até mesmo aquele toque de ira contida tão típico do tom de sua voz sumiu. Mari está feliz. E agora eu estou ainda mais.

Sigo-a por seu apartamento amplo e iluminado pela luz do sol que entra através das portas de vidro abertas da varanda.

— Seu apê é incrível — comento apenas para ter algo a dizer, meio sem graça como se eu fosse uma menina diante do primeiro amor do ensino médio. Bom, na verdade é o que ela é, porém, eu estou quase completando 32 anos e esse tipo de sensação não condiz com uma mulher adulta. Ou condiz?

Sinto meu rosto corar quando os olhos da Mari encontram os meus. Sou capaz de ouvir dois corações batendo forte, bem acima do barulho das ondas do mar que entra pela varanda.

Mari solta minha mão e caminha até um corredor próximo à sala, coloca minha mala próxima a uma porta, que acredito que seja a de um quarto, e volta a me olhar intensamente, seus olhos expressivos tentando me dizer tantas coisas embaralhadas... no entanto, eu ouço cada uma delas. Eu sempre fui muito boa em ouvir o olhar da Mari, e é impossível não ouvi-lo gritando enquanto ela caminha de volta para mim.

Mari

Entrelaço nossos dedos mais uma vez, segurando as palavras na garganta, e guio Vicky até a varanda, sentando-me na minha rede branca, uma perna de cada lado, puxando-a de frente para mim, acomodando suas pernas sobre as minhas. Seguro seu rosto entre minhas mãos, encarando seus olhos, sentindo a paz que só ela é capaz de me trazer.

Respiro fundo. Uma respiração difícil e trêmula, e passo meu nariz sobre o dela, sentindo seu cheiro junto ao da maresia trazida pelo vento.

— *Eu tenho tanto... pra lhe falar...* — cantarolo. — Tenho tantas coisas para contar, tantas coisas para ouvir, tanto para perguntar — começo, beijando suas bochechas, sua testa, seus olhos, dando-lhe um último beijo no cantinho da orelha —, mas, por ora, antes de qualquer outra coisa, antes de saber se há alguém que eu deva matar para ter de volta seu coração... eu amo você — digo num tom baixo e firme. Seguro. — Eu amo você — repito, trazendo minha boca do seu ouvido até seus lábios. Nossos olhos travam um no outro e, mais uma vez, com o coração transbordando de certezas e coragem, proclamo: — Eu. Amo. Você. Só você! E, em todos esses anos, mesmo depois de todos os beijos provados e corpos tocados, meu coração, nem mesmo por um segundo, deixou de pertencer a você. E eu não me importo com quantas bocas você também possa ter se encontrado, porque eu sei que nenhuma delas te fazia sentir transbordar como a minha — afirmo, e, no segundo seguinte, transbordamos juntas, derramando nosso amor através dos beijos que guardamos uma para a outra, aqueles que são só nossos, e que nunca partilhamos com mais ninguém. Porque ninguém mais no mundo é Vicky, e ninguém mais é Mari.

Olhos nos olhos, Vicky resolve continuar a música que agora há pouco eu tentei cantarolar, e juntas, como uma dupla, soltamos a voz: *Como é grande o meu amor por você.*

Vicky

Beijá-la é como voltar a fazer sentido, como se finalmente tivesse um lugar seguro para ir nesse mundo.

Sinto seus lábios tocarem docemente os meus, e segundos depois estamos agarradas uma a outra com desespero, puxando nossos corpos para ainda mais perto um do outro, misturando nossas lágrimas e nossos cabelos, grudados e bagunçados em nossos rostos.

— Antes que eu me esqueça, estou muito orgulhosa de você — diz ela com um sorriso, com a testa colada à minha, ainda segurando meu rosto.

— Oxe, pelo quê? — pergunto confusa.

— Baby, você viajou sozinha para fora do país! — exclama surpresa e noto que ela realmente está feliz por perceber o quanto amadureci.

— Amor, vou fazer 32 anos — digo como se isso explicasse tudo.

— Sabe, confesso que tive muito medo de jamais ter a chance de ter sua vida entrelaçada à minha. Você sempre buscou tanto o tal "lar" com o famoso almoço de domingo em família, que por muito tempo me vi insegura se eu seria capaz de te fazer feliz. Só hoje consigo ver isso claramente; engraçado, não é? Meu maior medo nunca foi assumir quem eu era, enfrentar os julgamentos, meus pais ou sei lá o quê. A cada vez que tentei tomar coragem para declarar o tamanho do meu amor por você, eu era atropelada pela certeza de que jamais teria como te dar o que você sempre sonhou. Mesmo depois de você corresponder aos meus sentimentos, acreditei que no fim eu estaria te impondo uma vida pela metade, e eu jamais iria querer isso pra você.

— Preciso te contar uma coisa — aviso em tom sério, e Mari se empertiga, preparando-se. — Eu me casei com o Rodrigo. Não oficialmente, mas até já moramos juntos — revelo, e Mari assume uma expressão compreensível e dolorida. Ouço-a puxando o ar com força e vejo seus olhos marejarem.

— Então, quer dizer que você encontrou sua casa com jardim grande, afinal — conclui num tom sentido, com as mãos percorrendo cada poro do meu rosto.

— Sim, apesar da casa nem ter jardim, já que me neguei a sair do meu estúdio. — O olhar da Mari vacila e ela olha para baixo, para nossas pernas entrelaçadas.

— Ei! — chamo-a, usando meu dedo indicador para erguer seu rosto pelo queixo em minha direção. — Preciso que preste muita atenção no que eu vou dizer agora, tudo bem? — peço e ela assente.

— O Rodrigo é muito importante para mim. Ele se manteve ao meu lado num momento que achei que não conseguiria sequer dar um passo à frente. Fabrícia se mudou uns seis meses depois que você foi embora. Ela passou para medicina na Universidade Federal de Minas e eu me vi sozinha. Tive um choque de realidade, praticamente uma crise existencial, eu diria. E ele foi a mão que me manteve firme no lugar, sem cair, o apoio que eu precisei para correr atrás do que eu queria. Eu precisava de alguém ali, do meu lado, guiando meus passos, porque eu era esse tipo de pessoa que até consegue caminhar com as próprias pernas, mas não sozinha, não sem um pulso firme para me impedir de desistir. Rodrigo foi esse pulso.

Mari continua em silêncio, pacientemente esperando que eu termine de falar, então prossigo.

— Amor, me formei em Jornalismo pela UFC, aprendi dois idiomas, sendo espanhol meu favorito. Meu curso de especialização começa daqui a quatro meses. Dividi todo esse pedaço da minha vida com ele, e sou imensamente grata a ele pela tentativa de me dar o lar que eu sempre son...

— Fico feliz que tenha encontrado seu lar, Vih, mesmo que eu não tenha tido sequer a chance de oferecer o meu a você — Mari me interrompe, chorando.

— Me deixa terminar, por favor? — peço docemente.

— Desculpa — pede, respirando fundo mais uma vez.

— Mari, a parte ruim de se querer um ideal e não algo concreto, é que você só vai descobrir se quer mesmo aquilo quando o tiver. Eu busquei um ideal de felicidade a vida quase toda, eu o alcancei, e então percebi que não era aquilo o que eu queria.

— Baby, eu não estou entendendo.

— Amor, lar é quando a gente se sente em casa, quando está em paz e sente que nada mais falta, e só existe um lugar no mundo onde eu me sinto assim — seguro as mãos da Mari, erguendo seus braços e envolvendo-os ao redor de mim. — E esse lugar é aqui.

Mari me aperta com força, suas costas sacudindo levemente contra meus braços. Soluços escapam devido ao choro.

— Eu sabia bem para onde queria que a minha vida fosse, e eu cumpri minha promessa sobre não esperar por você e viver, mas não esperar por você não significava que eu não poderia estar pronta para o caso de a vida ser generosa com a gente, fazendo nossos caminhos se cruzarem mais uma vez — afirmo e Mari assente. — Eu passei a vida buscando um lar de tijolos, fixo no chão, e, antes mesmo de receber sua carta, eu já havia percebido que esse não era o lar que me faria feliz.

— Então, você e ele… — Mari pergunta, apenas para confirmar o que ela já sabe.

— Sim, nós terminamos tem seis meses, mas ainda somos grandes amigos e, honestamente, não imagino uma vida sem que ele esteja nela.

— Hum… sei — diz ela, e sinto uma pontinha quase imperceptível daquela ira contida. Sorrio.

— Mariana, o Rodrigo se tornou o meu melhor amigo. Mas o meu lar é você — digo dando-lhe um beijinho na ponta do nariz. — Um lar de carne, alma e amor, que posso levar comigo para onde quer que eu vá. *Você* é meu lar, Mari. Aqui, no Brasil, naquelas ruínas que hoje formam o nosso lugar em Fortaleza… meu lar estará onde *você* estiver, baby, e eu estou preparada para morar nele. Para sempre.

4 meses depois...

Faz apenas uma semana que voltamos para Fortaleza e, depois dos melhores meses da minha vida, de conhecer um pequeno e delicioso pedaço do mundo, é chegada a hora de mais uma despedida.

— Será que a vida nunca vai se cansar de fazer a gente se despedir, amor? — pergunto, sentindo o coração apertar pela primeira vez desde que nos reencontramos.

Nossas mãos balançam entrelaçadas, como sempre, nossos pés afundando na areia, enquanto caminhamos pela Praia dos Crush, em direção à ponte dos ingleses.

— Baby, essa despedida nada mais é do que um até breve. Você precisa concluir sua especialização, e eu venho passar ao menos o mês do meu aniversário aqui contigo, e depois volto para o exterior para concluir o trabalho com o Jeremy. Eu sei que não vai ser fácil, mas eu confio na gente, tudo que vivemos até aqui nos preparou para passar por esse momento, Vih. — Mari leva nossas mãos até seus lábios e beija nossos dedos entrelaçados, olhando no fundo dos meus olhos. — Eu preciso ir, mas vou voltar pra você, amor da minha vida — conclui como uma promessa, depois volta sua atenção para o caminho à nossa frente, seu peito estufado, ombros retos e cabeça erguida, enquanto desfilamos pela praia exibindo como estamos fodasticamente felizes por estarmos juntas, lado a lado.

Observo-a ao meu lado, e um sorriso bobo não descola de mim. Absorvo todos os detalhes que fazem dela quem ela é. Admiro os traços do seu rosto, seu nariz afilado, seus lábios carnudos, seus olhos expressivos e altivos sempre prontos a enfrentar o mundo, seus cabelos negros, que o vento bagunça sem que ela se incomode, e, acima de tudo isso, vejo a mulher forte e corajosa que ela é e sinto um orgulho absurdo de ser eu a estar dentro do coração dela, assim como de tê-la no meu.

Quando chegamos em frente à velha ponte, sinto vontade de chorar por todas as lembranças lindas e doloridas que esse lugar me traz e ao constatar em que estado se encontra hoje esse cantinho tão nosso.

Tapumes cercam todo o entorno da ponte. O corrimão que cercava toda a sua extensão está desmontado no chão de madeira. Está tudo destruído e arruinado.

— Será que um dia ela vai poder voltar a testemunhar casais apaixonados e suas promessas de amor? — pergunto com um ar sonhador.

— Espero que sim, baby — responde Mari, envolvendo-me em seus braços e beijando o topo da minha cabeça, abraçando-me por trás.

O sol começa a se preparar para se despedir de nós, baixando lentamente na linha do mar, e ficamos ali, apreciando a vista enquanto a brisa agradável nos cerca, sentindo o cheiro de areia e água salgada que tanto amamos em um silêncio reflexivo.

Estar aqui nesse lugar depois de tantos anos e lembrar de tudo pelo que passamos até chegar aqui só reafirma o que somos.

Quando nossos olhos trombaram naquela sala de aula, escancaramos nossos corações uma para a outra, e neles fizemos nossa morada.

Eu sempre nutri um fascínio pela Mari e assim é até hoje. Ficava boba olhando para ela e hoje ainda fico, talvez até mais abobalhada do que no passado, porque antes eu ainda tentava me enganar sobre a seriedade do que eu sempre senti por ela.

Uma vida inteira nas mãos hábeis de um destino brincalhão, sempre aprontando com a gente. Ele brincou de esconde-esconde, de polícia e ladrão, de pega-pega... Ambas nos escondemos; quando uma tomou coragem a outra fugiu; quando ambas entendemos o que queríamos, os caminhos estavam invertidos.

Foram precisos mais de trinta anos para estarmos maduras o suficiente para o "nós", para acreditarmos que era a hora de ser quem somos e não nos assustarmos com isso. Trinta anos de tantas experiências: tapas na cara

Tudo sobre Nós 253

(na nossa e na de terceiros), abraços, beijos roubados, porres, viagens, flertes, choros, casamentos, divórcios, esconderijos, corações partidos, risos e certezas. E aí, catorze anos depois de residência fixa no coração uma da outra... a liberdade.

Quatro meses que gritamos de dentro do nosso peito, alto o suficiente para o mundo todo escutar.

— Acho que, no fundo, a gente sempre soube, amor — digo quebrando o silêncio. — A gente sempre soube o que fomos e o que somos, apesar de que não fazíamos ideia do que poderíamos ser. Porém, hoje, aqui, olhando para nosso lugar, que, apesar de destruído pelo tempo e pelo descaso, ainda permanece de pé, tenho certeza absoluta de que continuaremos sendo quem somos uma para a outra e iremos nos amar ainda mais do que nos últimos catorze anos e muito mais intensamente do que nos quatro meses que se passaram — afirmo como uma promessa.

— Eu sei que ainda não podemos viver nosso amor da forma que merecemos, Vih — começa ela girando-me em seus braços para que nossos olhos possam estar onde pertencem: submersos uns nos outros —, mas vamos continuar seguindo de cabeça em pé e peito estufado, baby, nos amando da melhor forma que conhecemos até o último dia das nossas vidas.

— Amor... — chamo, apenas pelo prazer de me referir a ela dessa maneira. — É tão bom poder te tratar assim! — declaro sorrindo, e ela sorri também. — Amor, meu amor, minha namorada — digo, e ela acaricia meu rosto sem tirar os olhos dos meus.

— Eu amo você, Vih.

— De agora e para sempre? — pergunto erguendo minha mão, assim como tantos anos atrás, neste mesmo lugar.

— Ao infinito e além, baby — Mari promete, encaixando seu dedo mindinho no meu, ao passo que nossos lábios se encontram, selando a nossa promessa.

Conto especial
Dia das namoradas

<Junho de 2018>

Quando a gente encontra uma pessoa especial, capaz de tornar nosso dia melhor apenas com a lembrança de que ela existe e com as recordações que apenas vocês compartilham, para onde a vida levá-las não fará a menor diferença. Mesmo que nunca mais exista o toque, o abraço, o colo e os beijos. Sempre, e para sempre, existirá o amor.

    Talvez a vida tenha mesmo nos levado por caminhos longos e tortuosos demais para que consigamos voltar e fazer com que se cruzem novamente. Talvez eu não esteja escrita no *seu* destino da maneira que deveria, porém eu jamais irei abrir mão do que quer que o *meu* destino me permita ser. Serei tua melhor amiga. O ouvido para teus desabafos, o conforto para os dias ruins, a voz para te lembrar do quanto você é incrível, o riso que quebra o silêncio das noites em que se sentir sozinha... e o amor, aquele amor que durará até o fim dos nossos dias e muito além deles também.

2 anos depois

Mari

Recebo o e-mail do assistente do Jeremy com os dados do meu voo. Logo depois, acerto os detalhes do final de semana que planejei para comemorarmos nosso primeiro dia das namoradas juntas. Fisicamente. Quero dizer, como um casal.

Ainda não contei a novidade para a Vicky, quero fazer surpresa. Apenas disse que estaria de volta em breve, mas não dei uma previsão exata. Espero que ela já tenha se acostumado com minha agenda imprevisível. Charlie, o assistente que usurpo do Jeremy, que o diga. Já prometi a ele que logo ele volta a ser exclusivo do Jeremy e, apesar de se mostrar atencioso com as minhas coisas, sei que ele não vê a hora de se livrar de mim, até porque sou chata pra caralho com organização e horários, não nego. E a verdade é que estou louca pra contratar uma assistente só para mim.

Volto a fitar as reservas que fiz e sinto meu corpo tremer de ansiedade. Conheço Victoria da vida toda, mas sempre que estamos juntas é como se eu me apaixonasse pela primeira vez.

Partilhamos uma história louca de desencontros, descobertas, aceitação, e, em breve, finalmente nossos caminhos poderão seguir lado a lado e nunca mais em direções opostas, como tem sido desde sempre.

— Uma semana. Só mais uma semana, baby — digo em voz alta, olhando para a tela do Macbook, sentindo meu corpo formigar ansiando por ela, inquieto. *Eu preciso sair desse apartamento*, concluo, sentindo a ausência dela triplicar meu apartamento de tamanho.

Vicky

Faz cerca de três minutos que encaro a tela do meu celular, absorvendo cada detalhe que consigo da fotografia que recebi pelo Whatsapp. A foto mostra Mari de perfil, a mão direita a poucos centímetros do rosto com um cigarro — provavelmente um baseado — entre os dedos, seu rosto inclinado para cima e uma névoa cinza saindo de sua boca formando uma nuvem no ar. Seus cabelos estão um pouco mais curtos, a lateral ainda raspada e as pontas maiores na parte da frente, caindo acima dos ombros devido à posição inclinada de sua cabeça. Quero matá-la por estar fumando e ao mesmo tempo sinto meu sexo ansiar por ela, desejando partilhar daquela *brisa* que ela sopra, sentir o gosto que a erva deixou em sua língua.

São 19h47 de uma sexta-feira, estou em sala de aula, tentando aprender sobre mídias digitais, enquanto ela está em Amsterdã, lá 00h47 de sábado.

Mari está em Amsterdã, na Holanda. Meu sangue esquenta alguns graus só de lembrar. Desde que estamos juntas, nesse nosso relacionamento louco em que não nos vemos por meses — e contando —, meu ciúme tem sido o maior dos nossos problemas, muito mais do que a distância.

Respiro fundo após guardar todos os detalhes dela, sentindo o peito ser apertado por fios de náilon — de saudade e insegurança —, agora analisando toda a cena em que Mari está; buscando algum indício que indique se devo me preocupar com alguma holandesa por perto. Então, quando sinto que acalmei meu ciúme, envio uma mensagem para ela:

Vicky — 19:47: Eu não sei se quero te matar ou te levar pra minha cama. Coisa feia, hein? Ah, sua namorada tá de muito parabéns <3

Mari — 00:47: Baby, já fumamos maconha com 16 anos e acha que eu não sei que você adora um "Brownie Mágico"? Não me julgue, me fale mais sobre o que você vai fazer **de diferente** comigo na sua cama ;)

Vicky — 19:48: Adoraria te contar mais, mas estou em sala de aula agora, um pouco inapropriado pro tesão que você me causa, então, me ajuda, por favor? E aliás, Brownie Mágico é gostoso e não me faz tossir :D

Mari — 00:48: Hum, tão dedicada! Adoraria estar aí nessa sala agora, sentada perto de você, de vez em quando sussurrando no seu ouvido como eu fazia quando estudávamos juntas. Eu adorava sua cara de sem graça por causa dos arrepios que meu hálito provocava na tua pele.

Vicky — 19:49: Amor, por favor... eu estou com tanta saudade de você! Isso é maldade!

Mari — 00:49: Eu também, baby. Aguenta mais um pouco, estarei em Fortaleza em breve. Louca pra colocar meus olhos **E** mãos em você! Mas, por ora, vou deixar você estudar. Vou ficar por aqui um tempo, depois acho que vou dançar, ainda não decidi. Te aviso quando chegar no hotel. Se tiver acordada, posso te ligar pra dormirmos juntas. Boa aula meu amor. Até mais tarde, amo você.

Respiro fundo mais uma vez, agora com os olhos fechados, sentindo a saudade machucar um pouco mais meu coração, porém feliz por saber que estamos juntas e que nosso reencontro já está em contagem regressiva.

Sempre que podemos, dormimos conectadas pela internet, ouvindo a respiração pesada do sono uma da outra, às vezes juntas, às vezes uma de cada vez, dependendo do fuso horário de onde ela estiver.

Vicky — 19:52: Contando as horas! Espero que você consiga chegar antes do dia 12 de junho, merecemos partilhar um dia das namoradas na mesma cidade, mesmo que você ache essa data apenas uma desculpa do comércio para vender mais. Sou moça romântica, mesmo sendo uma moça velha! Te amo.

Depois que clico em enviar, guardo o celular na bolsa e juro, de verdade, que tentarei prestar atenção na aula.

A aula acaba e solto o ar, aliviada por finalmente poder ir para casa. Não que eu não adore o curso, essa especialização só aumentou minha certeza sobre o que quero fazer da vida e onde vou investir tudo que tenho aprendido, mas por eu estar exausta ao fim de uma semana inteira de trabalho e estudos.

Hoje, graduada em jornalismo, concluindo minha especialização em assessoria de comunicação e marketing, continuo trabalhando para a mesma loja de sapatos, porém, agora não os vendo mais, pelo menos não na loja.

Sou assessora de comunicação da rede de sapataria e, apesar de amar meu trabalho, confesso que às vezes sinto falta da liberdade e flexibilidade da minha antiga função, quando eu podia — ai que feio! — fingir estar doente e simplesmente faltar.

Até que enfim!, suspiro para mim mesma logo que enfio a chave na fechadura do meu lar doce lar! Assim que entro, jogo meus cadernos e bolsa em cima da cama e desabo nela, com os braços abertos, encarando o teto apenas por alguns segundos, antes do peso dos meus olhos se tornar insustentável e eu cair no sono.

\<Junho de 2018\>

Guarda o amor que você tem e que é só meu, os melhores e mais intensos beijos, o olhar mais puro e teu sorriso bobo só pra mim, que uma hora eu volto pra cobrar todos eles e pagar a minha dívida com você.

Mari

Danço no ritmo da mixagem do DJ, meus cabelos grudando na nuca, meus quadris acompanhando cada batida, seduzindo a mim mesma, livre. A boate tá bombando!

    A poucos metros, escorado em uma mesinha alta, um homem me observa com atenção, enquanto toma um gole de sua bebida. Ele é bonito, pelo menos até onde a distância e a neblina causada pela fumaça de efeitos especiais me permitem assimilar.

O cara é grande pra caralho, disso tenho certeza. Sua blusa é de cor clara, não sei se creme ou rosa, justa o bastante para dar contorno ao peitoral definido, mas sem parecer que foi vestida a vácuo. Os cabelos parecem loiros, refletem um tom dourado entre um piscar e outro das luzes, e é possível notar esse mesmo tom em uma barba rala.

Encaro o sujeito, ainda dançando, agora mais provocativa. Não tenho a menor intenção de ficar com ele, só acho divertido todo esse clima de azaração.

Dois minutos trocando olhares. O cara então vira o resto de sua bebida em um gole, coloca o copo vazio em cima da mesinha e, dançando, começa a passear por entre os corpos que balançam e se entrelaçam.

Viro de costas assim que ele fica uns poucos centímetros de mim, fingindo que não notei sua intenção. Logo ele estica o braço e segura meu pulso, dando um puxão leve para que eu me vire em sua direção. Permito-me ir e paro de frente para ele, meus olhos alcançando pouco abaixo do seu pomo de adão, então, ergo a cabeça para fitá-lo nos olhos.

Nossos corpos se movimentam em sincronia e me deixo levar pela dança, até que ele me puxa um tanto apertado demais.

— Opa! — digo erguendo os braços, nossos corpos agora colados um ao outro, suas mãos enlaçando minha cintura. — Calma aí, gringo! — continuo em português com um sorriso quase inocente, como se estivesse completamente alheia ao flerte que partilhamos há pouco.

— *Do you speak English?* — pergunta com uma expressão confusa por não entender minha língua, afastando-se um pouco de mim.

— Não consigo compreender, desculpe — finjo, segurando o riso que já começa a crescer na minha barriga.

— *Hablas español?* — insiste sem querer desistir, confesso que não esperava por essa e quase deixo escapar o riso.

— Olha só, você é um gostoso do caralho, mas além do meu fraco ser por mulheres, ainda há o atenuante de que eu não consigo mais desligar minha alma do meu corpo, e só a Vicky tem acesso aos dois, então, é melhor eu ir andando, mas... oh, *brigadão* pelo interesse. Foi divertido — falo sem dar espaço para ele nem mesmo tentar assimilar o que digo, e vejo sua expressão ficar cada vez mais confusa, até que ele finalmente dá de ombros e sai. Caio na gargalhada.

Apesar de Vicky e eu termos deixado as coisas bem definidas — e flexíveis — sobre sair com outras pessoas enquanto estamos longe, a verdade é que nunca usei a cláusula três do nosso contrato. Sim, ela elaborou um *contrato* e me fez assiná-lo antes de eu ir encontrar o Jeremy, há dois anos. E, não, não é que eu queira sair com outras pessoas, eu quero apenas a liberdade de ser dona exclusiva das minhas escolhas, sem a pressão de machucar quem eu amo.

A vida me ensinou muita coisa. Estar longe do amor da minha vida, de certo modo, me fez aprender a separar meu corpo da minha alma. Passei anos provando diferentes bocas enquanto nosso destino seguia incerto, descobrindo as delícias que outros corpos podem causar ao meu, entretanto, depois que Vicky e eu alinhamos coração e vida — à nossa maneira —, parece que desaprendi onde "aperta" para cortar a ligação.

A verdade é que essa cláusula nada mais é do que algo a que me apego para fingir que não estou completamente — e voluntariamente — presa a ela.

Sorrio com a lembrança da cara enciumada da Vicky, enquanto eu tirava onda com ela sobre a dita cláusula que ela criou por saber o quanto é excruciante para mim me sentir presa, ao que quer que seja, até mesmo por amor. Odeio imposições. Jamais aceitaria alguma, nem mesmo dela. Estar com ela é uma escolha minha, e preservar a exclusividade do meu corpo, também.

❧❧❧❧❧❧❧❧

São quase sete da manhã quando finalmente entro no quarto do meu hotel. Minhas exposições pela Europa acabam nos primeiros dias de junho e, às vezes, é meio inacreditável o quão bem e rápido meu trabalho foi aceito e reconhecido pelos europeus — a mostra com as fotos tiradas no agreste do Brasil estão sendo um sucesso.

— Ah, que saudade do caralho que eu tô de você! — digo em voz alta, deitada na cama, acarinhando os traços da nossa promessa, do nosso elo tatuado em meu braço.

Início da madrugada no Brasil, será que a Vih ainda tá acordada?, penso, e logo em seguida pego meu celular para enviar uma mensagem.

Mari — 06:52: Baby, acabei de me deitar. Se bem conheço você, capotou depois da aula e só vai ver essa mensagem pela manhã, então, só queria te desejar um ótimo sábado. Sai um pouco de casa, vai à praia, aproveita meu sol de Fortaleza por mim e não esquece de mim, do quanto eu amo você e estou com uma saudade fodida acabando comigo. Para onde eu olho, tudo que faço aqui, não tem um único momento que não esteja com você na minha cabeça, desejando partilhar contigo todas as experiências que estou vivendo, sabendo do quanto iríamos nos divertir se estivéssemos juntas. Paciência. Eu tô muito fodida, baby, e eu nunca fui tão feliz por isso. Me liga quando acordar. Te amo.

Clico em *enviar* com o peito apertado, meus olhos começam a se fechar devido ao sono e, com Vicky em meu pensamento, durmo feliz, com a certeza de que logo nos reencontraremos.

\<Agosto de 2018\>

Saudades... Tantas! Do beijo nas costas e dos pelos arrepiados, do coração acelerado, mãos trêmulas, pernas bambas e olhos brilhando. De ver meu sorriso bobo refletir o seu, do calor no meu corpo quando você me toca, quando sinto tua boca em mim, nos meus lábios, na minha pele... Que vontade de sentir teus dedos entrelaçados nos meus, de me sentir inteira, encaixada.

    Meu amor, eu não sei por quanto tempo mais teremos que nos manter longe, só espero que jamais se esqueça do tamanho do amor que eu sinto por você, do quanto eu sinto a sua falta e desejo estar do teu lado, bem bem bem pertinho. Não esqueça de mim, por favor.

Vicky

Acordo pela manhã ainda vestindo calça jeans e sutiã. Meus cabelos desgrenhados e minha cara possivelmente amassada são vestígios do quão ando me sentindo cansada, mas, apesar de tudo, feliz e orgulhosa do que eu venho me tornando.

Passados alguns segundos assimilando que já acordei, mas ainda deitada, viro de lado e dou um beijinho na tatuagem.

— Bom dia, meu amor — sussurro e logo em seguida pego o celular buscando as possíveis mensagens que Mari me enviou em seu estado alcoolizado. Ela quase sempre envia mensagens e áudios quando está bêbada, alguns cantando as músicas que expressam o nosso amor e a nossa história. Mas, dessa vez, há uma única mensagem, o suficiente para colocar um sorriso contente porém dolorido no meu rosto.

 Vicky — 07:27: Bom dia, coisa linda <3 Espero que tenha lembrado de guardar meus beijos! Acabei de acordar, capotei assim que caí na cama. A propósito, como você sabia?! Tem uma câmera escondida por aqui? Se é pra ser Big Brother, me diz ao menos qual o melhor ângulo para eu trocar de roupa ;) Se não tiver hibernando, me liga! Amo você.

Envio a mensagem e fito o teto. Encarar o teto acabou por se tornar uma mania que desenvolvi ao longo dos anos. Às vezes, me pego pensando em tudo que passamos, todos os anos que, por escolha, nos mantivemos longe mesmo querendo uma a outra, para no fim, ironicamente acabarmos em um relacionamento a distância, coisa da qual não soubemos lidar no passado. E em todas as vezes que fiz esse passeio no tempo, cheguei à mesma conclusão: qualquer outro caminho que não o que tomamos... seria nossa ruína.

Quando adolescentes, fizemos escolhas que desalinharam nossos caminhos e, para realinharmos, foi preciso concluir nossas jornadas, sozinhas. Se mesmo com toda a maturidade que as experiências nos trouxeram ainda é difícil, é possível imaginar o que nos tornaríamos sem elas.

Sabíamos o que queríamos uma da outra, mas precisávamos descobrir o que queríamos de nós mesmas — e da vida! — para estarmos finalmente prontas para o nós que merecemos, e sinto que isso está cada dia mais perto.

Há dias bons e ruins, maravilhosos e tenebrosos e, em cada um deles, continuamos nos amando. É isso que faz tudo dar certo.

Ainda em minha cama, sinto meu celular vibrar e logo vejo a foto da minha mãe na tela.

— Oi, mãe.

— Tava dormindo, dorminhoca? Estou fazendo torta de camarão para o almoço, comprei sorvete de tapioca. Não quer vir almoçar com a gente? — convida, sabendo que o convite já estava aceito logo após ela mencionar "torta de camarão".

— Estarei por aí lá pelas onze, vou chamar o Rodrigo, ele *adooora* essa torta! — digo, quase me arrependendo logo em seguida.

— Ah, chama ele, sim! Ele ainda está solteiro? Nossa, que homem maravilhoso! Não me conformo de você ter perdido um partidaço — diz em tom choroso, e reviro os olhos.

— Mãe, o Rodrigo e eu somos apenas amigos. A senhora sabe que a Mari e eu estamos juntas, e o Rodrigo está namorando, sim — minto, apenas para encerrar o assunto de vez.

— Mulher de sorte essa. Enfim, nem sempre a vida dá o futuro que queremos para nossos filhos, né? Fazer o quê? — resmunga com ar de derrota, até a próxima oportunidade de alfinetar meu relacionamento.

— É isso. Bom, até mais tarde, mãe — despeço-me para não dar ainda mais linha para ela tecer.

— Até, filha — ela se despede e desliga.

Quando contei aos meus pais que amava a Mari, depois que voltei da viagem que fiz para encontrá-la na Califórnia, o relacionamento com eles ficou bem abalado por um tempo, e depois passou a ser apenas "esquisito". Como agora há pouco, quando minha mãe fingiu esquecer que tenho namorada.

Eu não contei de imediato tudo que eu sentia pela Mari para os meus pais, por querer, antes, ter certeza sobre quem eu era. Aquilo tudo era uma loucura inimaginável para mim até o dia em que nos reencontramos e tudo aconteceu tão rápido; logo depois já não havia esperanças de um nós no futuro, então eu me envolvi com o Rodrigo… E ainda havia o medo da reação deles, claro.

Tudo sobre Nós ⤫⤫⤫ 269

Eu estava certa sobre meus sentimentos, mas não tinha certeza sobre a maneira que estaríamos uma na vida da outra, e ainda não saberia dizer quem eu era, se a Mari seria minha única exceção...

Nenhuma outra mulher jamais me chamou atenção como ela, nenhuma despertara o menor desejo, então pensei: para que contar? Entretanto, no dia em que cheguei da Califórnia, fui direto para a casa dos meus pais, sentamos no sofá da sala e me "despi" perante eles. Falei tudo que aconteceu, desde o dia em que nos conhecemos, e o fiz não apenas pelo fato de que eu havia decidido passar o resto da vida com a Mari, mas por ter finalmente me aceitado enquanto bissexual.

Eu não poderia ter certeza se, caso nosso relacionamento não desse certo, eu me apaixonaria outra vez, no entanto, eu finalmente entendi que, independentemente de homem, mulher ou do gênero em que alguém se identifique, eu jamais iria me privar de viver o que sinto, como quando neguei o amor que sempre senti pela Mari por ela ser do mesmo gênero que eu.

Minha mãe chorou, falou coisas das quais prefiro esquecer. Meu pai nada disse, e até hoje não toca no assunto, apesar de continuar me tratando com o mesmo amor de sempre, e assim estamos desde então: minha vida amorosa não é o que os meus pais desejaram e apoiam, mas o amor por mim os faz respeitar minha escolha, embora a contragosto.

Absorta em meus pensamentos, quase não sinto meu celular vibrar, ao meu lado na cama.

— Meu Deus, que coisa mais linda com essa cara rabugenta matinal! Que saudade, meu amor! — digo ao atender a chamada de vídeo da Mari, admirando-a através da câmera do celular.

Ela ainda está deitada, lá passa do meio-dia, sua exposição será daqui a poucas horas e parte de mim se entristece por não estar ao seu lado, acompanhando de pertinho o crescimento dela na profissão.

— Tem certeza de que está acordada? Está me vendo mesmo? Porque não deve tá bom não — afirma com a voz arrastada, um pouco mais grave do que o normal devido ao sono e à ressaca, com seu velho lençol azul formando um montinho, aconchegando sua bochecha. Sinto inveja da porcaria do pano velho e ridícula por isso também.

— Ah, tá bom sim! Você deveria estar aconchegada em mim, não nesse trapo velho! — choramingo, fazendo beicinho, deitando de lado na minha cama com o celular escorado no travesseiro, de frente para o meu rosto.

— Você tá mesmo muito fodida, baby. Essa sua paixonite aguda está comprometendo até sua visão! — brinca, rindo alto.

— Besta! — acuso, rindo também. — Então, como estão as coisas? Se divertiu muito ontem? — pergunto, a insegurança e o ciúme beliscando meu coração impiedosamente.

— Sim, tive uma noite divertida, mas não havia um único lugar que eu olhasse e não te visse. O que você fez comigo, garota? Nem me reconheço mais! Ando me comportando como uma mocinha puritana do caralho! — diz com bom humor, apesar de tentar fingir estar irritada.

— Então, isso quer dizer que não esqueceu de guardar meus beijos, né? Vou cobrar cada um deles quando você voltar.

— Garota, é só nisso que eu penso na maior parte dos meus dias: tua boca! Você sabe que não me tornei uma pessoa rogada. Nesses anos em que estivemos longe e sem contato, sempre soube bem como me divertir, mas tudo perdeu a graça depois da Califórnia. Meu corpo não aceita mais ninguém, baby. Caralho... Eu tô muito fodida! — confessa, fazendo meu rosto esquentar e um sorriso idiota se abrir.

— Então... acho que estamos igualmente fodidas, amor. Duas fodidamente felizes — afirmo, com o alívio inegável de que tenho Mari só para mim.

Eu dou a liberdade de que sei que ela precisa, é de sua essência querer ser livre, a amo demais para ousar tentar privá-la disso, e, a verdade é que tenho aprendido a ser livre como ela a cada dia que partilhamos juntas, mas é claro, sou humana. Tenho medos. Sei que nosso amor nunca irá deixar de existir, mas sei também que isso não significa que nossos desejos também irão durar *ad aeternum*. Ela estando tão longe de mim, na minha cabeça, só aumenta as chances de que os dela não durarão mesmo.

— Duas *fundidamente* felizes, baby — corrige com um sorriso amarelo, seus olhos cheios de saudades.

— Preciso ir, amor! Vou almoçar na casa dos meus pais hoje.

— Certo, manda um abração para eles. Saudades, baby. Sei que digo muito isso, mas é que tá foda — confessa com um suspiro.

— Também, amor. Está mais perto do que longe. Contando os dias! Até mais, Mari — despeço-me.

— Até, baby — despede-se encerrando a chamada.

<Dezembro de 2018>

O que para alguns é solidão, para mim é paz. A paz de estar apenas comigo mesma, com minhas lembranças, meus desejos, meus sonhos. A paz de ser quem eu sou e querer o que me der na telha, sem mais ninguém para julgar. Longe dos achismos alheios de certo, errado ou imoral. Apenas eu e minha paz.

Mari

No meu quarto de hotel, sozinha e largada na cama, exausta, eu poderia dizer que tenho uma vida solitária, vagando por aí, praticamente uma nômade, porém, apesar de existirem momentos em que me sinto assim, sei que eu não tenho.

Jeremy e Charlie se tornaram bons amigos e, vez por outra, quando temos uma folga, saímos em trio, aprontando horrores como os adolescentes que nunca deixamos de ser.

Jeremy, um solteirão convicto que não se amarra a ninguém, sempre nos mete em situações que passeiam entre o constrangimento e o cômico, quando temos que ajudá-lo a se esquivar de nativos apaixonados.

Porém, depois de mais uma mostra de sucesso — e menos um dia na minha contagem regressiva para reencontrar a Vicky —, tudo que eu mais quero é aproveitar minha própria companhia, dessa vez sem barulho algum, só os meus e os que ecoam dentro de mim.

De pijama, faço minha festinha particular, com direito a sorvete, chocolate, nachos e *Grey's Anatomy*!

Após o fim de mais um episódio, meus olhos estão inchados devido ao quanto chorei. Ainda não sei por que insisto nesse caralho de série em que todo mundo morre. Comecei logo depois que vi uma caneca com o avatar de duas personagens com a frase *"You're my person"*. Lógico que eu fui atrás de saber quem andou me plagiando, afinal essa frase é minha! E aí não consegui mais largar essa merda. Já são 3h20 de sábado para domingo, e eu chorando feito uma criança por personagens fictícios. *Malditos!*

Baixo a tampa do meu Macbook, convencida — mais uma vez — de que não vou mais assistir essa porra de série. Rolo na cama, meus pensamentos vagueiam entre meus pais e a Vicky. Imaginando como será nosso futuro depois que eu voltar ao Brasil com tudo que tenho planejado.

Minha relação com minha mãe não melhorou significativamente, mas acho que temos progredido. Grande parte, se não tudo, devo ao meu pai. Depois do apoio incondicional que ele me deu, colocando inclusive seu casamento em risco, minha mãe não teve alternativa que não recuar.

Quando, tantos anos atrás, saí do Brasil deixando meu futuro com a Vicky completamente incerto, minha mãe ainda se apegou a isso, achou que com a distância, eu acabaria por substituí-la em meu coração. Por um homem, claro. O que ela não entendia é que ainda que eu desistisse da Vicky, continuaria a ser eu. E eu sou lésbica.

Hoje, meu pai continua sendo o ser humano maravilhoso que sempre foi. A relação dele com a Victoria é quase tão boa quanto a nossa, e confesso que às vezes sinto um pouco de ciúme deles. Mas também, quem não se encantaria por ela, não é? Vicky se dá bem com qualquer pessoa e fascina qualquer um que se permita conhecê-la. Até hoje eu lamento por minha mãe não ser capaz de se permitir.

Sem sono, pego meu celular e abro a galeria de fotos, passeando pelas recordações da minha vida com a Vicky. Paro alguns segundos a mais em uma foto onde aparecemos juntos: nossos pais, Fabrícia, Rodrigo, ela e eu, em um dia até então inédito e que jamais se repetiu. Foi em 2018, meu primeiro aniversário após meu reencontro definitivo com a Vicky. Voltei ao Brasil por apenas três dias — ao invés do mês inteiro conforme eu havia prometido a ela —, pois me neguei a comemorar mais um ano de vida sem estar com todas as pessoas que amo.

Confesso que havia outras intenções por trás da comemoração, afora a saudade. Queria poder estimular ao menos uma relação social entre todos nós. Rodrigo e Fabrícia foram as barreiras defensivas com as quais tentamos nos cercar: Fabrícia com seu humor e Rodrigo com sua aura de paz e amor, defensor da justiça e dos oprimidos.

Reviro os olhos ao me lembrar da insistência da Vicky em convidá-lo. Sei que ele é uma boa pessoa e não nego seu efeito apaziguador nas pessoas. Entendo por que ela se sente segura perto dele e como eles acabaram envolvidos, mas porra! Não consigo evitar as faíscas que estalam nas minhas veias quando penso nele. Chame de ciúmes, se quiser. Foda-se!

O fato é que por uma noite consegui a proeza de reunir todos na mesa de um restaurante, me garantindo com a segurança do público um momento de trégua. Eu só desejo que chegue uma época em nossas vidas em que esses momentos sejam mais assíduos.

Nossas vidas aos poucos vão se alinhando, a cada dia que passa nos vemos com mais frequência, e honestamente, apesar dos meses de saudades entre um reencontro e uma despedida, todos os dias com Vicky na minha vida são deliciosos. Mesmo quando estamos a países de distância, sempre a sinto ao meu lado, assim como ela também já me confidenciou.

Suspiro.

Rendida pela insônia, levanto a tampa do meu laptop para voltar a assistir a porra da série do caralho.

vih_leal
Fortaleza, Ceará

<Março de 2019>

Queria chegar da aula e ver você, com seus pés cruzados em cima da minha cama, com meia e tudo, após ter saído da academia, e te ouvir reclamar quando eu te enchesse de cheiro: "Baby, não faz isso, eu tô podi".

    Como eu queria me enrolar em você, depois de um dia difícil, sentir suas costas pressionadas ao meu peito e minhas pernas cruzadas sobre seu colo, te impedindo de ir embora ou apenas te lembrando de que estou com você e que você pode se aninhar em mim também, sempre que precisar.

4 dias depois

Vicky

Ainda não acredito no que está acontecendo.

Abro o e-mail que recebi da Mari e meus olhos se enchem d'água. Eu sei que ela também está chateada, mas ainda assim não consigo evitar a onda de raiva, tristeza, decepção... Sei lá, nem eu sei o que estou sentindo, exatamente. Talvez cansaço. É isso, estou exausta! Quanto mais nós teremos que nos frustrar? Quando, enfim, nossas rotinas estarão alinhadas?

Mari havia me dito que estaria aqui em breve, mas, ao que parece, com sorte, nos veremos só no Natal.

Eu estava cheia de expectativas, além de qualquer outra coisa... Não nos vemos há quase seis meses, poxa!

Baby,

Eu havia planejado uma viagem para comemorarmos o dia das namoradas, mesmo que eu continue achando que essa data é mais capitalista do que romântica, sei o quanto você ainda tem daquela menina bobona que choramingava por passar o 12 de junho sozinha. Acontece que houve um imprevisto, na verdade, uma oportunidade da qual seria suicídio profissional não aproveitar, então... Amor, eu sinto muito, de verdade. Sei que estou devendo e muito. Desde que meu trabalho começou a ser cobiçado por galerias na Europa, meu tempo tem se tornado cada vez mais corrido, e, eu sei, não tenho dado a atenção que você merece, mas meu amor, por favor, não esquece que eu te amo. Estou aqui, metida em trabalho até o pescoço, mas não paro de pensar em você um só segundo do meu dia. Estou te mandando, em anexo, as passagens e a reserva que eu havia feito para a nossa viagem. Como não poderei ir, antecipei tudo pro fim de semana anterior ao dia dos namorados, 8 e 9 de junho, comprei duas passagens e troquei o quarto duplo por um triplo, para que você possa ir com seus pais, é presente! Sei que sua mãe sempre quis conhecer Jeri e nunca conseguiu ir, mesmo morando em Fortaleza a vida toda. Enfim, sei que não era isso o que estava esperando, eu também não. Estou tão frustrada quanto você, acredite! Mas espero que possa aproveitar ao máximo e que tenha um fim de semana divertido. Baby, por favor, me perdoa. Prometo te recompensar.

Amo você, Vih.
Ao infinito e além.
Mari.

Abro os anexos do e-mail e meu coração aperta ainda mais. Mari havia planejado um final de semana romântico para nós, em Jericoacoara. Talvez tivesse sido melhor se eu não soubesse tudo que ela planejou e que não terei.

Pego o telefone e digito seu número, mas logo depois desligo.

Quando alguém pisa no seu pé sem querer, saber que não teve culpa não exime a dor — você até pode tirar o prego da madeira, mas jamais o buraco que ficou —, mesmo que você aceite o pedido de desculpa, então, enquanto ainda está doendo, é melhor eu ficar na minha. Sei que vamos acabar brigando se eu falar com ela agora. Por mais que eu entenda seus motivos, não posso evitar os questionamentos ferinos que se formam na minha cabeça, e sei que eles acabariam por fugirem pela minha boca. Não quero magoá-la!

Passo o resto do dia evitando Mari. Estou tentando conter a raiva, mas a cada mensagem que ela me manda, fica mais difícil.

Mari — 00:15: Tudo certo para amanhã? Não esqueça que o ônibus sai às 7h45. Imprimiu o comprovante de pagamento da reserva? Não esquece, ou podem te cobrar de novo no check-out, você só precisará pagar as despesas do que consumir no hotel.

Vih — 19:20: Tudo certo, não se preocupe.

Mari — 00:20: Seus pais ficaram animados com a viagem?

Vih — 19:27: Hurrum.

Mari — 00:27: Queria tanto estar aí, tantas saudades, baby!

Vih — 19:37: Também.

Mari — 00:37: Tá tudo bem? Ainda tá chateada comigo?

Merda! Custava ter me avisado antes sobre essa tal oportunidade, que inclusive ela sequer falou do que se tratava? Vamos viajar amanhã, caramba! Esse diacho de imprevisto acabou de acontecer por acaso? Eu não acredito que as coisas aconteçam assim! Ela já deveria saber que não daria para vir e decidiu me contar de última hora pra não me dar tempo de brigar! Porcaria! Inferno!

Sentada na minha cama com o celular na mão, olho para as malas prontas e sinto vontade de chorar. *Mari tinha que estar aqui comigo, devia ser ela a me acompanhar nessa viagem.*

Eu sempre soube a importância da carreira na vida da Mari, a apoiei e incentivei, mesmo sofrendo, quando foi embora para o exterior tantos anos atrás, em prol dessa realização que ela tanto busca, mas há vezes em que me sinto deixada de lado, como agora, e é inevitável a sensação de *desimportância* que me consome.

Vih — 19:45: Desculpa, amor. Só estou cansada. Melhor eu ir dormir, acordo cedo. Amo você.

Mari — 00:45: Eu te amo, Vih. Só não esquece disso e jamais duvide. Eu amo muito você. Me manda mensagem quando chegar no hotel, tá?

Visto o pijama e me deito assim que termino de ler a mensagem. Eu sei, sei que ela me ama. Sei que sofre também, que sente minha falta tanto quanto eu a dela, mas a verdade é que temos nos machucado muito ao longo de todos esses anos com essa nossa história, e ainda assim não estamos dispostas a abrir mão de vivê-la, mesmo do nosso jeito torto, com as partes doloridas e tudo.

Choro, sentindo o quão difícil é essa merda toda, mas com a certeza de que um dia vai valer a pena.

<Junho de 2019>

Às vezes, quando a saudade aperta, fico apenas deitada, olhando através da minha janela, que acabou tornando-se nossa, há tantos anos. Fico apreciando o céu estrelado e pensando que talvez você também esteja olhando para o mesmo céu, nesse exato momento, e isso, de certa forma, me conforta. Isso me faz ter a ilusão de que nem estamos tão distantes assim.

Vicky

Minha mãe está toda animada. Fico feliz que alguém de fato esteja com o ânimo atingindo a capacidade máxima para esse fim de semana. Sei que estou sendo uma menina birrenta e mal-agradecida, mas é mais forte do que eu.

— Nem acredito que enfim vou conhecer a famosa Jeri, que todos falam tanto! Finalmente terei fotos interessantes para postar no meu Facebook! Quero muitas fotos, ouviu, dona cara amarrada? — cutuca-me, sentada ao meu lado, quando o ônibus manobra para sair da rodoviária.

Respiro longa e profundamente, tentando buscar a paciência da qual sempre me orgulhei em esbanjar, ignorando o fato de ela ter feito ouvido de mercador quando eu pedi que sentasse com meu pai.

— Claro, mãe. A fotógrafa é a Mari, mas prometo dar o meu melhor! — finjo empolgação.

Faço questão de mencioná-la, pois apesar de saber quem está patrocinando nossa viagem, minha mãe não dispensou sequer um agradecimento ao gesto da minha namorada. Ela não tinha obrigação nenhuma, eu poderia apenas convidar uma amiga ou sei lá quem, no entanto, Mari fez questão de adequar as coisas para proporcionar a realização de um desejo dela, e dona Rosa é incapaz de reconhecer isso. Fala sério!

— Mariana é uma fotógrafa internacionalmente conhecida, Ana Victoria. Além de muito provavelmente ela não querer desperdiçar seu talento com fotos de uma senhora quase idosa como eu, eu nem saberia como me portar perante tal ilustre profissional — diz em uma mistura de sarcasmo com uma pontinha de irritação.

Minha mãe sabe. Ela conhece a Mari desde quando éramos adolescentes e tem ciência da pessoa humilde e simples que ela é, mas é claro que ela não perde uma chance de alfinetar, mesmo quando não tem fundamento.

— Pois é! E a tal ilustre pessoa lembrou da senhora e do seu desejo de conhecer Jeri, acho que seria demais mesmo que ela se dispusesse a bancar a fotógrafa particular. Tem razão, mãe!

Eu juro que não queria responder, mas a implicância e a má vontade de minha mãe em relação a Mari me tira do sério num grau absurdo, e além do mais, minha paciência agora não é algo de que eu me orgulharia.

— Você sabe mesmo ser desagradável, hein? Melhor trocar de lugar com seu pai, eu não quero perder meu bom humor — resmunga, virando o rosto para a janela. Dou graças a Deus e vou até meu pai para trocar de lugar com ele.

O ônibus saiu da rodoviária, bem cedinho, com destino à Jijoca. De lá, pegamos um carro estilo jardineira. Pouco mais de uma hora depois… Jericoacoara!

Ao menos para mim, a viagem foi tranquila e silenciosa. De onde eu estava era possível ouvir a conversa empolgada que minha mãe tentava manter com meu pai, que, vez por outra, olhava em minha direção com olhos preocupados e expressão pensativa.

Passam das 14h quando finalmente chegamos ao hotel. Minha mãe logo parou de resmungar dos sacolejos do carro que nos trouxe de Jijoca para cá, assim que avistamos a fachada.

O hotel é enorme, meio rústico, porém acolhedor e sofisticado. A caminho da recepção, pude ver uma área cercada por paletes espaçados, ao ar livre, e uma piscina gigante com algumas poltronas brancas acolchoadas — que mais parecem camas — sob tendas. O lugar é de tirar o fôlego, e a cada novidade que meus olhos alcançam, sinto crescer ainda mais a inconformidade da Mari não estar aqui comigo.

Quando enfim nos aproximamos da recepção daquele paraíso, vejo uma pequena confusão ao redor. Algumas pessoas com uniformes pretos escrito STAFF nas costas rodam feito baratas tontas, enquanto um homem vestindo calça social feminina, camiseta básica e um salto gigante, anda de um lado para o outro, claramente aflito.

— O que será que está acontecendo? — pergunta minha mãe esticando os olhos em direção à muvuca.

Estou prestes a responder que não faço ideia, quando ouço a voz de Fabrícia.

— Viada, tu tá fazendo o quê aqui?! — grita caminhando em minha direção, chamando mais atenção do que todo o aglomerado de gente à nossa frente.

— Nossa! Que coincidência!!! Nem sabia que você viria para o Ceará por esses dias... quase não temos nos falado ultimamente, não é? Só porque é doutora Fabrícia, agora? Metida! — brinco e ela me puxa para um abraço no estilo Fabrícia: sacolejado e nada discreto.

— Cala a boca e deixa de drama! Gata, esse fim de semana promete! — diz eufórica. — Mas então, cadê a fotógrafa? — pergunta olhando em volta, seus olhos parando nos meus pais que dividem a atenção entre a gente e a movimentação que continua em volta da recepção.

— Ela estava em Amsterdã, da última vez que eu soube — digo sem evitar uma fagulha de irritação.

— Vocês estão bem, né? Pelo amor de Deus...

— Sim, sim — esclareço interrompendo-a. — Estamos muitíssimo bem! Ela só ficou enrolada com trabalho, o de sempre — explico, agora em um tom melancólico.

— Eita... Imagino que deve ser foda vocês ficarem tão longe uma da outra.

Puxo o ar para responder, então sinto uma mão me puxar pelo braço, seguida de uma voz desesperada que estala nos meus ouvidos.

— Vai ter ser você! Pela amor do Deus, me ajuda! Eu precisa da você! Ah, você foi mandada pela meu anjo da guarda, tenho certeza! — exclama com um forte sotaque estrangeiro, confuso e agoniado.

— O que está acontecendo? — questiona minha mãe chegando ao meu lado.

— O quê? Ajudar? Com o quê? — pergunto um pouco assustada, ainda sem entender como não vi esse cara se aproximar de mim feito um furacão. Em um segundo ele estava quase fazendo um buraco no chão e no outro estava com as mãos no meu braço, suplicando que eu o ajudasse.

— Minha nome é Antony, estou organizando uma desfile de noivas, é *my* primeira desfile, *my* primeiro coleçaum! É um ediçaum linda, com vestidos no temática praia, e uma das modelos está com um dor de barriga dos infernos! Nom quero arriscar que ela se borre bem no meio do passarela! Com *my* bebê no corpo! Nom posso arriscar... Por tudo que há de mais sagrada, me ajuda! Desfila na lugar dela? *Help, please...*

— Mas por que eu? E olha, nem que eu quisesse... seu vestido de modelo com toda certeza não cabe em mim! — explico, sem graça.

— É um coleçaum feita para todos os corpos, e *my* desfalque é exatamente do seu biotipo, com toda certeza caberá em você! — esclarece com um sorriso assustador.

— Ah, Vicky, deixa de coisa e ajuda! Até parece que você e os vestidos de noivas não são íntimos! Não foi você que se casou três vezes?

— Gostei da você, menina! — diz ele para Fabrícia. — Mas, é sério que ela já se casar três vezes? Quantos anos tem? Nom acho que tivesse mais do que 30! — cochicha o desconhecido e o fulmino com os olhos.

— Você quer minha ajuda ou entrar na fila da tiração de onda? E a propósito, foram duas! E tenho 34, obrigada!

— Filha, me diz o que está acontecendo! — pede minha mãe sem entender nada.

— Parece que vou ser modelo por um dia, mãe.

— O quê? — questiona confusa.

— Entaum você vai? *God bless!* Amém! A desfile será em dois horas, quero pegar o fim da tarde com o pôr do sol! Se pode apressar, eu agradece! — pede batendo palmas, aliviado.

Meu Pai Amado, por que o senhor não me ensinou a dizer não?, penso enquanto caminho apressada para enfim fazer o check-in e correr para meu dia de top model.

\<Janeiro de 2020\>

Lembrar de você às vezes dói. Lembrar dos nossos momentos juntas algumas vezes dói como o inferno, mas eu simplesmente não consigo parar de pensar, lembrar e querer. Talvez eu seja meio masoquista. Não é assim que chama quem sente prazer com a dor? O bom da dor dessa saudade é saber que logo irei matá-la (a saudade, claro!).

Vicky

— Fabrícia, por favor, vem comigo! Não quero ficar num quarto de hotel cercada de gringos que eu nem conheço! — peço desesperada, implorando para ela me fazer companhia enquanto a equipe do tal do Antony me prepara para o desfile.

— Ai, amiga, eu te amo, na real! Mas não vou perder esse sol maravilhoso de Jeri trancada num quarto, não, desculpa!

— Por *favooooor*!!! — insisto sem me importar em parecer uma criança assustada.

— Vicky, estou saindo, tá? Chama sua mãe! Ela vai adorar!

— Caraca, Bri! Meus pais já se enfiaram num passeio não sei nem por onde! Meu Deus, por que todos sempre me abandonam?

— Miga, prometo estar lá na hora do desfile, tá? Vai lá e faz a diva! Beijo! — despede-se e sai em disparada, sem me dar a chance de implorar mais. Porcaria!

❧❧❧❧❧❧❧❧

Sentada em uma cadeira, cercada por desconhecidos que ajeitam meu cabelo, unhas e maquiagem, sinto-me esquisita, com um frio incomum na barriga que não sei explicar.

Sei que não vou me casar de verdade, e essa nem seria a primeira vez, mas apesar das duas experiências de um "pré-casamento", nunca tive algo assim.

Uma mulher — que mais parece uma escultora de tão detalhista — mexe no meu cabelo tentando encontrar a melhor maneira de arrumá-lo, em harmonia com todo o resto: maquiagem, unhas e vestido, cada uma dessas coisas sendo construídas melodicamente ao mesmo tempo, para então, eu ficar pronta.

Depois de algumas horas, olho-me no espelho rodeado de luzes, como nos camarins que vejo nos filmes, e me impressiono com o quanto estou bonita.

Sinto vários olhares em cima de mim, e imediatamente meu rosto esquenta. Através do espelho vejo as quatro pessoas responsáveis por toda a minha produção me olharem com ar admirado e sonhador. Confesso que acho aquilo meio exagerado, afinal, é só um desfile, no entanto, trata-se do primeiro trabalho deles, e acho que meio que sou a realização de um sonho; Então é normal, creio eu.

— Você está belíssima! — Antony vibra com os olhos brilhando.

— Obrigada... ãhn... então, não seria melhor eu ensaiar? Nunca desfilei antes, eu devo andar de modo diferente? E, ãhn... não vou usar sandálias?

— Quero que entra no passarela como se estivesse a caminho do altar e lá estivesse o *love* da vida, te esperando. Nom precisa ensaiar pra isso, só imaginar. Você consegue? E nom, quero pé no areia, sem sandálias. Tudo bem? Acha que dá conta?

— Acho que sim, apesar de que o amor da minha vida tem aversão a essas coisas e jamais estaria num altar à minha espera. — Rio sem graça.

— Vamos lá entaum, querida! Tá na hora — chama, me levando para o lado de fora do quarto.

Caminhamos para a área externa do hotel, que está cercada por tapumes de madeira branca, formando uma entrada que lembra uma igreja.

Parados do lado de fora, peço a bolsa que Antony segura para pegar meu celular. Esqueci completamente de avisar a Mari de que eu havia chegado e que foi tudo bem na viagem, apesar de toda essa loucura.

Que estranho, não tem nenhuma mensagem da Mari, penso e logo em seguida dou de ombros e envio uma mensagem para ela:

Vih — 17:30: Amor, desculpe não ter dado notícias antes, aconteceu uma coisa tão louca que você nem acreditaria! Depois te conto. Mas estamos todos bem, tá? Te amo.

— Sabe dizer se meus pais ou aquela minha amiga, Fabrícia, estão por aí? Eles vão no desfile? — pergunto ao Antony, assim que guardo o celular na bolsa.

— Nom sei dizer, meu bem, mas eu avisou a eles a local e horário em que você entraria. Você fará o encerramento, quero que entre quando o sol já estiver bem baixo, lá na horizonte — explica com ar sonhador e suspira, com as mãos postas contra o peito.

Que cara mais esquisito!, penso com humor e sorrio, balançando a cabeça em concordância.

Alguns minutos se passam e começo a ficar nervosa. Não deveria estar havendo alguma movimentação? Por que tudo parece tão quieto?

— Antony, onde estão as outras modelos? — pergunto, só agora me dando conta de que não vi ninguém mais se preparar para esse tal desfile. E ele parece não me ouvir. — Ei! — chamo-o mais uma vez, dando um tapinha em seu braço, porém ele continua a olhar para além de mim, faz um sinal de consentimento com a cabeça, sorri e simplesmente sai andando, sem me responder.

— Mas que porra está havendo?! — questiono em voz alta, para suas costas.

— Ana Victoria Leal Figueiredo falando palavrão? Que que aconteceu com você nesses meses em que estive fora, garota?

Sinto todos os pelos do meu corpo se arrepiarem e meu coração retumbar ferozmente assim como os músculos do abdome enlouquecerem, contraindo devido ao reboliço em minhas entranhas.

É sério isso?!?!?

Viro-me em direção a voz que conheço tão bem, às minhas costas, e meus olhos se enchem d'água.

Mari

Victoria é a mulher mais linda em que já pus os olhos, e vê-la assim, saber que dessa vez, enfim, é só para mim, me faz sentir as mais loucas e doces sensações.

O vestido ficou simplesmente de arrancar o ar de qualquer pulmão! Ele é champanhe, com rosas e borboletas rendadas na extensão do decote, entre os seios e até a cintura. A saia é de tecido leve e esvoaçante, com as costas completamente nuas, com apenas um colar de contas coloridas seguindo a linha de suas costas. Respiro fundo, ou pelo menos tento. Está bem difícil segurar a vontade de chorar e puxar o ar ao mesmo tempo.

Caminho até ela, que desistiu de conter as lágrimas e arrisca borrar a maquiagem. Seguro suas mãos, entrelaçando nossos dedos da maneira que sempre nos traz paz e completude.

— Oi, baby — cumprimento, admirando cada detalhe, observando-a com atenção para ver se há algo novo em seu rosto desde que nos vimos pela última vez. Procuro seus olhos, buscando sensações que ela está sentindo depois de tudo isso: a surpresa, a felicidade, o entusiasmo, o frio na barriga, estarmos novamente juntas... e sou recompensada ao sentir o amor que transborda por seus olhos, refletindo o meu.

— Oi, Mari... O que é tudo isso, hein? Não foi você que sempre torceu o nariz para essas...

A interrompo com um beijo.

A cada vez que nossos lábios se reencontram, é como estar de volta ao lar. Encaixo minha mão por baixo do seu cabelo, tão lindamente trançado nas laterais, assim como no dia em que encontramos a nós mesmas, tantos anos atrás, o dia em que nos entregamos ao amor que sempre foi nosso.

Mantenho seus lábios aos meus, incapaz de soltá-los, e sinto o gosto doce das lágrimas salgadas que descem por nossas bochechas e molham nossa boca, em um choro de alívio, saudade e paz.

— Desisti de só matar a saudade. Eu vou matar *você*, garota! — ameaça sussurrando, em meio ao riso mais lindo que já ouvi, com nossas testas coladas uma na outra.

— Mata, mata sim... mais tarde, na nossa cama — incito-a, nossos corpos acendendo, dando tons de desejos à doçura desse momento.

Vicky

—Vamos, moleca? Está na hora.

Ouço a voz do tio Sérgio e nos viramos para ele.

— O senhor sabia de tudo isso, tio? Quem mais sabia? — pergunto fingindo indignação.

— Culpada! — exclama Fabrícia aproximando-se de nós.

— Você faz ideia de quanta raiva poderia ter evitado? Sacanagem!

— Você ficou muito brava, baby? — pergunta Mari com uma cara travessa.

— Brava? Eu? Imagina! Nadinha! — brinco e todos rimos. — Meus pais sabiam? — pergunto, inutilmente esperançosa quanto à aceitação total deles.

— Agora, sabem — responde tio Sérgio, com uma expressão que me diz que eles não ficaram tão satisfeitos quanto eu com a surpresa.

— Eles ao menos toparam participar? — pergunto ainda agarrada ao fio de esperança.

— Eu só sei que tenho você como minha própria filha e a amo como se fosse parte de mim, como a Mari, e que vou ter imenso prazer em levar as duas ao altar.

Tudo sobre Nós ✿✿✿✿✿ 289

Ouço as palavras do pai da Mari, e apesar de sentir o coração ser envolvido por tamanho amor e carinho, não posso deixar de senti-lo sangrar um pouquinho nesse dia tão feliz.

Respiro fundo e assinto, encaixando meu braço ao do tio Sérgio, Mari fazendo o mesmo do outro lado. Então, nos posicionamos para entrar, e ouço a melodia de "Transmissão de Pensamento", a música que sempre ouvimos quando a saudade aperta, de uma de nossas bandas favoritas, Melim.

Mais uma vez, sinto meu corpo ficar arrepiado e minha barriga embrulhar. Meus olhos marejam — de novo! — e tenho certeza de que o trabalho de horas para me deixar mais bonita foi estragado pelo excesso de lágrimas que brotam sem parar.

O chão de areia está repleto de flores coloridas e formam o caminho que precisamos seguir até a juíza que oficializará nossa união.

Há cadeiras brancas nas laterais, onde os convidados e a equipe do "desfile" estão sentados, nos prestigiando. Fabrícia ao lado do Rodrigo, que sorri para mim com sua encantadora covinha funda, porém, não me deixo seduzir por ela e mantenho minha intenção de matar todos que me enganaram.

O sol está baixo na linha do mar. O céu, uma mistura singular de lilás, amarelo e laranja, o azul ganhando cada vez mais os tons da noite que se aproxima, e logo as estrelas começam a brilhar para nos festejar também.

Olho para a mulher ao meu lado e vejo todos os anos que vivemos correrem em minhas lembranças. Dezesseis anos. Tantos quases, tantos desencontros, tantas confusões, lágrimas, saudades, corações apertados...

— Eu amo você — digo com a voz firme, apesar de embargada, inclinando um pouco o rosto para fitar seus olhos, com tio Sérgio entre nós.

— Eu também amo você — Mari afirma e vejo as lágrimas rolarem por suas bochechas, mais uma vez.

— E eu amo as duas — diz tio Sérgio, trocando o olhar entre a filha e eu. — E acho bom que as duas também me amem! — brinca, e sorrio, tentando diminuir um pouco mais a dor de não ser meu pai quem me leva ao altar.

Ele nunca precisou me levar ao altar, sempre casei em cartório, sem grandes emoções ou produções, e, hoje, ao estar finalmente selando minha vida à mulher que eu verdadeiramente amo, queria poder ter ele ao meu lado, mas preciso me contentar que ao menos nem ele nem minha mãe tenham tentado algo para me impedir.

\<Maio de 2020>

Você merece colo, carinho, afago, risadas, beijos intermináveis, cheiros de causar arrepios... Lar, paz, cama bagunçada, abraços de tirar o fôlego, olhares de desejo! Você merece tantas coisas e eu mal vejo a hora de poder te dar mais que tudo isso!

Mari

Ainda é difícil crer, e pior ainda confessar para mim mesma que não é apenas pela Vicky que fiz tudo isso.

Ela traz uma doçura à minha essência que até então eu não conhecia, e ainda me surpreendo ao me dar conta disso. Estou aqui, com um vestido rosa-queimado esvoaçante e o decote em V que ela tanto ama, como uma mocinha apaixonada e mesmo assim, fodidamente feliz. Embora não possa evitar as sombras que ameaçam obscurecer nossa felicidade.

Apesar de saber que a Vicky está absurdamente feliz, sei que uma parte de seu coração bate apertado e dolorido. Gostaria de poder aliviar sua dor, mas esse é o tipo de problema que infelizmente está completamente fora do meu alcance. Não há nada que eu possa fazer, a não ser seguir firme ao lado dela.

Há poucos passos de enfim ficarmos de frente para a juíza, sinto meu estômago congelar, quando ouço a voz do pai da Vicky às nossas costas.

Ai meu caralho... tava bom demais para ser tão calmo!

Os pais da Vicky caminham apressados em direção a nós, meu pai se prepara em uma postura defensiva e minha mãe, que a contragosto nos esperava ao lado, no altar, se aproxima também. Talvez ansiando por um fim no "circo de pouca vergonha", como ela mesma disse.

Vicky

— Filha, eu sei que não tenho sido o melhor pai do mundo no último ano, ando me omitindo do apoio que deveria ter dado desde o dia em que confiou em nós o suficiente para, como você mesma disse, se despir e enfrentar o medo da rejeição, e te conheço o bastante para saber como isso foi difícil para você!

Vejo meu pai, sempre tão contido e discreto, se entregar a um choro sentido, arrependido. Solto o braço do tio Sérgio e o abraço, me aconchegando no colo do homem a quem tanto tenho respeito e admiração.

— Está tudo bem, pai. Obrigada por dividir esse momento comigo.

— Minha menina... é tão assustador enfim perceber a mulher extraordinária e forte que se tornou! Eu não poderia estar de fora desse momento — afirma com orgulho —, ainda mais agora que acredito que finalmente encontrou o lar que tanto te vi desesperada para encontrar, não é? — completa com a voz um pouco mais baixa, dando uns tapinhas na minha mão e eu sorrio em meio às lágrimas de gratidão que ainda escorregam.

— Bom, já que todo mundo amoleceu, vamos logo de uma vez concluir essa cerimônia, que o sol já se foi e a mosquitada já chegou! — comenta dona Joana, mas apesar da rabugice, sorri para mim, embora discretamente.

— Vamos? — chama meu pai, estendendo o braço para mim.

— Espera! — pede minha mãe.

— Virgem Santíssima! Mais uma interrupção? Desse jeito vou precisar de uma transfusão de sangue, do tanto que estou sendo atacada por essas muriçocas! — resmunga dona Joana, mais uma vez.

— Tenho certeza de que elas vão ficar longe desse seu sangue azedo, não se preocupe — alfineta minha mãe, revirando os olhos, e ninguém é capaz de conter o riso. — Enfim, só queria dizer que te amo, filha! Desejo que seja muito feliz — diz protocolarmente e beija minha testa. — Ah, e boa sorte com a jararaca aí, você vai precisar! — completa, se afastando e indo sentar-se com Fabrícia e Rodrigo.

— Você ouviu isso, Sérgio?! Que mulher mais sem classe! — esbraveja dona Joana, e tio Sérgio ri.

— Querida, vamos em frente. Volte para o seu lugar, por favor — pede ainda sorrindo e, então, de braços dados com nossos pais, Mari e eu no meio e eles nas pontas, finalmente chegamos ao altar.

— Amigos, estamos aqui para oficializar a união…

A juíza começa a fazer o discurso que já ouvi outras duas vezes, com pessoas diferentes ao meu lado, e, agora, ao ouvir pela terceira vez é que finalmente tenho certeza absoluta de que estou ao lado da pessoa certa.

— Aceito, de agora e para sempre — digo.

— Aceito, ao infinito e além — Mari afirma em seguida, e logo nossos lábios voltam a se tocar, por fim, formando nosso lar, nos braços uma da outra.

— E viva as noivas! — grita Fabrícia, correndo até nós, nos abraçando.

— Viva! — Todos vibram, então, sinto vários pares de braços nos envolverem em um abraço coletivo, que conta inclusive com os braços relutantes de dona Joana, tornando nossa casa ainda maior e, agora sim, completa.

1 ano e meio depois

Eu poderia dizer que seria inacreditável estarmos juntas, trabalhando lado a lado, dividindo a mesma casa — uma casa viajante, digamos, mas ainda assim nosso lar doce lar —, mas aqui estamos, com uma residência fixa dividida entre Fortaleza e Santa Monica.

Morar com a Mari é maravilhoso demais. Ela está sempre tentando me surpreender, odeia rotinas e monotonia. Há dias em que quer colo e cafuné, outros que quase acaba com a minha energia vital em um desejo louco e febril que dura uma noite inteira — isso quando não transcende até o fim do dia seguinte! —, momentos em que quer ficar sozinha consigo mesma e aproveitar sua própria companhia, ou que sou eu quem precisa de mais tempo apenas comigo mesma, e tem sido extraordinário crescer junto a ela, mesmo nos dias difíceis, que embora raros, nunca deixarão de existir.

Tenho aprendido tantas coisas com a Mari, e sei que ela também tem aprendido comigo, partilhamos de mútuo amor e aprendizado. Porém, se tem algo que às vezes me faz odiá-la é quando ela está no modo Mariana Fontenele, fotógrafa renomada em ascensão.

— Baby, eu sei que você já deu o okay sobre o catálogo da exposição com as fotografias da Capadócia, mas esse enquadramento não tá bom não, preciso que você realinhe aqui e aqui — aponta Mari, mostrando-me o que, na cabeça dela, está desalinhado. — Ah, aproveita que vai mexer no enquadramento e… não sei, troca o tema das cores. Essas cores são muito frias… algo mais quente realçaria melhor as fotografias.

Tudo sobre Nós 295

Respiro fundo para manter a calma, mas não consigo manter o controle sobre meus olhos que reviram devido ao seu toc perfeccionista.

— Ei, você revirou os olhos pra mim? Eu sou sua chefe, garota! Que modos sãos esses? — ela me recrimina, mas um sorriso se forma, aquele, com *aquela* mordidinha no lábio inferior, antes de se abrir por inteiro. Meu sorriso. — Já se arrependeu de ter aceitado ser minha assessora de comunicação?

— Às vezes. Não imaginava que teria uma chefe tão pentelha! — afirmo em tom sério, contendo o sorriso.

Mari me encara e fico calada, mas sem tirar os olhos. Sigo-a com o olhar enquanto ela dá a volta na mesa do meu escritório, segura os braços da minha cadeira e a gira, colocando-me de frente para ela, curvando-se para que seus olhos fiquem na altura dos meus. Engulo em seco sem conseguir puxar o ar.

— Como é que é? Quer dizer que sou uma chefe pentelha, é? — questiona em um tom baixo, grave e sensual, com seus olhos negros e intensos penetrando os meus, fazendo meu sexo latejar de tanto tesão. — Está arrependida? Quer que eu coloque outra no seu lugar? Só avisar, resolvo isso em dois tempos — completa dando-me uma piscadinha, afastando-se de mim, ainda me fitando de esguelha.

Meu corpo inteiro reage a ela e o clima do escritório aquece como um dia de sol forte.

Mari dá alguns passos para longe da minha mesa, ainda de frente para mim.

— Então, baby, estou esperando sua resposta — incita-me malandramente, cruzando os braços.

Levanto da minha cadeira e caminho em direção a Mari, parando com meu nariz quase encostando no dela.

— Sabe quando que você vai ter outra com a bunda nessa cadeira? — desafio e ela me encara em um convite para um embate. — Nunca! Sou sua parceira, Mari. Me preparei a vida toda para estar ao seu lado, aonde quer que fosse. Agora é para sempre. Já era, perdeu, gata.

— Hum, tão decidida ela… Que delícia! Gosto. Gosto muito! — afirma, puxando-me para si, envolvendo minha cintura com uma das mãos e meu rosto com a outra. — Mas já que é assim, melhor ir se acostumando com sua chefe pentelha, baby, porque nem fodendo, literalmente, pediria para você ir embora — afirma, puxando meus lábios para os dela.

— Eu te amo, baby — Mari diz entre beijos.

— De agora e para sempre? — pergunto, segurando seu rosto com ambas as mãos, mantendo seus olhos nos meus.

— Ao infinito e além — promete.

Epílogo

Mari

Preciso me esticar toda, e sem fazer barulho, me equilibrando na escadinha para alcançar a caixa guardada na última prateleira do nosso closet. Vicky ainda dorme profundamente, apesar da luz do sol que invade todo o quarto através da varanda aberta — o barulho das ondas, o cheiro do mar e a brisa fresca embalando seu sono.

Com a caixa bem apoiada na mão, abro-a cuidadosamente, revezando o olhar entre os degraus e a movimentação dela em nossa cama.

— Amor? — Ouço sua voz sonolenta e meu corpo tensiona.

— Oi, estou aqui, volte a dormir, está cedo e chegamos tarde ontem. Vou preparar nosso café e quando estiver pronto trago pra você — digo, tentando não transmitir o nervosismo que sinto à possibilidade de ela sair da cama. Ela não pode me ver com essa caixa nas mãos, qual desculpa eu daria?

— Opa, café na cama? Quero demais! — anima-se, embora sua voz ainda esteja levemente embolada pelo cansaço.

— Certo, vou lá — aviso, fitando meus antigos diários, meus olhos vasculhando um a um, até encontrar o que busco: 2003. Achei! Retiro o diário da caixa e rapidamente coloco-a no mesmo lugar. Em seguida, escondo o pequeno caderno por baixo do meu pijama. — Não saia daí! — ordeno ao passar ao lado da cama, caminhando em direção à porta, um sorriso matreiro em meus lábios, euforia estalando em minhas veias, misturando-se com a ansiedade ao imaginar o que ela vai achar do meu presente.

Bodas de linho, quatro anos de casadas e um recorde batido, já que em seus outros casamentos, Vicky nunca foi além de três anos.

Vicky

Depois de uns quarenta minutos, talvez menos, apesar da "ordem" para que eu não saísse da cama, o céu me convida a espiá-lo mais de perto, assim que abro os olhos e fito o pequeno pedaço de faixa azul que o ângulo me permite ver da cama.

Levanto-me e caminho até a varanda do nosso quarto, e, após alguns minutos apreciando o infinito azul que formam o céu e o mar da Praia de Iracema à minha frente, fecho meus olhos, deixando a brisa refrescar meu corpo enquanto o sol o energiza. Respiro fundo, agradecendo ao universo por me permitir ser a mulher mais feliz do mundo.

— Quem mandou você sair da cama, mocinha? — Ouço a voz grave que tanto amo, ao meu ouvido, fazendo minha pele arrepiar, enquanto braços circulam minha cintura. Logo em seguida, lábios beijam meu pescoço. — O café está na cama — avisa, e puxo seus braços para ficarem ainda mais apertados em volta do meu corpo, para que eu possa sentir seu coração cutucando minhas costas.

— Okay, já estou indo, mas antes... — Giro em seus braços, na ponta de meus pés, fazendo nossos narizes se tocarem e dou-lhe um beijinho na pontinha de seu nariz. — Quero meu beijo de bom dia, que você não me deu ao sair fugida da nossa cama enquanto eu ainda dormia — peço, fitando a imensidão negra que são seus olhos, sempre me convidando para um mergulho no infinito. Mari sorri, *meu* sorriso, e sinto meu coração aquecer ao passo que minha barriga contrai, de um jeito delicioso, ansioso para sentir seus lábios nos meus.

— Bom dia, baby — diz, colando nossas bocas e, apesar de estarmos a três dias de completarmos quatro anos de casadas, e de ter provado de seus lábios mais vezes do que seria humanamente possível contar, concluo, mais uma vez, que beijá-la é uma das minhas partes favoritas do nosso casamento, e eu jamais conseguiria enjoar disso.

3 dias depois...

Mari

— Feliz bodas de linho, baby! — sussurro ao ouvido da minha esposa, puxando seu corpo junto ao meu, assim que abro os olhos pela manhã, e a vejo sorrir.

— Feliz bodas, meu amor! — felicita-me, aninhando-se em meu corpo, virando-se de frente para mim, beijando-me docemente.

— Quem diria, hein? Temos um recorde? — brinco, assim que nossos lábios se separam, e ela gargalha.

— Para! — pede entre risos, estapeando-me no ombro. — Um recorde é eu te aguentar por tanto tempo, isso sim! — arenga ela, o clima me fazendo recordar de quando éramos adolescentes, e me sinto ainda mais feliz por nunca termos perdido a essência de quem sempre fomos uma para a outra.

— Eu te amo, baby — digo, nosso riso cessando, fitando seus olhos, meu coração batucando forte, minha respiração entrecortada, incapaz de expressar quanta verdade há nessa pequena frase e desejando que ela exprima pelo menos um pedacinho do que sinto por essa mulher maravilhosa que sempre amei.

— Eu também te amo, amor da minha vida — derrete-se com os olhos grudados nos meus, dando-me um beijinho casto, e logo em seguida descansando a cabeça em meu ombro, nossos dedos entrelaçados enquanto nossas mãos se encaixam entre meus seios, fazendo-me lembrar da primeira vez em que elas estiveram aqui, nesse mesmo cantinho, e do medo que senti quando isso aconteceu, por todas as coisas que sua pele contra a minha me fazia sentir, mais de vinte anos atrás.

※※※※※※

— Preciso ir, gata — Vicky se despede com um beijinho estalado em meus lábios. — Mal posso esperar para ver sua cara, quando eu te der seu presente de casamento! — vibra, batendo palmas, dando pequenos pulinhos, os olhos brilhando, animadíssimos.

— E eu para ver a sua, quando receber o meu! — digo, encarando-a intensamente, sentindo meu corpo tremular, ansiosa.

— O que você está aprontando, hein, dona Mariana Fontenele? — questiona, os olhos apertados, estudando-me, tentando encontrar alguma pista.

— Surpresa, ué! Vai logo, que aproveito para ir buscar o seu também — minto, apenas para tentar tirá-la logo de casa para eu dar os últimos toques no presente que eu mesma fiz.

— Okay, estou indo — avisa, afastando-se ainda de frente para mim. — Mas tenho certeza de que esse ano você não vai conseguir me superar — promete com uma piscadela, então dá as costas e sai pela porta, e, apesar da curiosidade tinir em meu corpo, confesso que estou tão ansiosa sobre como ela se sentirá com meu presente que nem tentei adivinhar o que ela comprou para mim.

Vicky

— Ah, meu Deus, Mari vai surtar num grau quando olhar pra essa coisinha fofa… — digo com um gritinho, revezando minha atenção entre a pequena em meus braços e o Rodrigo.

— Tenho certeza de que ela irá mesmo, afinal, esse é mais um passo na relação de vocês. Agora serão mães, né? Mas… tem certeza de que é uma boa ideia, Victoria? — questiona-me, fazendo carinho no serzinho em meu colo.

— Claro que tenho! Eu conheço ela, sei que ficará tão feliz quanto eu ao colocar os olhos nessa bichinha linda… Meus Deus, eu já amo, como pode? — pondero, e Rodrigo sorri. — Obrigada por nos ajudar com a adoção, eu não teria conseguido sem você.

— Imagina, eu também fico feliz em ajudar — afirma, o sorriso charmoso despontando, e fito a covinha que me fazia suspirar quando o conheci. Sorrio de volta.

— Mari terá um mini-infarto, isso sim! — ouço uma voz feminina que me soa familiar, e meu sorriso se estica todo mais uma vez. Eu sabia!

— Ah, para, não me deixa insegura, Bri! — peço, enquanto ela se aproxima de nós, fingindo ser natural sua presença aqui, vestindo uma das camisetas largas do Rodrigo. — E aí, como você tá? — pergunto, logo que ela me dá um meio abraço, meio sem graça, ainda que tente disfarçar. Fabrícia então se senta no braço do sofá, ao lado do meu ex-crush.

— Eah… tudo indo, e você? — pergunta, os olhos brilhando e refletindo o mesmo brilho nos olhos dele.

— Indo? Ah, para! Quando vocês iam me contar? — questiono com um sorriso ardiloso. Enquanto os observo, uma sensação gostosa aquece meu coração, feliz por meus melhores amigos finalmente terem parado de brigar contra o que sentiam um pelo outro.

— Não tá rolando nada de mais aqui, só pessoas adultas que decidiram fazer sexo casual, não é? — defende-se, seus olhos nos dele, ligeiramente apreensivos. — *Friends with benefits*, já ouviu falar?

— Podemos conversar sobre isso quando estivermos a sós? — pede Rodrigo, as bochechas vermelhas de vergonha.

— Então nem precisamos mais, se houvesse sido mais do que isso, você teria me corrigido, e não dito para falarmos depois — acusa Fabrícia, talvez achando que a recusa do Rodrigo tenha sido por minha causa, apesar de tudo estar mais do que bem-resolvido entre a gente.

— Até eu sei que seja lá o que tá rolando entre vocês pode ser qualquer coisa, menos algo casual! Já passou foi da hora de vocês pararem de fingir que não estão apaixonados um pelo outro, eu hein! Sexo casual, sei! Agora, deixa eu ir que tô louca pra ver a cara da Mari ao se deparar com essa coisinha linda e cheirosa aqui! — digo animada, preparando-me para voltar para casa.

— Vai lá, vou me arrumar para ir embora também — afirma Fabrícia, um clima estranho ganhando forma no ar.

— Vocês dois estão merecendo é uns sacodes, isso, sim! Sorte de vocês que tenho que ir — esbravejo, dando as costas e seguindo em direção à porta do apartamento do meu amigo.

— Eu te acompanho até a portaria, Victoria — a voz dele finalmente pareceu voltar à garganta, e ouço seus passos vindo ao meu encontro. — Cê tá bem? — pergunta, assim que atravessamos a porta.

— Olha, Rodrigo. Eu amo muito vocês dois, vocês são meus melhores amigos e eu não quero ter que escolher um lado, só se resolvam, *please*! Os dois claramente estão mortos de apaixonados um pelo outro para ficarem com esse lance de sexo casual, *Friends with benefits*… isso vai acabar dando

Tudo sobre Nós 303

merda. E eu jamais vou perdoar nenhum de vocês dois se magoarem um ao outro. Ouviu?! — digo com firmeza, então as portas do elevador se abrem e entramos.

— É que é tudo tão esquisito, sabe? — começa, enquanto o elevador nos leva para baixo. — Éramos ambos apaixonados por você — pondera e ri, sem graça. — Nos tornamos amigos e partilhávamos nossa dor de cotovelo, mas aí, as coisas foram mudando… Ela é tão incrível, Victoria! Eu nunca havia me sentido assim, com ninguém, nem mesmo com você — confessa, e sorrio.

— Diz isso pra ela, não pra mim! — ordeno, enquanto descemos do elevador.

— Você tem razão, vou fazer isso agora mesmo! — exclama com os olhos brilhando.

— Estou muito feliz por vocês — digo com sinceridade e sorrio. Então, seguimos até meu carro.

⁂

Assim que chego no prédio vou até o apê da nossa vizinha, Alice — que já está sabendo sobre meu presente de casamento —, para que cuide da Julieta, até que eu venha buscá-la, depois que a Mari me der meu presente.

Antes de colocar a chave na fechadura, observo um post-it colado a ela:

Te espero em nosso quarto, prepare-se para voltar no tempo e reviver os melhores anos de nossas vidas, através dos meus olhos.

Giro a chave na fechadura com ansiedade para descobrir qual será a reação da Mari ao meu presente, e para ver o que ela aprontou. A passos largos, caminho até nosso quarto e meus olhos marejam assim que abro a porta.

O ambiente está repleto de fotografias, minhas, nossas, da turma do curso em que nos conhecemos… penduradas com fitas azuis presas ao teto, e, ao passear por entre as lembranças, percebo que não se tratam apenas de fotografias; há dezenas de bilhetes que trocávamos durante as aulas, recortes de mensagens de texto, de posts em nossas redes sociais, trechos de romances que lemos juntas e das músicas que enviávamos uma à outra quando estávamos longe...

— Bem-vinda à minha exposição particular, intitulada "Nosso amor, nosso mundo", e eu espero ter sido capaz de, através dela, fazer você ver o quanto eu te amo, a partir dos *meus olhos* — enfatiza Mari, de pé ao lado de nossa cama, estendendo-me um caderno enorme, com a capa azul-marinho.

— Eu vou te matar! — exclamo, aceitando o que acredito ser o presente principal, beijando-lhe a boca, derretendo-me como pedaços de chocolate em café quente, as lágrimas caindo com intensidade, misturando-se com as dela, gratas por tudo que vivemos, feliz por nos amarmos.

— Vem, quero que leia o que está aí — pede, afastando nossos lábios sutilmente, e assinto, deixando-me guiar por seu mindinho encaixado ao meu, que nos leva a sentarmos em nossa cama, e logo depois abrindo o que agora percebo ser um scrapbook, onde infinitas recordações de nosso amor e amizade estão eternizadas, e meus olhos voltam a marejar ao percorrer a segunda página.

3 de setembro de 2003

Geralmente as pessoas odeiam as segundas-feiras, mas, no meu caso, eu adoro, pois ela é um lembrete de que terei mais cinco dias com o máximo de tempo possível fora da minha casa. Não que eu odeie meus pais, eu amo os dois, principalmente meu pai; eu só odeio morar com a minha mãe, mesmo. Está cada dia mais sufocante conviver com ela; e eu nem acho que isso seja culpa dela, ou minha, apesar de eu me sentir culpada, no entanto. Nós apenas somos diferentes, do tipo que se repele, como água e óleo. Estar com ela é uma constatação constante de que não sou a filha que ela gostaria que eu fosse e, aparentemente, sou rebelde demais para me esforçar o suficiente para me tornar o que ela projetou.

Apesar de hoje ser meu dia favorito da semana, acordei num misto de alívio e apreensão, por ser o primeiro dia do curso extracurricular que meu pai me convenceu a fazer, dizendo que talvez fosse uma ótima oportunidade de fazer amigos, a mesma coisa que me disse sobre entrar para o time de vôlei, e cedi da mesma forma, não por achar que eu precisava de amigos, estou muito bem sozinha, mas por querer manter os olhos julgadores e decepcionados de minha mãe longe de mim por mais tempo, ainda que eu vá trocar os dela por dezenas de outros. Ao menos os dos outros eu posso simplesmente mostrar o dedo do meio e sustentar minha cara de "cão bravo, não entre". É um preço muito baixo a se pagar pela liberdade de ser eu mesma sem me importar com o olhar inquisidor da minha mãe me medindo e tirando conclusões sobre meu jeitão "masculino demais por andar muito com meu pai, ao invés de com ela".

Enfim, vamos lá fingir que estou interessada em fazer amizades.

❧❧❧❧❧❧❦

O que deu em mim, caralho? O que aquela garota tem, afinal? Por que eu não consigo tirar da cabeça aquele sorriso sem graça dela? O que foi aquela sensação esquisita no meu estômago, que não passou até agora?

Antes do curso começar, eu vi a tal garota sentada na cantina, comendo sozinha, e, por alguns instantes, de alguma forma inexplicável, consegui me reconhecer nela, ainda que externamente ela fosse o avesso de mim, praticamente a cópia do que minha mãe desejaria que eu fosse.

A garota parecia super de boa, comendo ali, solitária, mas a forma como ela batia freneticamente o calcanhar no chão me fizeram perceber que ela não estava sozinha. Ela fitava o cachorro-quente nas mãos como se não houvesse nada mais a ser visto. Focada. E, de instante em instante revezava a posição do cabelo loiro entre tirá-lo e colocá-lo atrás da orelha, entre uma mordida e outra. Provavelmente havia milhares de coisas zanzando por sua cabeça, aterrorizando-a, questionando-a, pressionando-a... sei lá, e talvez tenha sido exatamente isso que me fez sentir como parte dela, porque há sempre milhares de coisas na minha cabeça, e porque eu sempre almoço sozinha nos dias em que tenho treino.

Eu mantive os olhos nela desde quando pegou um lanche no balcão, até perdê-la de vista quando sumiu em direção ao corredor, apesar de eu ter tentado por várias vezes parar de encará-la, e ela não olhou na minha direção uma única vez. Na verdade, fiquei surpresa de ela não ter percebido que eu a observava nem esbarrado em nada ou ninguém pelo caminho, sempre mantendo os olhos praticamente no chão, como se tivesse medo de olhar para frente, erguer o rosto, como se o gesto a fizesse enfrentar o mundo e ela temesse o confronto, e em cada detalhe que eu mirava, mais tinha vontade em saber no que ela tanto pensava ou temia, porém, estava conformada em não saber, pois eu jamais iria até ela para perguntar. Pelo menos era o que eu achava até me dar conta de que eu teria infinitas chances de fazer isso, no exato momento em que a vi sentada na mesma sala de aula em que eu precisaria entrar.

Assim como há pouco eu não consegui tirar os olhos dela. Diferentemente da outra vez, seus olhos encontraram os meus, e foi quando finalmente tive uma visão ampla de seu rosto. Sua pele é clara, os olhos são castanhos, quase tão claros quanto mel, e doces. Não nos perdemos uma dos olhos da outra, e comecei a ficar levemente irritada por ela sustentar meu olhar, fazendo eu me perder de mim mesma. Sem saber o que fazer para intimidá-la o suficiente para desviar, meu coração batia cada vez mais rápido, claro, afinal ela estava me irritando com essa clara competição ridícula de encarar e, por mais que eu mantivesse minha cara de "cão bravo", ela não desviava, pelo contrário, a expressão em seu rosto começou a dar indícios de que ela poderia sorrir a qualquer momento, o que acrescentou alguns movimentos estranhos ao meu estômago ao passo que meu coração continuava acelerado, me causando uma ansiedade incomum, querendo descobrir como seria seu sorriso, então o professor chamou minha atenção, tentando entender o que eu estava fazendo ali, parada feito um dois de paus.

Depois de explicar que eu fazia parte daquela turma, adentrei a sala ainda encarando-a, porém ela parecia ter virado uma estátua de pedra, o rosto firme em direção à lousa. Sentei três cadeiras atrás, grata pela distância, pois estranhamente sentia uma vontade enorme de ficar bem pertinho dela, tão grande quanto o medo de me aproximar demais. E eu que pensava que essas sensações controversas não poderiam colidir com ainda mais força, perdi o rumo completamente quando ela sorriu para mim, depois de eu compartilhar com ela meu amor pela música e ela me falou sobre gostar de dançar, ser leitora voraz e de sua paixão por romances românticos. Eu jamais havia sentido aquilo.

Que relação o sorriso de uma estranha poderia ter com meu estômago? O sorriso dela é tão bobo e genuíno que senti os muros que ergui ao redor de mim balançarem, mas mantive o controle, eu não iria deixar brecha alguma para que ela pudesse passar, não poderia... Mas por que não?

Ana Victoria, Vicky, como gosta de ser chamada, poderia ser a ponte que vai finalmente me levar para um mundo novo, um lugar melhor onde, quem sabe, eu possa rever meus conceitos sobre amizades? É, talvez uma ponte no alto de um penhasco, de corda e madeira, com várias tábuas faltando.

Vamos ver se eu vou ter coragem, porque vontade, honestamente, eu estou com muuuita.

— Eu nunca fui a menina destemida que você insistia em acreditar que eu era, Vih. — Ouço a voz da Mari assim que leio a última palavra da página tirada de seu diário. — Eu só era muito boa em fingir, e fugir — continua, os olhos se enchem de lágrimas, mas sua expressão é de alívio e gratidão. — E se hoje eu me tornei a pessoa que sou, livre e, sim, destemida, muito disso é por sua causa, afinal foi você quem me abriu para o mundo, desde aquele primeiro sorriso, ainda que aos pouquinhos — revela com um sorriso, seu indicador colado ao polegar, demonstrando o quanto, e sorrio, secando suas lágrimas, grata por estarmos aqui.

— Obrigada por me deixar entrar e nos permitir sermos tão absurdamente felizes — agradeço, colocando o caderno em cima da nossa cama e logo depois entrelaçando nossos dedos. — Eu te amo — falo, beijando seus lábios. — Mas agora, é minha vez — aviso com um sorriso travesso se abrindo e já me afastando.

— Okay — diz Mari, respirando fundo.

— Me espera? E eu volto já — peço, caminhando de costas, ainda de frente para ela.

— Espero, sempre — responde, sentando-se na cama.

De volta ao nosso apartamento, abro a porta do nosso quarto e deixo Julieta entrar, seu rabinho balançando, agitada e cheirando tudo pelo caminho, um laço azul entre as orelhas pontudas e peludas, seus olhos cinzentos percorrendo tudo ao redor, como a cadelinha curiosa que demonstrou ser, desde o dia em que a vi pela primeira vez na casa de um amigo do Rodrigo.

— Feliz bodas de linho, mamãe! — digo com uma voz infantil, assim que Julieta late em cumprimento, e o rosto dela se ilumina ao colocar os olhos na bola de pelos.

— Meu Deus, que presente mais gostosooooo! — exclama, pegando Julieta no colo, apertando seu corpinho, cheirando-a, nossa filhota retribuindo tanto carinho com lambidas e latidos animados.

— Gostou, meu amor? De verdade?

— O quê? Garota! Você já deu nome?

— Julieta — respondo, e Mari sorri.

— Adorei! Você tinha razão, hein? Sem chances de eu superar você este ano — admite, colocando Julieta no chão. — Olha só pra isso! — pede, observando nossa filhotinha brincando com o saiote da cama. — Obrigada, baby! Eu amei demais! Meu Deus, eu te amo tanto, mas tanto… — afirma, puxando-me para seus braços.

— Quanto? — pergunto, passando meus braços por seu pescoço, fitando seus olhos.

— Vih, você é minha melhor amiga, meu primeiro amor, a primeira pessoa que conseguiu penetrar todas as barreiras que eu insistia em reagrupar ao redor de mim e a única que vou amar até o último dia de cada vida que eu vier a viver — afirma como uma promessa, seus olhos brilhando.

— Assim será — afirmo de volta, puxando seus lábios para os meus.

Nota da autora

Tudo sobre Nós é uma história de amor, mas, acima de tudo, de amizade. Conta como Vicky e Mari se apaixonaram, desde aquela primeira encarada, e como acabaram por construir uma amizade sólida e verdadeira. Por meio dela, puderam viver seu amor, enquanto latente, e que a mantiveram mesmo depois dele revelado, vivendo o amor em sua forma mais pura e bela, como parceiras de vida.

A vida lhes foi generosa, no entanto, elas não são reais, nós somos. Então, não deixe sua vida a cargo do destino. Não espere que a oportunidade perdida retornará quando você se sentir pronto para ela, não viva à mercê da lenda do "o que é seu está guardado".

Se você ama uma pessoa e está esperando o momento certo de dizer isso a ela, saiba que a hora é agora. Entretanto, se acredita que ainda é cedo, bom, cedo é melhor do que tarde demais. O que na verdade é tarde demais? Oh, meus pêsames, sinto muito por sua perda. Ah, ela não morreu… então ainda dá tempo, porém, lembre-se: ninguém dura para sempre. Não há momento certo, até que você o faça. Então, corra: O MOMENTO CERTO É AGORA.

Agradecimentos

Primeiramente, agradeço a Deus por me permitir viver e ser livre. A liberdade de escolher nossos próprios caminhos é nos dada por Ele, criador de todo o universo, então, não permita que alguém tome isso de você.

Escrever a história de Vicky e Mari foi extremamente prazeroso, e, confesso, ter a companhia de algumas pessoas ao longo do desenvolvimento fez tudo ainda mais maravilhoso, então... vamos agradecer!

Dona Regina, minha mãe e fã número zero, aquela que acreditou em mim antes mesmo de eu vir ao mundo, obrigada por tanto amor e compreensão. Eu te amo.

Daiana, meu amor, minha futura esposa e parceira de crime. Obrigada pelo apoio, paciência e por estar sempre a postos nas minhas crises de insegurança. A vida foi generosa comigo ao entrelaçar nossos caminhos. Eu amo você.

Às minhas leitoras-beta, Elaine, do ig literário **Pages and Seasons**, minha amiga querida. Um dos muitos presentes que *Do Fim ao Começo* me deu. Obrigada pela parceria e amizade. Esteja pronta para betar todos os livros que eu vier a escrever, e para resenhar cada um deles. Sim, sou abusada, me ame mais! Hahaha. Gabi, do ig **Gabi e um Livro**, o que seria de mim sem a sua empolgação? Obrigada pelos áudios gigantes, pelas risadas e por seu apoio.

À minha melhor amiga da vida, embora a vida tenha nos deixado tão distantes, né Thalita. Obrigada por todos os anos de apoio, broncas, colo e carinho. Obrigada por sua crença em mim e nos meus sonhos, e por me mostrar o que a palavra amizade e lealdade significam; seu lugar estará sempre cativo em minhas lembranças e coração.

Ao Jacinto Junior (Jass, para mim), o autor mais lindo, amável, crushado e talentoso de Fortal City! Meu enorme carinho e gratidão. Sou imensamente grata por sua amizade e incentivo, lembre-se da nossa promessa de dominarmos o mundo!

Às minhas panfleteiras que o TikTok me deu: Luana, Ludmilla, Jheny que gosta de unicórnios, Flávia, Jeniffer Cristina e Beatriz Santana, eu nem sei o que teria sido de mim se não fossem vocês; vocês foram exatamente o que eu precisava para manter-me de pé, obrigada.

À Ge Benjamim, muito obrigada pelo carinho com que tratou esse projeto e por ter feito uma edição tão linda quando publiquei essa história de forma independente.

E, claro, a todos que fazem a Valentina ser o que é. Gratidão por acreditar em Vicky e Mari e pela oportunidade de partilhá-las com o mundo.